Hansjörg Schertenleib
Wald aus Glas

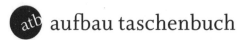

Hansjörg Schertenleib, 1957 geboren, lebt in Irland und Suhr. Er schrieb Hörspiele, Theaterstücke, Gedicht- und Erzählbände sowie Romane, die mehrfach ausgezeichnet und in mehrere Sprachen übersetzt wurden.

Als Aufbau Taschenbuch sind lieferbar: »Der Papierkönig«, »Die Namenlosen«, »Der Antiquar«, »Die Geschwister«, »Das Regenorchester«, »Nachtschwimmer« und »Cowboysommer« sowie der Erzählband »Von Hund zu Hund« und die Novelle »Der Glückliche«.

Mehr zum Autor unter www.shertov.com

Die dreiundsiebzigjährige Roberta hat alles verloren. Man hat ihr den Hund genommen und sie in ein Altenheim gesteckt. Doch sie wehrt sich und flieht aus der Schweiz. Sie befreit ihren Hund und macht sich auf den Weg nach Österreich. Sie will nach Jahren der Fremdheit in den Ort ihrer Kindheit zurückkehren, um ihr Leben noch einmal selbst zu bestimmen.

Auch die fünfzehnjährige Türkin Ayfer entzieht sich – ihren Eltern, die sie in die Türkei verbannt haben, und den religiösen Vorstellungen ihres Onkels, in dessen Hotel am Schwarzen Meer sie arbeiten muss. Sie will zurück in die Schweiz, um das Leben zu führen, von dem sie träumt.

Hansjörg Schertenleib erzählt von zwei mutigen Frauen, die ihr Schicksal in die Hand nehmen – und damit Grenzen überwinden, die das Leben ihnen gesetzt hat.

Hansjörg Schertenleib

WALD AUS GLAS

Roman

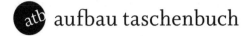 aufbau taschenbuch

ISBN 978-3-7466-3020-5

Aufbau Taschenbuch ist eine Marke der Aufbau Verlag GmbH & Co. KG

1. Auflage 2014
© Aufbau Verlag GmbH & Co. KG, Berlin 2014
Die Originalausgabe erschien 2012 bei Aufbau,
einer Marke der Aufbau Verlag GmbH & Co. KG
Originalcover hißmann, heilmann, hamburg, Gundula Hißmann
unter Verwendung eines Motivs von plainpicture/Folio Images/Daniel Högberg
und getty images/Dorling Kindersley
Graphische Adaption capa Design, Anke Fesel
Druck und Binden CPI – Clausen & Bosse, Leck
Printed in Germany

www.aufbau-verlag.de

»Eine furchtbare Kraft ist in uns,
die Freiheit.«

Cesare Pavese

*To my mother Romana
who wanted to become a writer
and was a dedicated reader.*

And to Brigitte, my wife, my love.

Die Frau saß am Rand der Lichtung, an den Stamm einer Birke gelehnt, die Beine an die Brust gezogen. Hätte es die Nacht zuvor nicht das erste Mal in diesem Jahr geschneit, der Spaziergänger, der sie fand, hätte wohl angenommen, sie habe sich nur hingesetzt, um den Ausblick auf den Vorderen Langbathsee zu genießen, und sei dann eingenickt. Aber dafür war es zu kalt. Dass es eine Frau war, sah er sofort. Auch dass sie tot war, wusste er, so sagte der Mann später aus, schon während er auf sie zuging. Obschon er keine Antwort erwartete, blieb er doch ein Stück von ihr entfernt stehen und rief ihr zu: »Hallo Sie, alles in Ordnung?« Und weil er immer noch nicht glauben wollte, tatsächlich eine Tote gefunden zu haben, und hoffte, die Frau hebe plötzlich den Kopf, sehe ihn lächelnd an, stehe auf und klopfe sich den Schnee von den Hosenbeinen, rührte er sich nicht von der Stelle und sah sie an.

Über den Wipfeln der Fichten am anderen Seeufer lag Dunst, die Sonne stand handbreit über dem Kamm des Höllengebirges, das den Talkessel abschließt, und tauchte das obere Drittel der Felswand in ein kaltes, weißgelbes Licht. Ein schöner Tag, dachte der Spaziergänger, so schön, als dürfte nichts Schlimmes geschehen. Dann ging er endlich zur Toten hinüber und beugte sich vorsichtig über sie. Aus der Distanz hatte er geglaubt, eine Decke sei ihr von der Schulter gerutscht und liege in ihrem Schoss, aber jetzt sah er, dass sie einen toten Hund im Arm hielt, als könne er sie wärmen. Wie alt sie ist, dachte er, und wie furchtbar müde sie aussieht. Für den nächsten Gedanken, der ihm durch den Kopf ging, schämte er sich, in diesem Alter nimmt man sich doch nicht mehr das Leben, es ist ja ohnehin bald vorbei. Da fiel ihm die Angst seiner Großmutter vor dem Sterben ein. Und vielleicht hatte die alte Frau genau wie seine Großmutter eine unheilbare Krankheit und wollte das Leiden verkürzen. Nur Verrückte fürchten sich nicht vor dem Tod, ging ihm durch den Kopf, und Babys, weil sie noch nicht wissen, dass das Leben ein Ende findet. Oder atmete die Frau etwa noch? Er beugte sich tiefer über sie, fast hätte seine Nase ihr Gesicht berührt. Der Hund, sah er jetzt, war voller Blut und hatte eine Schusswunde auf der Brust. Vor der Toten lag ein schwarzer, handlicher Stein in Form einer stumpfen Pfeilspitze im Schnee. Sie riecht nach Zimt, stellte er verwundert fest; gefrorene Schneekristalle lagen auf ihren Wangen und auf ihren Lippen, die Brauen über den offenen Augen waren weiß vor Reif, wie mit Mehl bestäubt, genau wie der Hund, dessen Schnauze mit Schnee gefüllt war, als habe er in der Erde gewühlt. Der Mann verstand nicht, weshalb es ausgerechnet die rosa Flecken auf den schwarzen Lefzen des Hundes waren, die ihn zu Tränen rührten. Er wandte sich ab, doch das Schluchzen, das ihm aus der Kehle stieg, konnte er nicht hinunterschlucken.

Drei Dohlen kamen übers Wasser auf ihn zu, ohne Schrei, als verbiete die Situation jedes Geräusch, nicht einmal die Flügel der Vögel waren zu hören; als sie sich in den Ästen über ihnen niederließen, fingen sie aber doch an, vorwurfsvoll zu schimpfen. Der Mann blieb in der scharfen Morgenkälte stehen, bis er sich beruhigt hatte. Die Bergstiefel der Toten sahen neu aus. Gern hätte er den Schnee weggewischt, der die Achseln ihrer Gore-Tex-Jacke bedeckte, aber er brachte es nicht über sich, die tote Frau anzufassen. Sie wirkte weder friedlich noch traurig, nur müde und erstaunt, als habe sie etwas Unerwartetes gesehen.

Im Sommer, überlegte er, und das behielt er später für sich, im Sommer, wenn es selbst nachts nicht kühl wurde, wäre ich bestimmt nicht der Erste gewesen, der die Tote gefunden hätte. Fliegen, Mücken und jede mögliche Art von Käfern hätten sie entdeckt und sich bereits über sie hergemacht. Aber jetzt, im September, nach dem viel zu frühen ersten Schnee? Wissen Füchse, Hirsche und Rehe, dass eine Frau, die reglos an einen Baum gelehnt im Schnee sitzt, ohne sie zu beachten, nicht mehr am Leben ist, und dass weder von ihr noch von dem toten Hund, den sie im Schoss hält, Gefahr ausgeht? Hätten sich die Tiere irgendwann in ihre Nähe gewagt? Und die Dohlen? Hatten sie die Tote bemerkt?

Der Mann ging um die Birke herum. Ich wollte, sagte er später aus, sehen, was sie zuletzt gesehen hat, bevor sie in der Kälte eingeschlafen, bevor sie gestorben ist. Er ging sogar in die Knie und lehnte das Gesicht an den weißen Stamm. Was die Frau gesehen hatte? Den See, dahinter Wald, den schneebedeckten Felskamm. Hieß es nicht, das Gehör sei das Letzte, das man verliere, wenn man sterbe? Hören die Toten das Rascheln der Leintücher, die man über ihre Gesichter zieht, hören sie, wie das Fenster des Sterbezimmers geöffnet wird, hören sie das Weinen der Zurückgebliebenen, das Knistern der Bibelseiten, die Schritte, die sich entfernen? Flüstern wir darum, wenn wir an Sterbebetten sitzen, dachte der Mann, weil wir nicht wollen, dass uns die Toten verstehen, und weil wir ihnen wenigstens jetzt die Stille gönnen?

Er kauerte so lange hinter der Frau und ihrem Hund, bis ihm beide Beine eingeschlafen waren. Er stand auf, japsend vor Schmerz, weil ihm das Blut in die Beine schoss, und hätte sich am liebsten in den Schnee gesetzt. Als er wieder ruhig stehen konnte, zog er das Handy aus seiner Daunenjacke und drückte die gespeicherte Nummer der Gendarmerie in Ebensee. Er räusperte sich und wartete darauf, dass sich sein Schwiegersohn meldete, da realisierte er, dass er der Frau die Hand jetzt doch auf die Schulter gelegt hatte. Er ließ die Hand liegen und machte die Augen zu.

Das Mädchen lag vier, fünf Meter vor dem Ende des Durchgangs an der Wand, aus der, direkt über ihrem Kopf, ein Rohr mit verrostetem Flansch ragte. Im ersten Augenblick dachte die Frau, das Mädchen sei tot. Das Blut, das sich um seinen Kopf ausgebreitet hatte, sah aus wie eine Krone aus Flammen, sagte sie später aus, eine Krone, die dem Mädchen vom Kopf gerutscht ist. Es lag auf der Seite, die Beine an die Brust gezogen, die Arme als Schutz vor dem Gesicht. Die Frau blieb stehen, hielt den Atem an und machte die Augen zu. Ich hätte am liebsten eine Zigarette angezündet, würde sie ihrem Mann Vlado später gestehen, dem sie ihre Gefühle eigentlich schon lange nicht mehr offenbarte. Von einer der Laderampen war das Wispern von Reifen auf Beton zu hören, in der Morgendämmerung hatte es kurz geregnet. Die Frau öffnete die Augen, beugte sich über das Mädchen und bemerkte, dass es atmete und also noch am Leben war. Sie ist doch noch ein Kind, dachte sie, was werden ihre Eltern sagen? Hatte sie das Mädchen nicht schon einmal irgendwo gesehen? Gehörte es nicht zur Clique, die sich im türkischen Imbiss an der Buchserstraße traf, den sie ihrer Tochter Dragica verboten hatten, weil es hieß, dort werde Alkohol an Jugendliche verkauft? Wie schmal das Mädchen war. Sein Gesicht war voller Blut, das rechte Auge zugeschwollen, die Lippe aufgeplatzt. Dass ein Zahn vor dem zerschlagenen Mund auf dem Boden lag, sah die Frau erst, als sie sich abwenden wollte, um endlich Atem zu schöpfen. Ich habe, erzählte sie ihrem Mann abends, ich habe die ganze Zeit, in der ich das Mädchen betrachtete, die Luft angehalten, als schütze mich das. Schützen, aber vor was denn schützen, wollte er wissen? Da hatte sie endlich angefangen zu weinen.

Im Durchgang aber blieb sie ruhig und gefasst, als stehe sie neben sich, oder nein, *über* sich, als gehe es jetzt in erster Linie darum, stark zu sein und das Kind vor weiterer Aufregung zu bewahren. Plötzlich sah sie die rosa Lidränder ihrer Kaninchen vor sich, wie lange sie nicht mehr an die Tiere ihrer Kindheit in Split gedacht hatte, nun erschienen sie vor ihr, als seien sie nicht bloß eine Erinnerung. Die Lider hatten selbst dann hellrosa geleuchtet, wenn die Kaninchen die Augen geschlossen hatten, als brenne ein Licht in den Köpfen mit den großen weichen Ohren, die sie so gern gestreichelt hatte.

Der Durchgang, dies letzte Stück ihres Arbeitsweges, hatte ihr immer Angst gemacht, nun wusste sie also endlich weshalb.

Das Echo ihrer Schritte war ihr unheimlich, als sei nicht sie selbst es, die es verursachte, sondern jemand anders, ein Geist, der sie begleitete. Oder folgte er ihr? Warum gab sich dieser Geist nur in diesem Durchgang zu erkennen? Woran wollte er sie erinnern, was wollte er ihr sagen? Und warum sagte er es ihr nicht einfach geradeheraus? Nicht einmal diese finsteren Gedanken sollte sie Vlado abends verschweigen, obschon sie natürlich ahnte, nein wusste, dass er sie nicht verstehen würde. Geist, was redest du, Frau, es gibt keine Geister!

Warum die Frau erst ihren Mann anrief und danach den Notruf, sie hätte es nicht erklären können. Vlado hob nach dem siebten Klingeln ab, sie störte ihn, das verriet seine Stimme. Er saß mit dem ersten Bier nach seiner Nachtschicht bei Chocolat Frey am Küchentisch. Du musst, befahl er ihr, sofort die Polizei alarmieren, hörst du, Frau, sofort, ich komme, ich bin schon unterwegs, und fass nichts an, hörst du, Frau, fass nichts an!

Dann wählte sie die Nummer des Notrufs und kniete sich neben dem Mädchen hin, streichelte ihm das Gesicht und versicherte mit leiser Stimme, alles werde gut. Wie lange hatte sie das zu niemandem mehr gesagt, auch zu sich selbst nicht? Alles wird gut! Alles wird gut! Sie wiederholte den Satz so lange, bis er keinen Sinn mehr ergab und einfach nur noch aus Wörtern bestand, die das Mädchen in Sicherheit wiegen sollten. Alles wird gut! Sie kam sich vor wie früher, als sich ihre Dragica noch von ihr hatte berühren und streicheln lassen, abends, nach der Schule, wenn sie Trost brauchte nach einer schlechten Note, oder nachts, wenn sie aus einem bösen Traum erwachte und um Hilfe rief, Mama!, Mama!

Als sie hörte, wie die Sirenen der Ambulanz näher kamen,

strich sie dem Mädchen über die Wange, stand auf, zündete sich endlich eine Zigarette an, schloss die Augen und inhalierte tief.

Es schneite, als die Sanitäter die Trage mit dem Mädchen aus dem Durchgang trugen, dicht und heftig, viel zu früh, Flocke an Flocke, es war doch erst September, ein Wirbel wie im tiefsten Winter. Bis die Männer die Ambulanz erreichten, die mit offener Hecktür vor dem Durchgang stand, war der Boden mit einer dünnen Schneeschicht bedeckt, auf der die Abdrücke ihrer Schuhe stehenblieben, ganz kurz nur, dann waren sie wieder verschwunden, ausgelöscht.

IN DER FREMDE

1

Roberta Kienesberger stand am Fenster des Bibliotheksraums und sah in den Garten hinaus. Die Wolkenbank, die sich schnell über den Himmel schob, war schieferfarben, das Sonnenlicht, gefiltert durch die Zweige der Bäume, sprenkelte die Fassade mit Flecken, die tanzten, wenn der Wind auffrischte. Anfangs hatte sie den Bücherdienst so oft wie möglich übernommen, aber seit sie nicht mehr stillsitzen konnte, hielt sie es kaum aus in der Bibliothek, in der es nach Essen roch, da sie an die Küche grenzte.

Humbel, ihr Zimmernachbar, saß auf der Parkbank und redete mit sich selbst, wie oft, wenn er sich unbeobachtet fühlte. Sie wusste, wovon Humbel redete, schließlich kannte er nur ein Thema: die Fortpflanzung von Tieren. Die Kieswege leuchteten in der fahlen Abendsonne, der Himmel war jetzt leer und weit, und sie trat auf den Gang hinaus und holte den Wagen herein, auf dem sich die zurückgebrachten Romane und Bildbände stapelten. Sie war nie eine Leserin gewesen und hatte sich nur dafür gemeldet, die Bücher alphabetisch in die Regale einzuordnen, weil es eines der Ämtchen war, bei denen man alleine war und seine Ruhe hatte. Sie interessierte sich noch immer nicht für Literatur, aber seit sie vor vier Wochen in *Hiob* von Joseph Roth ein gefaltetes Blatt Papier gefunden hatte, auf dem in sorgfältiger Handschrift mit Bleistift Worte aufgelistet waren, schlug sie jedes Buch auf, bevor sie es zurückstellte. Sie hatte damals einen ganzen Nachmittag gebraucht, um die einundzwanzig Worte der Liste in Joseph Roths Roman zu finden: jedes einzelne Wort war, verteilt über die 297 Druckseiten, mit Bleistift unterstrichen gewesen. Sie sammelte die Listen, mittlerweile waren es acht, in einem Umschlag, aber sie hatte nie ernsthaft versucht, herauszufinden, wer sie schrieb. Die Handschrift gefiel ihr, sie war klein und doch großzügig, energisch und doch elegant. Es war die Schrift eines Mannes, stellte sie sich vor, eines gebildeten Mannes, der gewöhnt war, Anweisungen zu erteilen, der seine Bleistifte messerscharf spitzte.

Heute lag die Liste im untersten Buch des Stapels, *Die Nacht von Lissabon* von Erich Maria Remarque. Remarques *Im Westen nichts Neues* hatte sie in der Schule gelesen, viele Jahre war es her, gefallen hatte es ihr nicht. Sie nahm die Liste aus dem Buch, entfaltete sie aber erst, als sie wieder am Schreibtisch saß:

> *Passagierdampfer*
>
> *Glaskabine*
>
> *Indonesien*
>
> *Obersturmbannführer*
>
> *Girlanden*
>
> *Lump*
>
> *Bienengesumm*
>
> *Monteuranzug*
>
> *Ausreisevisum*
>
> *Kostbarkeiten*
>
> *Kanarienvogel*
>
> *Mücke*

Roberta machte sich nicht mehr die Mühe, nachzuprüfen, ob die Worte wirklich aus dem Buch stammten, in dem die Liste lag. Die ersten drei Listen hatte sie noch überprüft, aber da sie auf kein einziges Wort gestoßen war, das sich nicht auf irgendeiner Buchseite fand, verzichtete sie mittlerweile auf die Kontrolle. Die neue Liste beschränkte sich auf Hauptworte. Manchmal waren es ausschließlich Tätigkeitswörter, manchmal Adjektive oder Namen, manchmal nur Fremdwörter. Anfangs hatte sie sich vorgestellt, die Wörter seien eine Botschaft, eine verschlüsselte Nachricht an sie, da man im Haus ja wusste, dass sie die ausgeliehenen Bücher einreihte. Doch die Idee war ihr bald als eitel erschienen, und sie hatte aufgehört, die einzelnen Worte in einen Zusammenhang bringen zu wollen. Es waren Wörter, mehr nicht, eins unter dem andern, abgeschrieben aus Büchern, die sie nie lesen würde. Sie würde die Liste zu den anderen in den Umschlag stecken.

Als sie aus dem Fenster sah, war Humbel verschwunden, der Garten leer. Es ist doch bald vorbei, dachte sie, und ich vertue die Zeit, die mir bleibt, an einem Ort, an dem ich nicht freiwillig bin. Ein Kirschbaum bin ich, krumm und verwachsen, der immer noch Früchte trägt. Früher hatte sie nie solche Gedanken gehabt. Sie machten ihr keine Angst, sie verwirrten sie. Sie blieb sitzen, bis es so dunkel war, dass sie eigentlich das Licht hätte anmachen müssen. Sie hörte Stimmen auf dem Korridor, das Tappen von Stöcken, das Quietschen von Gummirädern. Aus ihrem Zimmer im langgestreckten Westtrakt konnte sie zwar nicht auf den Hallwilersee hinuntersehen, dafür sah sie über eine Wiese hinweg den Wald, fünfzig, sechzig Meter entfernt, Bäume, die beim kleinsten Wind rauschten, sich wiegten und nach vorne neigten, als wollten sie aus der Reihe der Stämme heraustreten, um sich davonzumachen.

Manchmal sah sie Rehe am Saum des Waldes, das versöhnte sie jeweils für kurze Zeit mit der Situation, mit der sie sich nicht abfinden wollte. Die Rehe standen mit erhobenen Köpfen im Dämmerlicht und sahen minutenlang reglos zu den verschiedenen Gebäuden des Altenheimes hinüber, als wollten sie herausfinden, was die Menschen sich von ihrem Leben erhofften und was sie von ihnen unterschied. Die Flecken unter den Sterzen leuchteten, manchmal sah sie die Atemfahnen der Tiere vor der finsteren Wand aus Bäumen.

In der Küche nebenan klapperten Pfannen, Roberta hörte die Stimme des Kochs, der die tamilischen Hilfskräfte herumbefahl. Auch das Klackern kannte sie, Marianne Gautschi, die Frau mit dem Gesicht einer Dörrpflaume, die noch immer Schuhe mit Absätzen und enge Kostüme trug und die jungen Pfleger anfasste, wann immer sie in ihre Nähe kam, trommelte mit ihren lackierten Nägeln gegen die Glastür des Speisesaales, als könne sie es nicht erwarten, dass man sie einließ. Dabei kam sie immer als Letzte in den Saal und nahm erst Platz, wenn alle anderen bereits saßen, das Besteck in Händen.

Roberta blieb sitzen, bis es zu dunkel war, um die Buchrücken in den Regalen auseinanderhalten zu können. Sie würde warten, bis die anderen an den Tischen saßen, dann bemerkten die sie vielleicht nicht, wenn sie zu ihrem Zimmer hinüberging. Die Stimmen vor dem Esssaal erinnerten sie an die Bienen von Hausmann, dem Besitzer der Schreinerei, in der sie über zwanzig Jahre als Sekretärin gearbeitet hatte. Zwei Fenster der kleinen Wohnung über der Schreinerei, die er ihr vermietet hatte, gingen auf die Wiese hinaus, auf der die Bienenstöcke standen. Manchmal war das Summen so bedrohlich gewesen, als flögen die Völker durch ihre drei Zimmer, ausgesandt von Hausmanns eifersüchtiger Frau Elisabeth, und deshalb voller Rachsucht und Hass.

Roberta brauchte eine Weile, bis sie begriff, woher der unangenehme chemische Geruch kam, der ihr in die Nase stieg: Unter dem Radiator lag ein offener Klebestift, der ihr nicht aufgefallen war. Sie schraubte ihn zu und legte ihn in die Schublade mit dem Schreibzeug, dann stand sie auf. Sie spürte ihr Herz, es schlug beharrlich und irgendwie streng, als wolle es sie belehren. Sie hatte lange nicht mehr an früher gedacht, aber seit einiger Zeit tat sie es. Es waren keine Szenen, die sie vor sich sah, es waren Bilder, sie erinnerte sich an das Licht über der Wiese hinter dem Elternhaus, wenn sie morgens im Nachthemd aus dem Fenster des Kleinhäuslerhofes geblickt hatte, erinnerte sich an ihre vier Kühe am Trog, die gefleckten Schädel nach ihr umgewandt. Sie sah den Krähenschwarm in den Bäumen hinter dem Schuppen mit der Werkstatt des Stiefvaters hocken, sah die neue Brücke über die Traun, drunten, im Ort, roch das flaschengrüne Flusswasser, das unter ihr vorbeizog, und den Malzkaffee, den ihr Stiefvater Johann trank, bevor er mit dem Rad in die Saline fuhr, wo er Schicht arbeitete, hörte das Summen der elektrischen Schreibmaschinen im Schulungsraum über der Papeterie in Bad Ischl, wo sie einen Kurs belegte. *Augen nach rechts, nicht auf die Tastatur, nach rechts – und los, Maschinen einschalten!* Warum, fragte sie sich, kann ich mich nicht an den Tag erinnern, an dem ich beschlossen habe, von zu Hause wegzugehen und in der Schweiz Arbeit als Sekretärin zu finden? Gibt es ihn vielleicht gar nicht, den ganz bestimmten Moment, in dem ich den Entschluss fasste? Ist es etwa einfach geschehen, so, wie es sich einfach ergibt, dass man eines Tages Mann und Sohn verlässt, ohne sich Gedanken über die Konsequenzen zu machen? Sie sah den meterhohen Schnee ihrer Kindheit vor sich, der in der Dämmerung leuchtete, sah die Wege, die in Schlangenlinien durch ungemähte Wiesen führten, die Kellerstiege, auf der es nach Äpfeln roch und dem sauren Most, den ihr Stiefvater in großen grünen Glasflaschen anmachte.

Sie stand auf, öffnete die Tür, trat vorsichtig auf den Korridor hinaus und ging dann schnell an den Scheiben des Esssaales vorbei. Die anderen waren mit Essen beschäftigt und bemerkten sie nicht; nur Moser, der frühere Dorfpolizist, hob den Kopf und sah sie strafend an. Verändern kann man die Vergangenheit nicht, dachte Roberta, als sie aus dem Hauptgebäude auf den Plattenweg trat, der zu ihrem Wohntrakt hinüberführte, aber man kann sie überwinden.

2

Ayfer Boskül saß auf dem Bett ihres Zimmers und sah in den Hinterhof hinunter. Die streunenden Katzen hatten es schon wieder geschafft, den Blechbehälter mit den Küchenabfällen umzustürzen, und stritten sich um Fischköpfe und Hühnerknochen. Ihr Zimmer lag über der Küche des Hotels Eysan, das Burhan, dem älteren Bruder ihres Vaters gehörte; sie öffnete das Fenster nur nachts, wenn die Köche gegangen und der Dampfabzug ausgeschaltet worden war, sonst waren Lärm und Gestank nicht auszuhalten.

Abgesehen vom Bett hatte ihr der Onkel einen Tisch, einen Schrank und zwei Plastikstühle aus dem Gästegarten seines Hotelrestaurants ins Zimmer gestellt; früher hatte Tante Yeter das Zimmer mit Betonfußboden als Büro des Hotels benutzt, jetzt arbeitete sie im neuen Anbau mit den elf Doppelzimmern, von dessen Balkonen man einen Streifen des Strandes von Sile sehen konnte.

Ayfer ging mit ihrem Gesicht so nahe an das Fenster heran, bis das Glas beschlug. Eine der Katzen war größer als die anderen, sie hielt sich von der fauchenden Meute fern und blickte zu ihr hoch. Sie sah aus, als warte sie auf etwas. Ayfer trat schnell vom Fenster zurück, weil ihre Tante Yeter den Hof betrat, um heimlich zu rauchen. Von den *köfte*, die ihr Yeter nach Einbruch der Nacht gebracht hatte, war nichts mehr übrig, das *zeytinyagh* hatte sie nicht angerührt. Sie konnte gekochtes Gemüse nicht ausstehen, schon gar nicht, wenn es kalt gegessen wurde. Sie hörte die Stimme ihrer Tante auf dem Hof, sie redete leise mit sich selber, wie oft, wenn sie alleine war und sich unbeobachtet fühlte. Vor ein paar Tagen war es Ayfer gelungen, unbemerkt nahe genug an Yeter heranzukommen, als die mit sich selber redete, und hatte gehört, dass sie einen Fluch nach dem anderen ausstieß, mit leiser, aber scharfer Stimme, Flüche, die nicht einmal Großvater Bekir verwendet hatte, so schlimm waren sie.

Ayfer machte das Licht aus und trat vorsichtig ans Fenster; die rote Glut der Zigarette verriet, dass Yeter hinter dem Container mit den leeren Glasflaschen kauerte. Ayfer legte sich im Dunkeln aufs Bett, schob sich die Muscheln der

Kopfhörer von Urbanears über die Ohren und startete die Musik. Ihr Vater hatte ihr die Kopfhörer und den iPod nano vor dem Abflug nach Istanbul als Ersatz für ihr Handy geschenkt, das er ihr abgenommen hatte, damit sie nicht mit ihrem Freund Davor in der Schweiz reden konnte. Ihre Sehnsucht nach Davor war manchmal so groß, dass sie sich in den Handrücken beißen musste, um nicht aufzuschluchzen. Am Tag vor ihrer Abreise hatte er ihr erzählt, es gebe eine Waffe, die Menschen bei lebendigem Leib koche, so eine wünsche er sich, um ihren Vater für immer aus dem Weg zu räumen. Er hatte ihr versprochen, kein anderes Mädchen auch nur anzusehen, geschweige denn anzufassen oder gar zu küssen.

Seit sie in der Türkei war, gefiel ihr nicht mehr die gleiche Musik wie früher. In Suhr hatte sie vor allem türkische Sänger und Sängerinnen gehört, Murat Boz, Hadise, Tarkan und Tuba Büyüküstün, aber seit sie in Sile war, ging ihr die türkische Musik auf die Nerven, und sie hörte immer wieder die drei gleichen Songs, süchtig nach den Melodien und Rhythmen, die sie an ihre Zeit mit Davor erinnerten: *I'm Not Afraid* von Eminem, *When September Ends* von Green Day und *Stronger* von Kelly Clarkson. Aber heute konnte sie auch diese Songs nicht hören; sie drückte die Stopptaste, zog die Kopfhörer aus und legte sich auf den Rücken.

Die Hintertür zur Küche fiel ins Schloss, ihre Tante hatte ihre Zigarette wohl geraucht. Ayfer hatte vor einigen Tagen damit begonnen, in ihrem Kopf Listen der Menschen zu erstellen, die sie hasste oder liebte. *Amca* Burhan stand auf dem zweiten Platz ihrer Hassliste, direkt hinter ihrem Vater Celik, aber vor ihrer Mutter Aygül. Zuoberst auf ihrer anderen Liste stand natürlich Davor, gefolgt von ihrem älteren Bruder Nadir und ihren besten Freundinnen Ajla und Dasara. *Teyze* Yeter setzte sie einmal auf diese, einmal auf die andere Liste. An ihrem vierten Tag in Sile hatte ihr Yeter etwas Geld zugesteckt und ihr eingeschärft, es zu verstecken und ihrem Mann gegenüber auf keinen Fall zu erwähnen. Andererseits war Yeter an gewissen Tagen ungerecht, gemein und böse; als Ayfer sich weigerte, ihr *hamsi pilavi* zu essen, weil sie Sardellen nicht ausstehen konnte, hatte Yeter sie angeschrien und ihr mit der flachen Hand ins Gesicht geschlagen.

Früher hatte Ayfer Familienferien in der Türkei geliebt; das Haus ihrer Großeltern Bekir und Nuray am Hafen von Amasra am Schwarzen Meer war ihr so vertraut, als sei sie dort geboren worden, nicht ihre Mutter. Und wenn man sie gefragt hatte, wo sie später einmal leben wolle, wenn sie es sich aussuchen könnte, hatte sie geantwortet, »auf den Malediven, aber weil das nicht passieren wird, in der Türkei, in Amasra am Schwarzen Meer«. Sie hatte davon geträumt, in der Türkei zu leben, jetzt sehnte sie sich nach der Schweiz.

Ende Juni hatte sie die Sekundarschule abgeschlossen, aber keine Lehrstelle gefunden, und ihr Vater hatte beschlossen, sie zu seinem Bruder in die Türkei zu schicken, wo sie eine Anlehre als Köchin machen konnte. Dass Ayfer bei ihrem Onkel und ihrer Tante in einem Gefängnis gelandet war, hatte sie gleich begriffen, nachdem ihr Vater sie am 14. September bei ihnen abgeliefert hatte. Sie hatte kein Handy, durfte keinen der drei Hotelcomputer benutzen, es war ihr verboten, das Haus alleine zu verlassen. Den Lohn, der ihr für ihre Arbeit zustand, zahlte ihr Onkel auf ein Bankkonto ein, das er für sie eröffnet hatte, wie er behauptete. In den drei Wochen, die sie jetzt hier war, hatte Yeter sie erst ein Mal nach Sile mitgenommen, wo es von Internetcafés wimmelte, aus denen sie endlich mit Davor hätte skypen oder ihm eine Mail schicken können.

Wenn sie sich nicht bewegte und den Atem anhielt, konnte sie das Meer hören. Das Zischeln der auslaufenden Wellen besänftigte sie und trug sie zurück. Sie sah sich neben Davor auf einem der Steinblöcke in der Suhre sitzen, ein gutes Stück vom Freibad entfernt, in dessen Nähe die anderen am Ufer des Flüsschens saßen, rauchten, tranken, abhingen und Musik auf ihren iPods oder iPhones hörten. Davor und sie gingen jeweils ein Stück flussabwärts, dann zogen sie die Schuhe aus und wateten zu einem der großen Steine hinaus, die im Wasser versenkt worden waren, um ein Biotop zu schaffen. Dort konnten sie sich im Schutz der Nacht küssen und anfassen. Auf einem dieser Steinbrocken, flach und rechteckig wie ein Tisch, hatte Ayfer ihm erlaubt, sie zu lecken, bis sie ihm nach höchstens zwei Minuten einen Orgasmus vorspielte, weil es ihr peinlich war und sie sich vorstellte, schlecht zu riechen.

In der Küche unter ihr fiel klirrend etwas auf den gefliesten Boden, und ein Mann fluchte. Wenn sie sich nicht täuschte, war es der älteste der drei Köche, die ihr Onkel beschäftigte. Der Mann mit dem Schnurrbart, der ihm wie eine schwarze Bürste über der Oberlippe klebte, stammte aus Izmir und stank selbst dann nach *kolonya limon,* wenn er Knoblauch andünstete. Er fasste ihr bei jeder Gelegenheit an den Hintern und hielt sich nur zurück, wenn ihr Onkel oder ihre Tante in der Nähe waren, die Gegenwart der anderen Köche schien ihn nur noch mehr anzustacheln. Gleich darauf hörte Ayfer Schritte ihres Onkels auf der Treppe; sie hatte rasch gelernt, zu erkennen, wer sich ihrem Zimmer näherte. Ihre Tante ging, als sei es ihr unangenehm, den Boden zu berühren, die Schritte des Koches aus Izmir waren laut, klangen aber gleichzeitig verschämt. Und ihr Onkel ging, wie er redete: selbstherrlich, laut, polternd.

Ayfer stand schnell auf und drehte den Schlüssel im Schloss, bevor Burhan vor ihrer Tür stand. Sie hatte sich kaum wieder hingelegt, als er an der Klinke rüttelte.

»Mach auf, Ayfer«, sagte er, »dein Vater will mit dir reden.«

Ayfer legte sich vorsichtig hin und machte die Augen zu. Ich schlafe, er soll denken, ich schlafe! Sie hasste die Stimme des Onkels genauso wie seine Alkoholfahne.

»Du sollst aufmachen!«

Ayfer blieb reglos liegen, ein sechzehnjähriges Mädchen aus Stein, mit jagendem Puls. Ich spüre nichts, dachte sie, rein nichts, es gibt mich nicht, aber tot, tot bin ich nicht. Sie hatte mitbekommen, wie oft sich ihr Onkel und ihre Tante stritten; Burhan hatte an allem, was seine Frau tat, sagte oder machte, etwas auszusetzen, Yeter warf ihm vor, er trinke zu viel. Einmal hatte Ayfer gesehen, wie er sie gegen die Bürowand gedrückt hatte, die Hände um ihren Hals gelegt, als wolle er sie erwürgen, weil sie auf ein Zitat aus dem Koran, das er ihr als Rechtfertigung für ein weiteres Bier ins Gesicht schrie, mit einem anderen Zitat reagiert hatte. Ayfer hatte sich die Titel der Zitate gemerkt und im Koran des Onkels nachgeschlagen: Auf Sure 16, »Die Biene«, Vers 67 »Und wir geben euch von den Früchten der Palmen und Weinstöcke zu trinken, woraus ihr euch einen Rauschtrunk macht und außerdem schönen Unterhalt. Darin liegt ein Zeichen für Leute, die Verstand haben«, hatte Yeter mit Sure 5, »Der

Tisch«, Vers 90 reagiert: »Wein, das Spiel, Opfersteine und Lospfeile sind ein wahrer Gräuel und des Satans. Meidet es! Vielleicht wird es euch dann wohler gehen.«

Ihr Onkel fluchte und rüttelte an der Klinke, als könne er das Schloss mit Gewalt aufhebeln.

»Du machst jetzt diese verdammte Tür auf!«

Sie genoss es, türkisch zu reden, aber wenn ihr Onkel etwas sagte, verabscheute sie die Sprache ihrer Eltern, die sie doch über alles liebte, so sehr, dass ihr nichts anderes übrigblieb, als ins Schweizerdeutsche zu wechseln, was ihn zur Weißglut trieb.

»Du machst jetzt diese verdammte Tür auf, Mädchen.«

Schlimmer als ein schweizerdeutscher Satz von ihr war ihr Schweigen. Ihr Onkel Burhan war es gewohnt, Antwort zu bekommen. Er verlor die Fassung, wenn sie ihn mit einem leeren und gleichzeitig arroganten Mädchengesicht anschwieg, einem Gesicht, das ihm deutlich sagte: »Ich verachte dich!« Als er anfing, gegen das Türblatt zu hämmern, stand Ayfer auf, drehte den Schlüssel um, öffnete die Tür und trat zwei Schritte ins Zimmer zurück, beide Arme um den Oberkörper gelegt.

»Ich habe Musik gehört, Efendi«, sagte sie auf Türkisch.

Sie deutete eine Verbeugung an und zeigte auf die Kopfhörer. Burhan kniff die Augen zusammen und schnalzte mit der Zunge.

»Dein Vater!«

Ayfer zögerte einen Herzschlag lang, dann ergriff sie das Telefon, das er ihr entgegenhielt.

»Baba?«, sagte sie und drehte sich von ihrem Onkel weg.

3

Das Zimmer, in dem Roberta seit drei Monaten lebte, war kleiner als ihr früheres Schlafzimmer, doch dank der Glastür, die auf einen Sitzplatz hinausging, war es heller. Bis auf die gerahmte Fotografie ihres Elternhauses und drei Koffer mit Kleidern und Schuhen hatte sie alle ihre Sachen in eine Brockenstube gegeben, als sie gezwungen worden war, die Wohnung über der Schreinerei aufzugeben.

Sie öffnete die Glastür und setzte sich auf den Plastikstuhl, den sie von der Terrasse vor dem Café des Altenheimes mitgenommen hatte, ohne jemanden zu fragen, ob sie das dürfe. Abends wurde es jetzt bereits kühl; sie hatte das Ende des Sommers immer geliebt, wenn das Licht bleicher und die Tage kürzer wurden. Sie hörte einen Automotor auf der Straße, die durch den Wald führte, und glaubte, eine Karosserie zwischen den Bäumen aufblitzen zu sehen. Die Äste ihrer Lieblingsbirke hoben und senkten sich, als atme der Baum, seine Blättchen flirrten silbern. Direkt vor der Birke gab es eine kleine Senke, grasgepolstert, nicht größer als eine Badewanne, in die sie sich schon mehrmals gelegt hatte, weil sie sie an die Grasmulde ihrer Kindheit erinnerte, in der sie Michael, dem Sohn des Nachbarn, zum ersten Mal erlaubt hatte, ihre Brüste anzufassen. Es dauerte keine zehn Minuten, dann hörte sie, wie an ihre Zimmertür geklopft wurde. Sie stand auf, trat vom Sitzplatz in ihr Zimmer zurück, machte das Licht auf dem Nachttischchen an und öffnete die Tür.

Frau Gabathuler, die Hausleiterin, lächelte verkrampft. Sie hatte sich, wie jeden Tag, einen pastellfarbenen Pullover über die Schultern gelegt, als gehe sie einer Freizeitbeschäftigung nach, keiner Arbeit. Roberta bat sie mit einem Nicken in ihr Zimmer, blieb aber stehen und bot ihr auch nicht an, sich zu setzen.

»Das geht wirklich nicht, Frau Kienesberger.«

Frau Gabathuler schüttelte lächelnd den Kopf und bewegte ihren erhobenen Zeigefinger hin und her. Der Finger war mit blauer Tinte verschmiert. Sie roch nach Pfefferminz, wie immer gegen Abend; Roberta wusste, wo die Hausleiterin den Likör versteckte, sie hatte sie durch das Fenster ihres Büros dabei beobachtet, wie sie die unterste Schublade ihres Schreibtisches herauszog und sich verstohlen umblickte, bevor sie einen Schluck direkt aus der Flasche genommen hatte.

»Sie müssen essen, Frau Kienesberger!«

»Ich esse doch.«

»Aber nicht mit uns!«

»Doch!«

»Nicht die letzten zwei Tage. Gibt es vielleicht etwas, über das Sie mit mir reden möchten, Frau Kienesberger?«

Roberta schüttelte den Kopf und trat einen Schritt zurück. Frau Gabathuler kam den Menschen, mit denen sie redete, zu nahe, das hatte Roberta von Anfang an gestört an ihr.

»Ihr Beistand macht sich Sorgen.«

»Das muss er nicht.«

»Schmeckt Ihnen unser Essen nicht?«

»Ich esse alles.«

»Na also.«

»Aber lieber allein.«

»Gefällt Ihnen der Tisch nicht, an dem Sie sitzen? Vielleicht sollten Sie sich einen anderen Platz suchen, Frau Kienesberger. An einem Tisch, an dem Sie sich wohl fühlen.«

War es klug, Frau Gabathuler zu erzählen, dass sie den Tisch bereits zwei Mal gewechselt hatte, seit sie hier war? Die Hausleiterin legte ihr die Hand auf den Arm, die Hand war erstaunlich warm, und ein Geräusch entfuhr ihr, laut und ohne Absicht, ein Seufzen. Wie lange war sie von niemandem mehr berührt worden? Die Hausleiterin blickte sie erstaunt an, zog ihre Hand zurück und lächelte unsicher.

»Heute tragen Sie ja sogar ein Kleid, Frau Kienesberger.«
»Geschminkt habe ich mich auch!«
»Wollen Sie nicht doch etwas essen?«
»Lieber nicht, nein. Ich bin abends nie hungrig.«
»Aber später setzen Sie sich auch zu uns, ja? Wir spielen Karten.«

Frau Gabathuler sah sie prüfend an, und Roberta machte eine Handbewegung, die sie als Zeichen der Zustimmung verstehen konnte. Die Hausleiterin trat auf den Gang hinaus, Roberta machte schnell die Tür hinter ihr zu, drehte den Schlüssel um und löschte das Licht. Die Hausleiterin hatte sie in der ersten Woche gefragt, weshalb sie nie Kleider trage, nie Röcke, sondern immer Kordhosen, die doch besser zu einem Mann passten. Es gebe keine Kleidervorschrift in ihrem Haus, natürlich nicht, dennoch erlaube sie es sich, diese Frage zu stellen. Ich bin, dachte Roberta, zeitlebens zu nahe am Ufer geblieben, ich habe mich nie wirklich hinausgewagt, dorthin, wo das Wasser bodenlos ist und dunkelblau, fast schwarz. Die ausgesperrte Hausleiterin klopfte noch einmal gegen die Tür, allerdings leise und zaghaft, als schäme sie sich, einer alten Frau nicht ihren Willen zu lassen, dann entfernten sich ihre Schritte.

Roberta ließ einen Moment verstreichen, bevor sie die

Campingmatte und den Daunenschlafsack aus dem Schrank nahm, beides in dem Outdoor-Geschäft in Zürich gekauft, in dem sie auch den Rucksack, die Trekking-Stiefel, das Biwakzelt und die restliche Ausrüstung gefunden hatte. Sie entrollte die Matte neben der offenen Glastür und warf den Schlafsack darauf. Dann zog sie sich bis auf die neue Thermo-Unterwäsche und die Stützstrumpfhosen aus und kroch in den blauen Schlafsack. Wenn sie sich bewegte, knarzte das Nylon, das sich unangenehm anfühlte; der Reißverschluss drückte kalt gegen ihre Beine. Die Trekking-Stiefel hatte sie zuerst gekauft, vor einem Monat. *La Sportiva Nepal Trek EVO GTX*. Lindgelb, schwarz. Nepal! Sie war mit dem Zug nach Zürich gefahren, aufgeregt wie als junge Frau, wenn sie von Ebensee nach Bad Ischl fuhr, die Blätter mit den Tippübungen in einer Mappe aus Kunstleder, die ihr Steinkogler, der Nachbar, der nach dem Krieg mehrere Jahre in Frankreich in einem Gefangenenlager gewesen war, geschenkt hatte. Es waren Schuhe für Abenteurer, Schuhe für Bergsteiger, nicht für Frauen in Altenheimen. Darum versteckte Roberta sie, genau wie den Rest der Ausrüstung, auf dem Dachboden der Schreinerei, in der sie früher gearbeitet hatte und die längst geschlossen worden war. Nur den Schlafsack und die Campingmatte bewahrte sie im Schrank auf; falls die Portugiesin, die das Zimmer saubermachte, danach fragte, würde sie ihr erzählen, dass sie friere und dass ihr die Matratze zu hart sei. Die Trekking-Stiefel sahen schwer aus, dabei waren sie leicht und bequem. Um sie einzulaufen, hatte Roberta sie so oft wie möglich getragen, natürlich nur heimlich, wenn niemand sie sah, jetzt saßen sie wie Hausschuhe. Im Radiator hinter ihr gluckste Wasser, vielleicht, weil sie ihn ganz heruntergedreht hatte. Sie lag auf dem Rücken und sog mit geblähten Nasenflügeln die kalte Abendluft ein, die durch die Tür strömte. Wie das Pferd meiner Kindheit, dachte sie, das die Nüstern blähte und schnodderte, wenn ich es striegelte und ihm mit leiser Stimme erzählte, was mich beschäftigte. Gott, was waren seine Nüstern weich, weich wie aschefarbener Samt, und was gäbe ich dafür, sie noch ein einziges Mal berühren zu dürfen.

Nach Mitternacht war es im Altenheim endlich still geworden, und Roberta konnte sich in die Wiese vor ihrem Zimmer legen. Es war die vierte Nacht, die sie im Freien verbrachte, im Schlafsack auf der Campingmatte, im ungemähten Gras. Gefroren hatte sie nur in der ersten Nacht. Der Sprühregen, der in der zweiten Nacht niedergegangen war, hatte sie nicht gestört, er hatte ihr gefallen, weil er ihr das Gefühl gab, der Natur zu trotzen und bereit zu sein für ihre Reise.

Im Zimmer der Nachtschwester am Ende des Flures brannte Licht, sonst waren alle Fenster des Hauses dunkel. Über dem Wald war der Himmel schwärzer als über dem See, eine Weile lang bellte ein Hund, weit entfernt auf einem der Höfe am Lindenberg am anderen Ufer. Das Gras war weich und stand so hoch, dass sie darin fast verschwand; es roch nach einer Welt ohne Regeln, ohne Vorschriften, nach dem Gras einer Bergwiese, weit entfernt von den Menschen. Wenn sie sich früher hingelegt hatte, war sie sofort eingeschlafen; heute legte sie sich hin und geriet sofort ins Grübeln. Früher! Früher hatte sie Leute verachtet, die immer nur von der Vergangenheit redeten.

Später hörte sie eine Schleiereule, sie schien durch die

Nacht zu fliegen, während sie ihre Rufe ausstieß, einschläfernd regelmäßig, einmal nah hinter ihr, dann wieder drüben am Waldrand. Oder war es das heisere Krächzen von Krähen, das ihre ruhigen Atemzüge begleitete, während sie sich mit beiden Händen am obersten Brett des Zaunes festhielt, aufgewärmt vom Sommertag? Roberta ging in die Knie und sprang auf den Zaun, der sacht schaukelte, bis sie ruhig saß. Sie durfte das Brett nicht loslassen, das wusste sie, weil sie schon einmal vom Zaun gestürzt war. Sie saß im Schatten, denn die Sonne wurde vom hellblauen Elternhaus verdeckt. Hinter ihr ächzten die Pfähle, zwischen denen die Wäscheleine gespannt war; Wind griff in die Bettlaken, blähte sie zu Segeln. *Schau nur, Mutter, schau, der Sommer dauert ewig!* Da saß sie, auf dem Zaun, auf ihrem Thron, und rieb die nackten Fersen aneinander, während sie auf Michael wartete, jung und doch am Abend vor dem Tod, weil geheilt von der kindlichen Anmaßung, das Leben stehe einem zu, stehe einem zu für immer, seit sie ihre Mutter Hertha tot im Waschhäuschen gefunden hatte. Die Arme ausgestreckt, als suche sie nach Halt, die Stirn blutig geschlagen beim Sturz gegen den Waschtrog aus Stein, lag die Mutter in der Wäsche, die sie hatte aufhängen wollen. Auch ihre zwei Nussbäume standen im Schatten, nur die Äste ihrer Kronen reichten in die Sonne hinauf, dort saßen sie, schwarz und reglos, die Krähen, die das Mädchen auf dem Zaun verhöhnten.

4

Ayfer erwachte vor dem Fiepen des Weckers, wie jeden Morgen, seit sie in der Türkei war. Sie öffnete die Augen, auf einen Schlag hellwach, und schaltete den Alarm aus. Die Sonne machte die Wand, an der ihr Bett stand, zur gleißenden Tafel, auf der zitternde Lichtkringel aufschienen. In der Schweiz war sie morgens fast nicht aus dem Bett gekommen; seit sie in Sile war, stand sie auf, sobald sie erwachte, weil sie sowieso nur ins Grübeln geriet, wenn sie liegen blieb. Es war 5 Uhr 30. Ich stehe früher auf als mein Vater, als er noch Arbeit hatte, dachte sie ohne Stolz, und nicht einmal das würde ihm gefallen.

Sie trat an die Tür und legte ihr Ohr dagegen; in den ersten Tagen war sie auf dem Weg zum Bad am Ende des langen Flures ihrem Onkel oder einem der Zimmermädchen begegnet, das frische Bettwäsche aus der Wäschekammer neben dem Bad holte. Ayfer hatte sich angewöhnt, nie barfuß durch den Flur zu gehen, weil sie sich vor dem Teppich ekelte, der beim Treppenabsatz Blasen warf, über die sie noch immer stolperte, obwohl sie sich jeden Tag vornahm, darauf zu achten. Eines der Zimmermädchen war nicht älter als sie und in einer ähnlichen Situation: Ihre Eltern hatten sie gegen ihren Willen aus Ankara nach Sile gebracht, weil ihr Bruder, der im Hotel Eysan in der Küche arbeitete, ihr die Stelle vermittelt hatte. Ayfer hatte sich zwei, drei Mal mit dem Mädchen unterhalten, dann hatte Yeter es ihr verboten.

Sie hörte weder Stimmen noch Schritte, öffnete die Tür und ging schnell durch den Flur, ihr Badetuch aus der Schweiz über der Schulter. Sie war froh um alles, was sie mitgebracht hatte, auch wenn sie ihre Sachen nicht aus dem Koffer in die Regale des Schranks umgeräumt hatte, als erwarte sie, jeden Augenblick von hier verschwinden zu dürfen. Manchmal schlug sie den Deckel ihres Koffers zurück und steckte den Kopf hinein, um ihren Geruch mit geschlossenen Augen einzuatmen und sich zu Hause zu fühlen. Die zwei Fotos von Davor, die sie ohne das Wissen ihrer Eltern in die Türkei geschmuggelt hatte, schob sie jedes Mal, wenn sie sie betrachtet hatte, zurück in den Spalt zwischen Wand und Bodenleiste neben der Tür. Ihr Geld, das sie heimlich mitgenommen hatte, fünfzig Schweizer Franken und dreißig Euro, hatte sie, in ein Briefcouvert gesteckt, an die Rückwand des Schrankes geklebt.

Das blau geflieste Bad roch muffig, dafür ging das Fenster auf ein Grundstück hinaus, auf dem mehrere Kakteen standen, die genauso aussahen wie die Kakteen, die sie als Kind gezeichnet hatte. Dahinter verlief eine staubige Straße, auf der, abgesehen vom Schulbus und von Lieferwagen, die das Hotel belieferten, kaum andere Autos fuhren. Der Himmel war hoch und ohne Wolke. Ayfer stieß das Fenster auf und konnte das nahe Meer riechen. Rasch zog sie sich aus und stieg in die Kabine, um kurz zu duschen. Die Tür des Badezimmers ließ sich nicht abschließen, darum duschte sie nur jeden zweiten oder dritten Tag. Die Morgenschicht im Hotelrestaurant gefiel ihr besser als die Mittags- oder Abendschicht. Mittags waren die Reiseleiter ungeduldig und unfreundlich, weil sie ihre Gäste so schnell wie möglich wieder in den Bussen haben wollten, abends saßen oft angetrunkene Gäste im Restaurant, die Ayfer schlecht behandelten oder betatschten. Die meisten Frühstücksgäste dagegen waren gut gelaunt, weil sie sich auf den Tag am Strand freuten und weil sie das Frühstücksbuffet mit Granatäpfeln, Feigen, Datteln und türkischem Gebäck daran erinnerte, dass sie in einem fremden Land in den Ferien waren. Außerdem entging Ayfer morgens ihrem Onkel, der nie vor neun Uhr im Restaurant auftauchte, weil er seinen Rausch ausschlafen musste.

Ayfer trat aus der Dusche, trocknete sich ab, zog sich hastig an und putzte oberflächlich die Zähne. Irgendwo im unteren Stock klingelte ein Telefon, das erst abgehoben wurde, als sie auf den Flur trat. Sie ging zur Treppe hinüber, ohne über den aufgeworfenen Teppich zu stolpern, und lief in den unteren Stock hinunter. Sie wollte die gelbe Bluse, den schwarzen Jupe und die weiße Kellnerinnenschürze, die sie zur Arbeit tragen musste, nicht in ihrem Zimmer haben, darum bewahrte sie sie in einem der Metallspinde im Umkleideraum des Servicepersonals neben der Küche auf. Sie stürmte in den Raum, in dem die Jalousien Tag und Nacht geschlossen waren, freudig überrascht, weil das Mädchen aus Ankara, das sonst immer zu spät kam, in einem geblümten BH vor ihrem Spind stand und eben in den schwarzen Jupe stieg – da bemerkte sie ihre Tante Yeter. Sie stand vor der Tür zur Küche, in der Hand einen Besen, und starrte Ayfer aus zusammengekniffenen Augen an.

»Hol die Eier«, sagte sie.

»Wie viele?«, gab Ayfer kalt zurück.

»Wie lange bist du jetzt hier?«

Ayfer verkniff sich die Antwort »schon viel zu lange«, öffnete die Tür ihres Spindes, schlüpfte aus ihren Flip-Flops und in die offenen Schuhe mit dem niedrigen Keilabsatz aus Kork.

»Jetzt sag schon«, sagte Yeter und wechselte den Besen in die andere Hand, »wie viele Eier holst du?«

»Dreißig, *Teyze*«, antwortete Ayfer, »wie immer.«

Sie drängte sich an Yeter vorbei, öffnete die Tür, ging durch die weiß gefliese Küche, in der es nach angebratenen Auberginen roch, obwohl kein Koch zu sehen war.

Durchs Fenster sah sie, wie zwei Köche und der Hilfsarbeiter aus dem Iran am Steintrog im Innenhof Fische ausnahmen und putzten. Sie entriegelte die schwere Tür der Gefrierkammer, zog sie auf und blieb auf der Schwelle stehen. Sie sah in den dunklen Raum hinein, aus dem sie die Kälte traf wie etwas, das sich anfassen lässt, darauf gefasst, etwas Gefährliches sei erwacht, das jetzt, da die Tür offen war, aufstand und auf sie zutorkelte. Die Neonröhren an der Decke flackerten auf, erloschen und flackerten von neuem auf. Die Regale mit den aufeinandergestapelten Dosen, Behältern, trommelgroßen Kübeln und PVC-Kisten schienen erst nach kurzem Zögern und mit einem Ruck in ihre Form zu finden. Der Betonboden knisterte, als Ayfer die Gefrierkammer betrat. Sie stellte sich vor, sie wage sich auf eine Eisfläche mitten im finsteren Wald, den eigenen Atem als Wolke vor dem zusammengepressten Mund, bereit, dem Bösen die Stirn zu bieten und es Schritt um Schritt nach hinten zu drängen, bis es schließlich mit dem Rücken an der Wand stand und sie um Gnade anflehte.

5

Roberta öffnete die Augen, erstaunt, nicht auf dem Bretterzaun zu sitzen, der ihr Land von Steinkoglers Grund abgrenzte. Ein Schwarm Krähen zog über ihr vorbei, der Morgen dämmerte; sie hatte tief geschlafen und von früher geträumt, wie so oft in letzter Zeit. Die Knöchel der linken Hand pochten, ihr Rücken war steif; es gelang ihr nur mit Mühe, die Knie zu beugen und die Beine anzuziehen. Sie blieb liegen, bis es nicht mehr schmerzte, Zehen und Finger zu bewegen, dann kroch sie aus dem Schlafsack und stand ächzend auf. Sie spürte Druck auf der Blase; als sie den Kopf neigte, knackten ihre Nackenwirbel. Es wurde rasch heller, sie musste sich beeilen, um unbemerkt ins Haus zu kommen. Nicht nur Humbel stand früh auf, auch die meisten anderen Bewohner des Altenheimes waren auf den Beinen, bevor das Frühstück serviert wurde. Den Schlafsack unter den Arm geknäuelt, ging sie so schnell wie möglich auf das Haus zu, die Campingmatte hinter sich herziehend. Dass sie eine Schleifspur auf dem feuchten Gras hinterließ, sah sie erst, als sie die Glastür zu ihrem Zimmer öffnete und sich umdrehte. Der Einzige, dem die Spur vielleicht auffallen würde, war Flury, der wie ein Aufseher durch die Korridore schritt und sich in jedes Gespräch einmischte, wobei sein Vogelköpfchen mit blitzenden Brillengläsern vor- und zurückstieß. Alle anderen waren blind für nahezu alles, was sie nicht direkt betraf.

Sie öffnete den Verschluss der Campingmatte mit den Zähnen und drückte die Luft heraus; das furzende Geräusch brachte sie wie jedes Mal zum Lachen. Danach rollte sie die Matte und den Schlafsack zusammen, schob die beiden kompakten Rollen in ihre Nylonhüllen und versteckte sie im Fuß des Kleiderschrankes unter der Wolldecke, auf der ihr Hund geschlafen hatte. Die Decke roch immer noch nach Prinz, auch seine schwarzen und weißen Haare hatte sie nie ausgebürstet. Sie drückte die Schranktür zu, zog sich aus und stieg in die Badewanne, um zu duschen; bevor sie das Wasser aufdrehte, fiel ihr ein, dass es gescheiter war, sich daran zu gewöhnen, nicht duschen zu können. Sie würde nicht nur im Freien übernachten, sie würde auch tagelang auf warmes Wasser verzichten müssen. Sie trat nackt aus dem Bad und fing an, vor dem Bett Kniebeugen zu machen, eine nach der anderen, langsam, aber unermüdlich. Die anderen dürfen nichts merken, dachte sie, gar nichts, und darum werde ich mich später an den Frühstückstisch setzen und die sein, die sie kennen: eine alte Frau, die man gegen ihren Wunsch ins Altenheim gebracht hat und die sich nicht länger wehren will. Eine alte Frau, die aufgegeben hat, genau wie die anderen hier auch.

Im Esssaal war Roberta wie jeden Morgen erstaunt, wie lebhaft es dort beim Frühstück zuging. Die Frauen und Männer redeten unerbittlich laut durcheinander, ohne sich um sie zu kümmern, als sie sich auf den letzten freien Stuhl an ihrem Tisch setzte. Das Frühstück hatte gerade begonnen, trotzdem liefen schon Kaffeeflecken kreuz und quer über das Tischtuch; das Brotkörbchen war bis auf eine Scheibe Weißbrot leer, das Buttertöpfchen mit Marmelade verschmiert. Das Stimmengesumm, das den Saal füllte, klang beinahe fröhlich, dachte Roberta, wie Schulkinder, die ausgelassen sind ohne die Lehrer, die sie beaufsichtigen. Oder wie alte Menschen, die sich freuen, die Nacht überlebt und einen weiteren Tag geschenkt bekommen zu haben. Mittags und abends war es gespenstisch still im Esssaal. Dann redete kaum jemand. Statt gescherzt wurde geschimpft, was man hörte, waren Husten, Schniefen und Schmatzen und das müde Kratzen von Messern und Gabeln.

Der Mann, der neben ihr saß – sie konnte sich seinen Namen nicht merken –, spuckte in sein geblümtes Taschentuch, betrachtete den Inhalt, verzog den Mund und ließ das Taschentuch verschwinden. Es klang, als schlürfe er die Luft, ein Ertrinkender. Marianne Gautschi betrat den Esssaal wie üblich als Letzte. Sie hatte beide Arme vor der Brust angewinkelt und lächelte verkrampft.

»Ich begrüße Sie ganz, ganz herzlich in Beinwil am See«, sagte sie und deutete eine Verbeugung an, »die Lokalzeit beträgt acht Uhr dreißig. Wir hoffen, dass Ihnen dieser Flug mit der Swissair gefallen hat und bedanken uns dafür, dass Sie mit uns geflogen sind.«

»Swiss«, sagte Humbel, »die Swissair gibt es nicht mehr!«

»Sie soll den Mund halten«, sagte die kleine Frau, die jeden Tag ein rosa Wolljäckchen trug.

»Wir wünschen Ihnen einen schönen Aufenthalt in der Schweiz oder eine gute Weiterreise«, fuhr Frau Gautschi fort und setzte sich.

»Genau«, sagte der Mann, der aufrecht neben Roberta saß und voller Misstrauen das Ei betrachtete, das vor ihm in einem Eierbecher stand, »sie soll den Mund halten!«

»Der Penis der Gans wird bis zu zehn Zentimeter lang«, sagte Humbel und blickte sich streng um, »wenn er erigiert ist.«

»Ganter«, sagte der Mann, der das Ei mittlerweile geköpft

hatte und einen Löffel in der Hand hielt, »die männliche Gans heißt Ganter.«

»Nach der Kopulation«, sagte Humbel ungerührt, »muss die männliche Gans fliehen, weil das Weibchen den Penis nämlich attackiert, falls er noch nicht rückverlagert ist.«

»Anserinae«, sagte der Mann und stieß den Löffel in das Ei, »das ist lateinisch und heißt Gans.«

Der Mann fing hastig an, das Ei zu löffeln, als sei es eine unangenehme Aufgabe, die möglichst schnell erledigt werden musste.

»Rückverlagert«, zwitscherte die Frau im rosa Wolljäckchen. Sie sah sich um, ihr Blick bekam etwas Hilfloses, als suche sie, von einer Sekunde zur nächsten, nach Halt. Das Messer glitt ihr aus der Hand und klirrte zu Boden. »Seit gestern bin ich auch gegen Geranien allergisch«, sagte sie und zupfte an ihrem Jäckchen.

»Radieschen«, sagte der Mann und schob den Eierbecher von sich, »ich bin allergisch gegen Radieschen. Und ich hatte zwei Darmverschlüsse. Ich war sogar schon mal tot! Fast zwei Minuten lang. Tot!«

»Weinbergschnecken sind Zwitter«, sagte Humbel und klopfte auf den Tisch, »bei der Paarung stoßen sie sich gegenseitig Kalkpfeile in den Körper.«

»Klinisch tot!«

»Um sich zu reizen. Kalkpfeile!«

Roberta stand auf, murmelte eine Entschuldigung und ging aus dem Esssaal, ohne sich um die Blicke und das Getuschel der anderen zu kümmern. Der Korridor war leer, die Gummisohlen ihrer Schuhe quietschten. Der Pfleger, der ihr an ihrem ersten Tag im Altenheim eine Tüte Bonbons zugesteckt hatte, um sie zu beruhigen, saß am Bürotisch im Bereitschaftszimmer und sah sie lächelnd an, als sie an ihm vorbeiging.

»Na, Frau Kienesberger, schon wieder alleine auf Tour?«

Der Pfleger hatte ein Bonbon im Mund; es klackte, als er es im Mund verschob. In der Brusttasche seines weißen Kittels steckte ein Spiel Karten, eine ragte oben heraus. Hinter dem Bürotisch stand eine Liege, daneben ein Regal mit Tassen. Roberta nickte und ging weiter. Neben dem Seiteneingang, den auch die Lieferanten benutzten, stand ein Rollwagen mit halbvollen Urinflaschen. Sie öffnete die Tür und blieb am Rand des Parkplatzes stehen. In der Hecke, die den Platz zur Straße hin abgrenzte, saßen Spatzen, die hochstoben, weil Roberta die Hand hob. Einer der Vögel hatte ein Stück Cellophan im Schnabel. Sonne brach durch die Wolken, Autodächer blitzten. Der See war für einen Moment eine Scherbe, die zwischen den Hügeln lag, gefroren zu einem Sinnbild der Morgenstille. Jetzt bin ich hier. Aber wo gehe ich hin? Wenn man keinen Ort mehr hat auf der Welt, ist es gleichgültig, wo man sich befindet! Wo hatte sie das gelesen? Bestimmt in einem der Bücher, die sie auf der Suche nach den bleistiftgeschriebenen Wörtern durchforstet hatte, sie las sonst doch nicht. Mit einem Mal wusste sie, dass sie sich heute Nacht auf den Weg machen würde. Es ist ganz und gar nicht gleichgültig, wo man sich befindet, auch wenn man keinen Ort mehr hat auf der Welt. Ich verblasse, ich löse mich auf, hatte Roberta gedacht, als sie vor einigen Tagen zufällig ihr Spiegelbild erblickt hatte. Worauf wartest du denn noch? fragte sie sich. Die Angst wird auch morgen da sein, also geh, geh endlich!

6

Die Scheiben zum Hinterhof waren beschlagen, alle Feuerstellen der vier Gasherde in Betrieb. Kondenswasser perlte von den Wänden und den Aluminiumhauben der Dampfabzüge; die Köche mussten immer wieder von den Herden zurücktreten, um eiskaltes Mineralwasser zu trinken und sich den Schweiß aus den Augen zu wischen. Eben war der zweite Reisebus vorgefahren, und Ayfers Onkel warf vor Aufregung die Hände in die Luft: Die Yoghurtsuppe war versalzen und musste verdünnt werden, auch die zweite Vorspeise, *sigara böregi,* Blätterteigrollen, passte ihm nicht. Ayfer liebte das Fauchen der blauen Flammenkränze, das Aufzischen des Öls, das Klappern der Töpfe, das rasende Klopfen der scharfen Messerchen, mit denen die Köche auf Holzbrettchen Gurken oder Paprikas schnitten. Weder die Hektik in der Küche noch die lauten Stimmen und Zoten der Köche machten ihr Angst. Sie war lieber in der Küche als im Restaurant des Hotels, in dem sie sich benehmen musste, als sei sie zwanzig Jahre älter. Aber ihr Onkel hatte ihr am ersten Tag klargemacht, dass sie es sich aus dem Kopf schlagen könne, von ihm zur Köchin ausgebildet zu werden. »In meinem Hotel hat eine Frau nichts am Herd verloren!«

Ayfer stand mit den anderen Kellnerinnen an der Aluminiumtheke, auf der sie die angerichteten Teller in Empfang nahmen, und wartete auf die erste Vorspeise, gefüllte Paprikaschoten, *Dolma,* mit der ihr Onkel zufrieden war, taub für seine nörgelnde Stimme, blind für seinen Blick.

Ich bin nichts, dachte sie, also kann ich alles sein.

Ich bin niemand, also kann ich jede sein.

Sie stieß das Fensterchen auf, das über der Toilette in die Wand eingelassen war, und hielt das Gesicht mit geschlossenen Augen in die Sonne. Der Hauptgang war an allen Tischen abgetragen, mehrere Gäste hatten bereits bezahlt und waren gegangen; bis die Nachspeise für die Pauschaltouristen, die mit Bussen hergekarrt worden waren, serviert werden musste, blieben Ayfer ein paar Minuten.

Sie brauchte diese kurzen Momente während der Arbeit, in denen sie allein war, weil ihr alles zu viel wurde und weil sie sich an Davors Gesicht erinnern wollte, erinnern musste. Sie schlang die Arme um den Körper und neigte den Kopf zur Schulter, als helfe ihr das, sein Gesicht vor sich zu sehen. Sie wusste nicht mehr genau, wie er aussah. Wie er roch, daran konnte sie sich genau erinnern, auch seine Stimme hatte sie im Ohr. Etwas drängte sie, seine Stimme nachzuahmen und seinen Namen so auszusprechen wie er ihren. Ay-fer! Ay-fer! Als bestehe er aus zwei Namen, die er nur mit ganz wenig Atem und heiserer Stimme aussprechen konnte, als fürchte er sich vor ihr. Da-vor! Da-vor! Was hatte sie eigentlich gemacht, bevor sie ihn kennengelernt hatte? Vor ein paar Tagen war sie mitten in der Nacht aus dem Schlaf geschreckt, ohne zu wissen, wo sie sich befand, schweißgebadet wegen der unsinnigen Vermutung, sie habe seinen Namen vergessen. Wie heißt er bloß? Sie war ans Fenster getreten, hatte in den Hinterhof hinuntergeblickt und seinen Namen wiederholt, bis sie das Gefühl bekam, er sei ein Teil von ihr. Er war einen Kopf größer als sie, beide hatten sie schwarze Haare, rabenschwarz, wie er sagte, und sie hatte das Wort, das ihr gefiel, gleich wiederholt: rabenschwarz! Er rasierte sich jeden Tag, obwohl es gar nicht nötig gewesen wäre, zumindest nicht jeden Tag, wie er ihr bei ihrem zweiten Treffen gestand. Wenn sie sich trafen, sah sie ihn, bevor er sie sah, immer. Meist hatte er dann eine Zigarette im Mund, nicht, weil er gerne rauchte, wie sie vermutete, sondern weil er sich gefiel, die Zigarette im Mundwinkel auf und nieder wippen zu lassen und im Rauch zu zwinkern, der ihm in die Augen stieg. Wenn er sie endlich bemerkte, nahm er die Zigarette jedes Mal schnell aus dem Mund, ließ sie fallen und zertrat die Glut, als habe sie ihn bei etwas ertappt, das sie störte. Dabei gefiel er ihr mit einer Kippe im Mundwinkel; es gefiel ihr auch, dass er »Largo« rauchte, eine Marke, die sonst keiner kannte und die ihm ein Onkel in Kroatien besorgte. Das Schweigen, das sich plötzlich zwischen ihnen ausbreiten konnte und sich wie ein Schatten über sie legte, machte ihr immer noch Angst.

Der Staub auf der Landstraße hinter dem Hotel riecht wie früher der Herbst im Haus meiner Großeltern, schoss ihr durch den Kopf. Seit sie in der Türkei war, fielen ihr Dinge auf, für die sie bis jetzt blind gewesen war. Ich bin wach, fiel ihr ein, weil ich vorsichtig sein muss. Sie ließ die Augen geschlossen, als würden hinter ihren Lidern die Waffen geschmiedet, um gegen ihren Onkel anzukommen. Dann gab sie sich einen Ruck, machte die Augen auf, schloss das Fenster der Toilette und ging an die Arbeit zurück.

Der Mann saß allein an dem Zweiertisch, der bei den meisten anderen Gästen unbeliebt war, weil er im hinteren Teil des Restaurants neben der Treppe zu den Toiletten stand. Er hatte sich den Tisch selbst ausgesucht und genoss es offensichtlich, unbemerkt essen zu können. Der Mann war um die Fünfzig und unrasiert, seine zurückgegelten Haare waren weiß, er trug Jeans, Converse-Turnschuhe und ein schwarzes T-Shirt ohne Aufschrift oder Logo.

Als Ayfer einen Tisch in seiner Nähe abräumte – die sechs Bustouristen aus Österreich hatten zehn türkische Lire zwischen den verschmierten Dessertschälchen als Trinkgeld für sie liegengelassen –, hielt er eine leere Flasche Efes-Pilsener in die Höhe und schwenkte sie lächelnd hin und her. Da flackerte das Licht auf der Treppe zu den Toiletten und erlosch. Das vierte Bier, dachte Ayfer, entweder er verträgt die Hitze nicht, oder er hat Sorgen. Sie schaffte es, so dicht hinter einer der älteren Kellnerinnen in die Küche zu wischen, dass sie die Schwingtür nicht zu berühren brauchte. Sie trug die dreckigen Dessertschälchen, Gläser, Tassen und Untertellerchen zur Spüle hinüber; dort wurden sie von dem Mann aus dem Iran in die Spüle geschichtet. Ihr Onkel stand vor dem offenen Sicherungskasten. Er trug schwarz-weiß gewürfelte Kochhosen und ein ärmelloses Unterhemd voller Flecken.

»So«, rief er, »schon fließt er wieder, unser Freund, der Strom!«

Ayfer hatte rasch gelernt, sich in der Küche von ihm fernzuhalten, egal, ob er in Feierlaune war oder die Köche beschimpfte, weil er nicht mit ihnen zufrieden war.

»Österreicher«, rief er, »Nazis wie die *almanci,* die Deutschländer!«

Ayfer verschwand aus der Küche, bevor sie seine Aufmerksamkeit erregte, und bestellte bei Yeter an der Restauranttheke das Efes für den weißhaarigen Gast. Ihre Tante sah erschöpft aus und traurig, Ayfer spürte Mitleid aufblitzen, das sie aber nicht zulassen wollte. Du hilfst mir nicht, obwohl du es könntest, du hast allen Grund, traurig zu sein. Der Onkel sagte Dinge, die eigentlich nicht zu verzeihen waren. Dass ihre Tante das zuließ, war genauso schlimm.

Sie trat an den Tisch des Mannes mit den Converse-Turnschuhen, nahm sein Glas und schenkte das Bier ein. Er hob den Kopf und sagte etwas zu ihr, ohne sie anzusehen. Sein Englisch klang komisch, als nehme er die Sprache nicht ganz ernst und spiele nur damit wie ein Junge mit Bauklötzen. In der Schule war Englisch ihr Lieblingsfach gewesen, und wenn sie den Mann richtig verstand, hatte er sie gefragt, ob sie schon lange hier arbeite. Sie schüttelte den Kopf und stellte das volle Glas auf den Tisch; die kalte leere Flasche behielt sie in der Hand. Der Mann lächelte und trank die Hälfte des Bieres in einem Zug aus.

»Nicht lange, nein«, sagte Ayfer, »wieso?«

Französisch hatte sie nie gern geredet, Englisch dagegen schien ihrem Mund zu entsprechen, es gefiel ihr, die Wörter zu artikulieren und erstaunt zu hören, wie abgeklärt und großstädtisch sie klangen, wie aus dem Mund einer anderen, die weit gereist war und die Welt gesehen hatte.

»Weil du nicht hierher gehörst«, sagte der Mann ernst.

Sieht man mir also an, dass ich hier fremd bin, dachte sie, dass meine Gedanken an einem anderen Ort sind? Ich werde nie hier ankommen, weil ich es gar nicht will.

»Ayfer!«

Die Stimme ihrer Tante klang wie ein Instrument, das nicht gestimmt war; Ayfer wusste genau, welches Gesicht ihre Tante schnitt, wenn sie *so* nach ihr rief. Verbittert, böse. Das Gesicht einer alten verhärmten Frau. Ihre Lippen, die sanft zitterten, wenn ihr etwas gut gefiel, waren dann nichts als ein

Strich, eine Narbe. Ich möchte meine Tante schlagen, dachte Ayfer, mitten ins Gesicht schlagen, drei, vier Mal, wortlos und ohne Mitleid, gnadenlos, sie hätte es verdient.

»Ayfer!«

Der Mann blickte Ayfer an, und sie drückte für einen Augenblick die Augen zu, als gebe sie ihm damit ein Zeichen, dann drehte sie sich um und ging an der Tante vorbei in die Küche.

7

Am Mittagstisch verhielt sich Roberta noch ruhiger als sonst; sie wollte keine Aufmerksamkeit auf sich ziehen und stellte sich vor, unsichtbar zu sein. Dabei wurde sie sowieso nicht beachtet. Das Interesse der anderen an ihr war von kurzer Dauer gewesen; anfangs hatte man sie mit Fragen bedrängt, immerhin war sie von der Polizei ins Haus gebracht worden, die sie aus ihrer Wohnung hatte tragen müssen. Doch die anderen hatten bald gemerkt, dass sie keine Frau war, die gern erzählte. Sie wollte in Ruhe gelassen werden. Und bald ließ man sie nicht nur in Ruhe, man beachtete sie gar nicht mehr und strafte sie mit Verachtung für ihre Verschwiegenheit und auch dafür, dass sie die anderen spüren ließ, wie wenig sie ihre Gesellschaft schätzte oder brauchte. Die anderen begriffen, sie war jemand, der nicht nur alleine sein wollte, sondern auch allein sein *konnte*, darum hielten sie Distanz zu ihr.

»Schon mal vom Braunbrustigel gehört?«, fragte Humbel und sah sich wichtigtuerisch um.

»Igel sind dumm«, meinte die Frau mit dem rosa Jäckchen.

»Das Weibchen dreht sich immer wieder vom Männchen weg«, sagte Humbel und legte sein Besteck auf den Tisch, »manchmal stundenlang. Darum spricht man im Zusammenhang mit ihrer Paarung auch vom ›Igelkarussell‹.«

»Dumm«, sagte die Frau noch einmal.

»Ich hasse Karussells«, sagte der Mann, der neben Roberta saß.

»Igelkarussell«, sagte Humbel.

»Weil mir schlecht wird auf den Dingern.«

»Als Vorkehrung für die Paarung legt das Weibchen die Stacheln an«, sagte Humbel, »das muss man sich mal vorstellen!«

»Die meisten Tiere sind dumm«, sagte die Frau mit dem Jäckchen.

»Schon als Kind ist mir auf jedem Karussell schlecht geworden.«

»Nicht alle. Aber die meisten«, sagte die Frau und blickte Roberta an.

»Um das Männchen zu schützen«, sagte Humbel.

»Die meisten Tiere sind klüger als die Menschen.«

Die Frau hatte bis jetzt geschwiegen, sie saß Roberta gegenüber und trug eine Brille mit getönten Gläsern, rechteckig wie Bildschirmchen, hinter denen die Augen nicht zu erkennen waren.

»Wohl wahr, Frau Aebi«, sagte Humbel, »wohl wahr, Tiere sind klüger als die meisten Menschen.«

»Andersrum«, sagte der Mann neben Roberta, »sie hat es andersrum gesagt, die meisten Tiere sind klüger als die Menschen, nicht, die Tiere sind klüger als die meisten Menschen.«

»Die Frösche haben das Städtchen L'Aquila in den Abruzzen zwei Tage vor dem Erdbeben verlassen, alle, aber das hat natürlich keinen Menschen interessiert«, sagte die Frau mit der Brille.

»Mit Intelligenz hat das rein gar nichts zu tun«, sagte der Mann, der neben Roberta saß, »das nennt man Instinkt. Natürlich nur, wenn man klug ist. Instinkt!«

»Über dreihundert Tote, 40 000 Obdachlose«, sagte die Frau ungerührt.

»Der Mensch ist das einzige Tier, das nicht weiß, wann etwas das letzte Mal ist«, sagte Roberta leise.

Alle sahen sie an. Woher kamen diese Sätze, wo hatten sie sich all die Jahre verborgen vor ihr? Hatte sie an ihnen gearbeitet, ohne dass es ihr bewusst gewesen war? Sie hielt sich die Hand vor den Mund, als sei ihr schlecht. Sonne streifte über Humbel, es war, als sitze er hinter Glas, konserviert in einer hellen, sepiafarbenen Flüssigkeit, strahlend vor Stolz, weil er etwas wusste.

Sie hätte nicht sagen können, warum sie genau dieses Buch aus dem Stapel zog und aufschlug. Der Umschlag, grau und ohne Bild, gefiel ihr, weil er sie irgendwie an ihre Jugend erinnerte. Der Name des Schriftstellers, Thomas Bernhard, war schwarz gedruckt, der Titel »Frost« weiß, in großen Buchstaben, die ausfaserten, als seien sie mit dem Pinsel aufgemalt worden. Es erstaunte Roberta nicht, den Zettel mit der Liste der Worte ausgerechnet in diesem Buch zu finden. Der Anblick der Bleistiftbuchstaben mit ihren weichen Bögen löste einen ziehenden Schmerz in ihrer Magengrube aus. Das Papier war mit brombeerfarbenen Flecken übersät, zart, als habe sie jemand behutsam und wohlüberlegt hingetupft.

Kopfgewicht
Hohlweg
Totgeburten
Landstreicher
Floß
Hundekadaver
Armenhausküche

Das Buch trug nicht den Stempel des Altenheimes auf der ersten Seite, sondern fünf Zeilen in einer Schrift, die so klein war, dass Roberta die Lesebrille brauchte. Die Zeilen erklärten, dass die Ausgabe ein Faksimile der Erstausgabe von 1963 war, gedruckt in einer Auflage von tausend Exemplaren, vom Autor signiert und nummeriert. Das Buch gehörte nicht in ihre Bibliothek. Das Exemplar trug die von Hand eingetragene Nummer 659. Die Unterschrift darunter war klar und erinnerte Roberta an die Schrift auf den Listen. Sie faltete den Zettel zusammen, um ihn einzustecken, doch dann überlegte sie es sich anders: Diesmal würde sie auch das Buch mitnehmen, nicht nur die Liste. Jemand wollte offensichtlich, dass sie es las. Irgendwo fand sich bestimmt Platz dafür in ihrem Rucksack. Sie wollte versuchen, »Frost« zu lesen.

Schon das zweite Wort des Romanes verstand sie nicht: »Famulatur«. Sie stand auf und holte den 5. Band des Brockhaus aus dem Regal mit den Nachschlagewerken. Der Begriff »Famulatur« war nicht erklärt. Was er wohl bedeutete? Auch im Bedeutungswörterbuch fand sie das Wort nicht; erst das Fremdwörterlexikon half ihr weiter: *Praktikum eines Famulus im Krankenhaus.* Ein Famulus, las sie weiter, war ein *Medizinstudent, der im Krankenhaus sein Praktikum ableistet.* Sie legte

»Frost« auf den Tisch und fing an, die zurückgebrachten Bücher in die Regale einzureihen.

Kurz darauf ging ein Gewitter über dem Seetal nieder. Regentropfen, vom Wind zwischen die Trakte des Altenheimes getrieben, prasselten über die Scheibe. Donnerschläge ließen das Glas zittern. Roberta legte die Bücher aus der Hand und sah zu, wie Blitze den finstern Himmel erhellten, als werde er von riesengroßen Fotoapparaten abgelichtet, Bild um Bild.

8

Das Wasser war kälter, als Ayfer erwartet hatte, viel kälter. Es schnürte ihr den Atem ab, als sie den Grund unter ihren Füßen aufgab und untertauchte. Sie streckte den Körper aus, von den Zehen bis in die Fingerspitzen, dehnte sich und stellte sich vor, ein Pfeil zu sein, der über dem Grund dahinschoss, ein Fisch in Menschengestalt. Erst als sie auftauchte, ein Stück vom Ufer entfernt, machte sie die Augen auf. Das Meer war nicht so unruhig, wie es vom Strand aus gewirkt hatte, doch die Strömung war stark; die Dünung hob sie in die Höhe und trug sie langsam vom Strand weg, auf die Spitze der Mauer aus Steinquadern zu, die den Strand schützte. Der Gedanke, aus dem Schutz der Hafenmauer ins freie Meer hinauszuschwimmen und irgendwo weit weg von ihrem Onkel und ihrer Tante an Land zu gehen, machte sie unruhig; sie spürte ein Brennen in der Brust, spürte, wie sich die Muskeln in ihren Oberarmen anspannten. Dann fiel ihr ein, dass sie keine gute Schwimmerin war. Und dass sie sich vor dem Tiefblau des bodenlosen Wassers fürchtete.

»Komm zurück!«

Yeter stand am Ufer und winkte mit beiden Armen. Der schwarz-weiß gestreifte Leuchtturm von Sile stand genau hinter der Tante, als sei sie an ihm festgebunden. Yeter steht am Marterpfahl und weiß es nicht, dachte Ayfer. Sie fing an, auf das Ufer zuzuschwimmen, langsam und ohne ihrer Tante die Genugtuung zu geben, mit einem Handzeichen zu verstehen zu geben, dass sie ihr gehorchte. Ich schwimme ans Ufer, weil ich es will, nicht, weil sie es mir befohlen hat. Ihr Onkel hockte auf einem Klappstühlchen, er hatte weder Hosen noch Hemd ausgezogen und sah aus wie ein Mann, der etwas bewachte. Seine Schuhe standen vor ihm im Sand, die Socken hatte er hineingestopft. Die Sonne war so grell, dass der Strand zu einem flirrenden Gebiet wurde, das über dem Erdboden schwebte, reduziert auf Gelb- und Ockertöne; die Gesichter der anderen Badegäste waren ausgelöscht, einzig Yeters und Burhans Züge konnte sie erkennen. Ayfer hatte die verstörende Vorstellung, sie selbst und ihr Onkel und ihre Tante gehörten plötzlich einer anderen Spezies als alle anderen an und sie sei ihnen damit für den Rest ihres Lebens ausgeliefert, wenn sie sich nicht allein durchschlagen wollte. Sie schwamm so langsam sie konnte, trotzdem kam das Ufer schnell näher. Yeter stand in einem Shirt mit langen Ärmeln und einem Rock, der über die Knie reichte, bis zu den Knöcheln im Wasser, auch den Türban trug sie. Wenn sie ein besserer Mensch wäre, würde ich keine Verachtung für sie empfinden, sondern Mitleid. Ayfer erhob sich erst auf die Beine, als das Wasser so seicht war, dass sie den Sand mit ihrem Oberkörper berührte.

Die Blicke ihrer Tante, die ihren Körper absuchten, als sei er vielleicht infiziert, waren ihr beinahe so unangenehm wie das hemmungslose Gaffen ihres Onkels. Sie ging wortlos neben Yeter über den warmen Sand – warum fiel ihr erst jetzt auf, dass ihre Tante die Zehennägel silbern lackiert hatte? –, nahm ihr Badetuch, trat schräg hinter ihren Onkel und trocknete sich schnell ab. Vor ein paar Tagen hatte sie mitbekommen, wie Yeter zu ihrem Mann gesagt hatte, Ayfer sei in der Pubertät und darum schwierig. Der türkische Begriff *delikanli* für die Pubertät, »Zeit des verrückten Blutes«, den ihre Tante verwendete, hatte Ayfer schon als Kind gefallen. Sie breitete ihr Tuch an einer Stelle aus, an der Burhan sie nur betrachten konnte, wenn er sich umwandte oder zumindest den Kopf drehte, legte sich auf den Bauch und machte die Augen zu. Hinter ihren Lidern war es dunkler, als sie erwartet hatte.

Die Stimmen der anderen Leute erinnerten sie genauso an verdöste Sommernachmittage im Schwimmbad von Suhr wie das Kreischen der badenden Kinder und das Klatschen der Körper, die auf dem Wasser aufschlugen. Das Zischeln der Wellen, die sich im Sand verliefen, klang, als zerreiße jemand in schläfrigem Tempo Papier, Seite um Seite, dicht an ihrem rechten Ohr.

Ich bin nichts, also kann ich alles sein.

Ich bin niemand, also kann ich jede sein.

Ich werfe mich herum und bekomme, beide Vorderpfoten erhoben, den ersten Pfeil in die Brust, tief fährt er mir ins Fleisch. Nun kläffen die Hunde. Hier stehe ich, den zweiten Pfeil mitten im Gesicht, sieh mich an und fürchte mich! Ich stehe mit gespaltener Nase vor Deinem prachtvollen Wagen in unserer Schlacht und sage Dir: Ich kriege Dich, König.

Ich kriege dich!

Ayfer schreckte zusammen. Das Halbschlafbild war gebieterisch vor ihr erschienen, und sie hatte gleich gewusst, ohne es zu begreifen, es ist von mir erfunden, ein Traum, ein Wunsch. Ich möchte vor Burhan auf die Hinterbeine, um ihn mit meinem Fauchen in die Flucht zu schlagen. Fürchte mich! Sie drehte sich auf den Rücken, spürte seinen Blick über ihren Körper gleiten und öffnete die Augen. Er sah sie an, als habe er die Macht, den Zauber des Bildes zu zerstören. Wenn du wüsstest! Sie spürte schwirrende Leichtigkeit, wie nach einer überstandenen Grippe, und war für eine Sekunde versöhnt mit ihrem Onkel und ihrer Tante. Jetzt erinnerte sie sich plötzlich ganz genau, wie Davor aussah, sie hätte ihn zeichnen können: seine dunklen Augen, seine schmale Nase, seinen Mund, seine kleinen Ohren, die Haare, rabenschwarz und immer so, als seien sie nass, als sei er eben aus einem reißenden Fluss gestiegen. Er war schöner, als er es in ihrer Angst, sein Gesicht vergessen zu haben, gewesen war. Reifer und erwachsener. Ein Mann, kein Kind. »Wenn ich mich vor jemandem fürchte, dann vor mir selbst«, hatte er ihr schon bei ihrem zweiten Date gesagt, und den Satz angehängt: »Wer lügt, ist einsam.«

Wenn er gekränkt war, und dazu brauchte es wenig, sagte er grobe Sachen zu ihr und gab sich alle Mühe, sie zu verletzen. Sie nahm es hin, weil sie hoffte, dass er es nur tat, weil sie ihm genauso viel bedeutete wie er ihr. »Ich werde nie sagen, ich liebe dich, um dich zu trösten oder aufzumuntern oder zu erpressen, damit du es mir auch sagst, das verspreche ich dir, und jetzt, jetzt sage ich es«, hatte er gesagt: »Ich liebe dich, Ayfer.«

»Ab nächster Woche trägst du den Türban«, sagte ihr Onkel so beiläufig, als rede er übers Wetter.

War es klüger, den Mund zu halten oder zu nicken? Ayfer blieb ruhig liegen und atmete flach.

»Sich bedecken ist schön«, sagte Yeter.

»Sich nicht bedecken ist Sünde!«

»Warum?«, fragte Ayfer, ohne ihren Onkel anzusehen.

»Die Frage ›warum‹ gibt es nicht bei uns, Ayfer! Der Koran erklärt alles, man muss ihn nur lesen!«

Jetzt war die Onkelstimme in die Tiefe gekippt und hatte den Unterton, der darauf hindeutete, dass er bald die Beherrschung verlieren würde. Ein Wort des Widerspruchs genügt, dann springt er auf die Beine und schreit.

»Meine Eltern wollen das nicht«, sagte sie und sah ihm in die Augen.

»Und ob das deine Eltern wollen! Du lebst jetzt hier bei uns, nicht bei meinem Bruder Celik in der Schweiz! Du lebst jetzt hier bei uns in der Türkei. Und du wirst den Türban tragen!«

Bis jetzt hatte Ayfer noch nie vor ihrer Tante oder ihrem Onkel geweint. Sie hatte die Kraft, ihre Tränen zurückzuhalten, und wollte ihnen nichts in die Hand geben, dass sie gegen sie verwenden könnten; schon gar nicht ihre Schwäche. Auch ihr unechtes, gespieltes Weinen hatte sie bis jetzt noch nicht eingesetzt, das Weinen, das auf Mitleid setzte und bei ihren Eltern beängstigend gut funktionierte, bei ihrem Vater besser als bei ihrer Mutter. Es fiel ihr leicht, künstlich zu weinen, sie brauchte nur an etwas Trauriges zu denken; ihre Tränen halfen den Eltern, aus ihrer Wut auf sie herauszufinden, ohne das Gesicht zu verlieren. Ihr Vater war machtlos gegen ihre Tränen. Aber vor Burhan oder Yeter werde ich unter keinen Umständen weinen, nahm sie sich vor und hielt kurz die Luft an, weder gespielt noch aus Trauer oder vor Wut.

»Wir gehen!«

Ihr Onkel, das verriet seine Stimme, duldete keinen Widerspruch. Ayfer stand sofort auf, schlüpfte in ihr Kleid und in die Flip-Flops. Ich bin nicht so herzlos, wie ich mich gebe, dachte sie. Ich bin nicht einmal so herzlos, wie ich mich fühle. Sie ging einen halben Schritt hinter Burhan und Yeter her, das bockige Kind, das sich erst beruhigen muss. Wenn sie sich mit ihren Eltern gestritten hatte, erzählte ihre Mutter ihr jeweils eine glückliche Episode aus ihrer Kindheit in Amasra, um ihre Gunst zurückzugewinnen. Ihre Mutter schmeichelte sich bei ihr ein, um sich mit ihr zu versöhnen; die Traurigkeit, die das bei Ayfer auslöste, kippte leicht in neue Wut auf die Mutter, die mit zarter Mädchenstimme von früher erzählte.

Das Meer war silberbeschichtet, es flirrte, wogte. Die Betontreppe, die auf die Strandpromenade hinaufführte, trug einen Pelz aus Moos. Ein dicker Tourist war rot wie ein Krebs, es roch nach Sonnenöl. Der Mann mit den weißen Haaren, der im Hotel des Onkels wohnte, saß am Rand des Strandes im Sand; er hatte weder ein Badetuch noch eine Matte dabei und las in einem Buch. Sein Oberkörper war nackt, aber er trug Jeans. Als er sie sah, hob er die Hand und winkte ihnen zu. Du gehörst auch nicht hierher, dachte Ayfer und winkte zurück, ohne sich darum zu kümmern, was ihr Onkel davon hielt.

9

Hausmanns Schreinerei und der angebaute Ziegelschuppen hätten schon vor Monaten abgerissen werden sollen, deswegen war Roberta schließlich von der Polizei aus ihrer Wohnung über der Schreinerei ins Altenheim gebracht worden, aber der Spekulant, der auf dem Grundstück Eigentumswohnungen mit Seesicht bauen wollte, saß in Untersuchungshaft.

Mittlerweile waren die Fensterscheiben der Schreinerei eingeworfen, die Wände mit Graffiti besprayt worden. Auf dem Kiesplatz vor der Schreinerei hatte sich Unkraut ausgebreitet, die Steintreppe, die zur Eingangstür hinaufführte, versank in Brennnesseln. Das Gras auf dem Grundstück wurde nicht mehr gemäht, es stand ihr bis zur Hüfte, der Zaun gegen die Bahnlinie war im Dickicht verschwunden. Und der gemauerte Schornstein, zusammengehalten von Stahlreifen, hatte sich bedrohlich zur Seite geneigt, als wisse er, dass er demnächst abgerissen würde. Roberta wollte ihre frühere Wohnung nicht sehen, nicht einmal von außen, darum hielt sie den Blick gesenkt, als sie an der Schreinerei vorbei auf den Ziegelschuppen zuging. Sie hatte dem behördlichen Beistand, der sie seit ihrem Zwangsumzug betreute, zwar die Wohnungsschlüssel übergeben, aber den Schlüssel zum Dachboden des Schuppens hatte sie behalten.

Das Tor war mit einer Eisenkette und einem schweren Vorhängeschloss gesichert; aber sie wusste, dass sich die Sperrholzplatte, die das Fensterloch neben dem Tor abdeckte, herausheben ließ. Sie trat auf die Backsteine, die sie in einem Busch wilder Minze verbarg, und stieg in den Schuppen. Das ehemalige Lager roch modrig, das Dach war undicht. Was wohl mit dem Holz geschehen war? Nur ein Stapel Furnierplatten war übrig geblieben; die Platten hatten sich verbogen wie feuchtes Papier und waren mit Schimmel bedeckt. Das steinerne Waschbecken war zerschlagen worden, genau wie das Geländer der Treppe, die an der hinteren Wand auf den Dachboden hinaufführte. Unter den Deckenbalken nisteten Vögel, die Holzstufen waren mit Mäusekot bedeckt. Sie steckte den Schlüssel mit dem altmodischen langen Bart ins Schloss und stieß die Tür auf: Wärme schlug ihr entgegen. Die Ziegel speicherten die Sonne des Tages und strahlten sie ab, das hatte Roberta hier oben immer gefallen. Der Dachboden war unverändert; Hausmann hatte den abgeschrägten Raum mit defekten Schleifmaschinen, Bandsägen, Fräsen und ausrangierten Werkbänken vollgestellt. Die Ordner mit den abgelegten, mittlerweile aufgequollenen Bestellscheinen, Rechnungen und Quittungen wurden in einem Metallspind aufbewahrt, auf dem die Schreibmaschine stand, mit der Roberta früher die Büroarbeiten der Schreinerei erledigt hatte, eine Remington, schwer und schwarz, die klingelte, wenn das Zeilenende erreicht war. Durch fehlende Ziegel fielen Sonnenbahnen, staubig flirrend, die sich so deutlich vom Zwielicht abhoben, als könnte sie sie wie Masten aus Licht anfassen.

Roberta langte hinter den Reifenstapel in der Ecke des Dachbodens, ergriff den Rucksack und zog ihn hervor. Sie hatte den Rucksack immer wieder umgepackt und anders eingeräumt. Und obwohl sie überzeugt war, nichts mehr verbessern zu können, öffnete sie ihn noch einmal, um alles herauszunehmen und auf dem Bretterboden auszulegen. Sie liebte es, die Dinge in die Hand zu nehmen und zu betrachten: den Gaskocher, die Ersatzkartusche, die zwei Pfannen mit den abnehmbaren Griffen, die ineinander passten, das raupenförmige Biwakzelt, nur 900 Gramm schwer, das extraleichte Besteck, die zwei Teller aus Aluminium, den Kompass, den Regenüberwurf, das Spezialfeuerzeug, die Taschenlampe und das aufblasbare Kopfkissen. Der junge Verkäufer des Outdoor-Geschäftes, der sich um sie gekümmert hatte, war mit einer Ernsthaftigkeit auf ihre Wünsche und Fragen eingegangen, die sie anfangs beschämt hatte. Doch dann hatte sie begriffen, dass ihr genau dies half: dass jemand sie ernst nahm und auf sie einging. Sie war keine alte Irre, über die man lachte, der man hinter ihrem Rücken den Vogel zeigte. Sie war eine alte Frau mit einem Plan, einer Aufgabe. Und das hatte der junge Mann mit den kurzen Haaren begriffen; irgendwann hatte er ihr sogar erzählt, dass er sich auch auf die Reise machen werde, bald, und dass er sie, die alte Frau, für ihren Mut nicht nur akzeptiere, sondern bewundere.

Der Diavortrag fand in der Aula statt, in der auch Weihnachten und runde Geburtstage gefeiert wurden und in der der gemischte Chor und die Theatergruppe des Altenheimes probten. Der Boden war vor kurzem gebohnert worden, er glänzte im Licht der Kugelleuchten, die über den Stuhlreihen hingen, wie eine Eisbahn.

Der Mann, der den Vortrag hielt, hatte seine Leinwand vor der Bühne aufgespannt und ging händereibend auf und ab, wobei er sich unsicher umblickte. Roberta setzte sich in der hintersten Reihe auf den Stuhl am Rand und schloss die Augen. Sie war eine Bewohnerin wie jede andere auch, diesen

Eindruck musste sie vermitteln, erschöpft vom Leben und gelangweilt vom Alltag und darum dankbar für jede Unterhaltung, jede Ablenkung. Sie würde sich den Vortrag anhören wie alle anderen auch, sich danach ins Bett legen und darauf hoffen, so schnell wie möglich einschlafen zu können. Dass sie nach Mitternacht aufstehen würde, ohne Licht zu machen, dass sie sich anziehen und vom Dachboden des Ziegelschuppens ihren gepackten Rucksack holen würde, das vermutete hier in dieser Aula bestimmt niemand.

»Ah, die Frau Kienesberger«, sagte Frau Gabathuler und wollte ihr die Hand auf den Arm legen, hielt sich aber im letzten Augenblick zurück, »schön, sind Sie hier bei uns!«

Ich bin nicht die Frau, die bleibt, dachte Roberta, ich bin die Frau, die geht, doch das wisst ihr nicht, ihr ahnt es noch nicht einmal. Sie lächelte und blickte nach vorn, die Hände auf den Knien. Ihre Strumpfhose, das sah sie erst jetzt, hatte eine Laufmasche über dem rechten Knie.

»Sie interessieren sich also für Kakteen?«

Frau Gabathulers Stimme klang falsch, nicht verlogen, aber falsch, als gebe sie sich zu viel Mühe. Sie roch wieder nach Pfefferminz, griff mit spitzen Fingern in ihre hochgesteckten Haare und sah sie prüfend an.

»Seit meiner Kindheit«, log Roberta.

Frau Gabathuler schnippte mit den Fingern, als habe sie sich genau diese Antwort gewünscht, dann ging sie auf den Mann zu, der sie vor der Leinwand erwartete, beide Arme ausgebreitet. Erhoffte er sich, von ihr umarmt zu werden? Frau Gabathuler blieb abrupt stehen und reichte dem Mann förmlich die Hand. Kakteen? Roberta machte sich nichts aus Zimmerpflanzen und war noch nie in einem Land gewesen, in dem Kakteen in der freien Natur wuchsen. Ihr Sohn hatte ihr einmal einen Kaktus geschenkt, wohl zum Geburtstag, das Töpfchen hatte eine Zeitlang auf dem Sims des Wohnzimmerfensters gestanden.

Frau Gabathuler trat vor die aufgespannte Leinwand, klatschte in die Hände, begrüßte den Gastredner und wünschte allen Anwesenden einen »lehrreichen Abend«, dann gab sie Benassa, dem Hausmeister, das Zeichen, das Saallicht zu dimmen. Die meisten Stühle der Aula waren besetzt; es war stickig, es roch nach Haarspray, Deodorant und der Hirsesuppe, die es zum Nachtessen gegeben hatte. Der Mann, der neben Roberta saß, trug Ledersandalen und Wollsocken. Als er bemerkte, dass sie seine offenen Schuhe betrachtete, hob er die Hand, den kleinen Finger abgespreizt, und klopfte die Asche einer unsichtbaren Zigarette ab, ohne eine Miene zu verziehen.

Die Stimme des Redners war angenehm, sie erinnerte Roberta an Gstättner, den einzigen Lehrer in Ebensee, zu dem sie gerne zur Schule gegangen war. Aus dem Fenster des Schulzimmers – sie hatte die Aussicht deutlich vor Augen – hatte man über eine Wiese hinweg zum mit Tannen bewachsenen Hang hinübergesehen, auf dessen Anhöhe die Gedenkstätte für das ehemalige KZ stand. Der Mann vor der Leinwand trug sandfarbene Leinenhosen und eine Armbanduhr, die blitzte, wenn er die Hand hob.

»Meine Damen und Herren«, sagte er, »manche Fachleute behandeln Kakteen und Sukkulenten getrennt. Dies kann zu einiger Verwirrung führen. Es gibt jedoch eine einfache Regel, die Klarheit schafft: Alle Kakteen sind Sukkulenten, merken Sie sich das bitte, aber nicht alle Sukkulenten sind Kakteen.«

Das Schnarchen, das in einer der vorderen Sitzreihen anhob, und das fast gleichzeitig einsetzende Zischeln von Frau Gabathuler passten wie abgesprochen zum ersten Dia, das auf der Leinwand erschien: Es zeigte einen einsamen Kaktus, hoch und schlank wie ein Telefonmast, in einer leeren Wüstenlandschaft. Da die Sonne tief hinter dem Kaktus stand, sah es aus, als sei er von einer Lichterkette eingefasst, derart blendend weiß stach sein Umriss vom weiten Himmel ab.

10

Die Füße taten ihr weh, und sie hätte sich gerne eine Weile ausgeruht, aber das Restaurant war bereits wieder bis auf den letzten Platz besetzt. Ayfer lief von Tisch zu Tisch mit den bestellten Getränken. Yeter hatte sie zu Beginn der Abendschicht am Arm genommen und ins Restaurant geführt, vorbei an ihrem Onkel, der im Unterhemd in der Küche stand, mit glühenden Wangen unsinnige Befehle erteilte, nach Schweiß stank, mit den Armen fuchtelte und wüste Flüche ausstieß. Donnerstags war er noch gereizter als sonst, weil er dann, als Vorbereitung auf den folgenden Tag, an dem er die Moschee besuchte, keinen Alkohol trank. Um seinen Blicken zu entgehen, hatten die Köche mit gesenkten Köpfen gearbeitet, die Kellnerinnen waren ihm ausgewichen. Ayfer war ihrer Tante dankbar, dass sie es ihr ermöglichte, Burhan aus dem Weg zu gehen. »Donnerstag hältst du dich besser fern von Baba«, hatte sie gesagt, ohne Ayfers Lächeln zu erwidern.

Wenn Ayfer die Augen schloss, war ihr leicht schwindlig. Sie gab sich alle Mühe, nicht an Davor zu denken, trotzdem fiel er ihr immer wieder ein. Sehnsucht, das wusste sie erst, seit sie in der Türkei und wirklich von ihm getrennt war, war nicht nur ein Gefühl, das einen zappelig und unsicher machte, Sehnsucht war ein Schmerz, der tief in der Brust saß und brannte wie ein Feuer, das mit jedem Gedanken an den Menschen, nach dem man sich sehnte, neue Nahrung bekam. Ein Feuer, das nur zu löschen war, indem man wieder mit eben diesem Menschen zusammen sein durfte. »Ein einziger Mensch fehlt dir, und die ganze Welt ist leer«, hatte Deutschlehrer Mattmüller an die Wandtafel geschrieben, nachdem sie »Die neuen Leiden des jungen W.« von Plenzdorf gelesen hatten. Jetzt verstand Ayfer den Satz. Ihre Hände zitterten, waren eiskalt. Das also hatte ihre Freundin Dasara gemeint, als sie gesagt hatte: »Liebe tut nicht nur megagut, sie tut auch megaweh. Und die Typen sind schuld daran.«

Ich habe, dachte Ayfer und wusste gleichzeitig, dass das nicht stimmte, Fieber. Yeter stand mit unbewegtem Gesicht hinter der Theke, eine Frau aus Stein, nur in ihren blitzenden Augen war Leben zu erkennen, Leben und Missgunst und Verbitterung. Den Türban hatte sie abgelegt, wie immer, wenn sie mit den Restaurant- oder Hotelgästen direkt zu tun hatte. Ihr Onkel war ein noch größerer Heuchler als Yeter: Er trug die *schalvar,* die schwarzen Pluderhosen, das lange weiße Hemd und das gehäkelte Käppchen nur, wenn ihn seine Gäste nicht sehen konnten und er mit den anderen Männern des Dorfes auf den *sedirs,* den Matratzen, im Männercafé lag, *Sisa* rauchte, Wasserpfeife, und Domino spielte, die Gebetskette in der Hand. Vor seinen Hotelgästen aus

Europa gab er den toleranten, weltoffenen Türken, der zwar gläubig ist, sich aber nicht viel aus Religion macht. Hatte Ayfer ihn nicht öfter dabei beobachtet, wie er sich am Computer in seinem Büro durch Porno-Webseiten klickte oder wie er vor dem Schreibtisch auf seinem *namazlik* kniete, das letzte *selam* sprach, scharf nach links, dann nach rechts über die Schulter blickte, aufstand und den Gebetsteppich zusammenrollte? Ihr Onkel Burhan servierte sogar Schweinefleisch, »weil sie es lieben, *die almanci,* und weil sie gut dafür zahlen!«

Ayfer wusste, dass ihr Onkel Bier nach Bier in sich hineinschütten konnte, trotzdem staunte sie, wie viel Alkohol die Gäste tranken. Ein Holländer, dem die Haare aus dem Kragen seines T-Shirts quollen, dicht wie ein Pelz, hatte vor dem Hauptgang acht Flaschen Tekel-Bier geleert, jetzt trank er Rotwein. Sie brachte eine zweite Flasche vom teuren Kavaklidere an den Tisch, an dem er saß; Yeter hatte den Korken am Tresen aus der Flasche gezogen, weil sie befürchtete, Ayfer könnte ihn abbrechen. Sie stellte die Flasche auf den Tisch, ohne auf den Blick des Holländers einzugehen, schenkte Wein nach und trug dann das Glas Weißwein an den Tisch des weißhaarigen Gastes, der wieder allein am Tisch neben der Treppe zu den Toiletten saß. Er hatte *levrek pilakisi* gegessen, den Eintopf aus Seebarsch, Kartoffeln und Zwiebeln, und als Vorspeise *mucver,* Zucchinipuffer, aber keinen Nachtisch. Jetzt las er in einem der Bücher, die vor ihm auf dem Tisch lagen. Ayfer stellte den Weißwein neben das aufgeschlagene Buch, und er legte ein Lesezeichen hinein und klappte es zu.

»Kennst du dich in Istanbul aus?«

Sie schüttelte den Kopf, blieb aber vor dem Mann stehen.

Sein Englisch reizte sie zum Lachen, weil sie sich vorstellte, was ihr Englischlehrer dazu gesagt hätte.

»Warum?«

»Weil ich morgen nach Istanbul abreise und ein paar Tipps brauchen könnte.«

»Mit dem Auto?«

Er nickte und deutete mit dem Kinn Richtung Bar. Yeter stand vor dem Tresen, die Hände in den Hüften aufgestützt, und sah sie vorwurfsvoll an. Ayfer blieb mit hängenden Armen stehen, das Serviertablett in der rechten Hand, weshalb es fast den Boden berührte; sie würde sich Zeit lassen, weil das die Tante ärgerte. Ihre Mutter legte sich immer gleich hin, wenn sie vom Putzen nach Hause kam, ohne sich um die Proteste ihres Mannes zu kümmern, der auf dem Sofa vor dem Fernseher hockte, Bier trank und in den türkischen Illustrierten blätterte, die ihm sein Bruder Burhan aus Sile in die Schweiz schickte. Mutter schlüpfte aus den Schuhen mit den Gummisohlen, die sie nur trug, wenn sie die Büroräume und Arztpraxen in Aarau putzte, hängte den Mantel an die Garderobe und legte sich im Schlafzimmer auf das gemachte Ehebett, ohne das Licht anzudrehen. Manchmal setzte sich Ayfer in der Dunkelheit neben ihre Mutter und streichelte ihr sanft den Rücken, ohne die Fernsehgeräusche und das Gemurmel des Vaters ausblenden zu können.

»Woher kommen Sie?«, fragte sie.

»Aus Irland«, sagte der Mann.

»Ich komme aus der Schweiz«, sagte Ayfer, »und jetzt muss ich gehen.«

Der weißhaarige Mann neigte leicht den Kopf, gütig und gelassen, als gebe er ihr seinen Schutz mit auf den Weg, und

Ayfer ging provozierend langsam zum Tresen hinüber. Yeter hatte die Arme um ihren Oberkörper gelegt, sie umarmte sich selbst, als friere sie. Ayfer hielt dem Blick ihrer Tante stand, trat an den Tresen, nahm das nächste Tablett mit Getränken entgegen, ließ sich von ihr erklären, an welche Tische der Raki, die drei Colas, das Efes-Bier und der Rotwein gehörten, und ging daran, sie zu servieren.

Er friert, hatte Ayfer gedacht, als sie Davor das erste Mal sah, am Ende der Rolltreppe im Bahnhof Aarau, in einer Gruppe von Jugos, für die sie normalerweise keinen Blick übrig hatte. Er friert, dabei ist es fast dreißig Grad heiß, und ich möchte mich den ganzen Tag in ein Becken mit kühlem Wasser legen, das im Schatten einer Birke steht. Exakt das hatte sie damals gedacht, während sie, auf der Rolltreppe stehend, näher und näher auf ihn zugeglitten war, plötzlich panisch nach Luft ringend. Sie hatte sich oft vorgestellt, wie es sein würde, sich zu verlieben, hatte sich diesen Moment ausgemalt und sich vorgenommen, vorbereitet zu sein, wenn es endlich passierte. Wenn man es vorher wüsste, könnte man sich tatsächlich vorbereiten, hatte sie begriffen, als sie für einen Augenblick mit ihm auf gleicher Höhe gewesen war, aber man weiß es eben nicht vorher. Und so hatte sie die falschen Kleider angehabt, an jenem 20. Juni, den falschen Rock, das falsche Top, die falschen Schuhe. Die Haare hätte sie auch nicht hochgesteckt, wenn sie gewusst hätte, dass sie sich verlieben würde, die Augen hätte sie geschminkt und die Lippen, die Zehennägel lackiert. Ich sehe aus wie eine Missgeburt, hatte sie gedacht und sich dann trotzdem umgedreht, bevor sie durch die Glastür aus dem Bahnhof getreten war, vor dem Ajla bestimmt schon auf sie wartete, weil sie wieder einmal zu spät war. Davor war einen Schritt aus der Gruppe hinausgetreten, hatte ihr direkt in die Augen geschaut und gelacht. Ich wette, er mag sein Lachen, hatte sie gedacht, es macht ihn älter, mir gefällt es auch. Seine Augen dagegen schüchterten sie ein, dunkel, verwegen, verletzlich und doch arrogant. Sie spürte ihr Herz in der Kehle schlagen wie sonst nur, wenn sie der Vater bei einer Lüge ertappte, und strich sich verlegen die Haarsträhne, die sich gelöst hatte, hinter das rechte Ohr. Eine Geste, die sie vor dem Spiegel geübt hatte und die ihr stand, wie sie fand. Und dann war er auf sie zugekommen, die rechte Hand in die Höhe haltend, als wehre er die blöden Kommentare seiner Clique ab. Er blieb genau im richtigen Abstand vor ihr stehen, als wisse er, dass sie Menschen nicht mochte, die ihr zu nahe kamen. Er roch nach Red Bull und Zigaretten und einem Parfum, das sie in der Nase kitzelte, weil es zu stark nach Zitrus duftete. Später hatte sie erfolglos versucht, sich an jedes Wort zu erinnern, das sie gesagt hatten. Sie hatte nur blödes Zeug geredet, kindisch und unsicher oder, wenn sie glaubte, er verliere das Interesse an ihr, zickig und schnippisch. Mit so einer wie mir, sagte sie sich, will einer wie er todsicher nichts zu tun haben. Seltsamerweise fiel es ihr leichter, sich an das zu erinnern, was sie gesagt hatte. Seine Sprüche und Scherze wollten ihr einfach nicht einfallen, nicht an einen ganzen Satz von ihm konnte sie sich erinnern, nur an das Wort, das er immer wieder gebraucht und das sie noch von keinem vorher gehört hatte: garschmal.

Das zweite Mal hatten sie sich im Kunsthaus in Aarau gesehen, Ayfer langweilte sich mit ihrer Schulklasse auf einer Führung durch die Sammlung, von der sie ihm erzählt hatte, er stand in einem Saal im oberen Stock vor einem großen Bild, als interessiere er sich dafür. Als sie neben ihm stand, hatte er »hast du uns gesehen?«, geflüstert, während die Angestellte des Kunsthauses über ein anderes Gemälde redete, und dann auf ein Mädchen und einen Jungen gezeigt, die im Hintergrund des Bildes unter einem Torbogen in der Friedhofsmauer standen und dem Kinderbegräbnis aus der Ferne zusahen, »das sind wir, wir haben nichts mit den anderen zu tun, siehst du?« Er hatte ihre Hand gedrückt, dann war er schnell aus dem Saal gegangen.

Am vierten Tag nach dieser zweiten Begegnung hatte er dort, wo der Weg zum Schulhaus in die Tramstraße mündete, auf sie gewartet. »Für dich«, hatte er gesagt und ihr ein Armband in die Hand gedrückt, ohne auf ihre Freundinnen Ajla und Dasara zu achten, »aus Kroatien, gegen den bösen Blick.« Sie hatte das Armband gleich umgelegt und ihm erzählt, dass sie die blauen Nazar-Perlen, aus denen die Kette gemacht war, aus der Türkei kannte. Ihre Großmutter hatte ihr vor Jahren ein Nazar-Amulett ans Kinderkleidchen genäht, um sie gegen den bösen Blick zu schützen. Davor hatte sie die Tramstraße hinaufbegleitet, war mit ihr in die Metzgergasse eingebogen, wo sich Ajla und Dasara verabschiedet hatten, und mit ihr auf der Brücke über die Suhre gegangen. Erst da war ihr der Verdacht gekommen, dass er ihre Adresse kannte. Auf dem Belchenweg, der parallel dem Flüsschen entlanglief und an dessen Ende der Mietblock stand, in dem sie wohnte, war er stehengeblieben, als wolle er eine unsichtbare Grenze nicht übertreten, hatte ihr einen schnellen Kuss auf die Wange gedrückt und war gegangen, ohne sich nach ihr umzudrehen oder sich mit ihr zu verabreden.

»Du sollst nicht träumen, du sollst arbeiten!«

Yeter packte sie so heftig am Arm, dass es schmerzte. Ihr Gesicht, diese Maske der Verbitterung, war kalt und unnahbar, ihre Stimme scharf. Sie schob ein Tablett mit einer Flasche Rotwein und vier Gläsern über den Tresen der Bar auf Ayfer zu.

»Tisch elf. Die beiden jungen Paare aus Istanbul. Beeil dich!«

Ein Gast, an dem sie vorbeiging, hatte eine Narbe mitten im Gesicht, die Hand, die vor ihm auf dem Tisch lag, sah aus wie die Hand eines Kindes. Ayfer verabscheute das Geräusch ihrer Sohlen auf dem Boden; ihr Spiegelbild, das die großen dunklen Scheiben zeigten, stimmte nicht. Sie wirkte kleiner und dicker, als sie war. Ich sehe aus wie eine Türkin, dachte sie und stellte die Gläser und den Wein auf den Tisch. Die Paare waren in ein Gespräch vertieft, und Ayfer musterte die Rose mit blutroten Blüten, die eine der jungen Frauen auf die Schulter tätowiert hatte, und bemerkte darum nicht gleich, dass einer der Männer versuchte, ihre Aufmerksamkeit zu erregen. Sie beugte sich nach vorn, und der Mann – er war vielleicht Mitte dreißig und etwas älter als die anderen – drückte ihr ein Handy in die Hand.

»Das ist von Davor«, sagte er auf Türkisch, »lass dich nicht damit erwischen, mein Cousin ist in Suhr mit ihm zur Schule gegangen.«

Der Mann wirkte angespannt, er lächelte verkrampft und wandte sich von ihr ab, er hatte seine Pflicht erfüllt. Ayfer nahm das Handy in beide Hände und schloss die Finger darum, wild entschlossen, es um keinen Preis je wieder loszulassen. Das Gerät strahlte Wärme ab, und sie konnte nicht anders, als sich vorzustellen, diese Wärme stamme von Davor. Es war, als sei es eine Spur dunkler geworden, seit der Mann ihr das Handy gegeben hatte, das in ihren Händen pulsierte wie ein Herz, das ruhig und kräftig schlägt.

11

Roberta machte das Licht aus, trat auf den Gartensitzplatz hinaus, zog die Balkontür hinter sich zu, lauschte der Stille und wartete, bis sich ihre Augen an die Dunkelheit gewöhnt hatten.

Dann ging sie los, um ihren Rucksack zu holen, quer über die Wiese, auf den Waldrand zu. Die Blechschere war schwerer, als sie erwartet hatte; sie musste sie sich über die Schulter legen wie ein Bauarbeiter den Spaten. Hausmeister Benassa bewahrte die Werkzeuge in einem Keller neben dem Heizraum auf; der Raum war abgeschlossen, aber sie wusste, dass er den Schlüssel in einem Blumentopf neben der Tür in die Erde drückte. Die Werkzeuge waren ordentlich aufgehängt, Schrauben, Nägel, Muttern und Unterlegscheiben lagen in sorgfältig beschrifteten Schachteln. Sie hatte die größere der Blechscheren mitgenommen; das Gitter des Hundezwingers war massiv, und sie durfte nicht zu viel Zeit damit verlieren, es zu zerschneiden.

Die Nacht war klar und kühl, im Unterholz raschelten Tiere, es roch nach Pilzen. Roberta nahm nicht die Straße, die zur Schreinerei führte, sie ging dem Wald entlang, obwohl es ein Umweg war: Sie wollte nicht gesehen werden. Als sie aus den Bäumen auf die ungemähte Wiese hinter dem Ziegelschuppen trat, sah sie, das Dorf war menschenleer und dunkel. Niemand war unterwegs, nicht einmal auf der langen Geraden der Landstraße am anderen Seeufer waren Scheinwerfer zu erkennen. Sie hatte nichts mitgenommen aus dem Zimmer, nur Prinz' alte Decke, den Schlafsack und die Campingmatte, selbst das gerahmte Foto hatte sie zurückgelassen. Die neuen Trekking-Stiefel knarzten bei jedem Schritt, das Gelb des Oberleders schimmerte in der Dunkelheit.

Sie lehnte die Blechschere draußen an die Schuppenwand, während sie den Rucksack vom Dachboden holte. Mäuse flohen vor ihr, vielleicht Marder, das Geräusch der Krallen auf dem Holzboden erinnerte sie an ihre Kindheit; wenn ihr der Stiefvater befohlen hatte, Brennholz im Schopf zu holen, hatte sie dort immer erst Licht angemacht, um den Mäusen Zeit zu geben, vor ihr zu fliehen. Eine Fledermaus wischte dicht an ihrem Gesicht vorbei. Sie brauchte kein Licht, sie kannte die Treppe und den Dachboden; sie nahm sich Zeit, weil es ihr gefiel, durch den finsteren Ziegelschuppen zu gehen, Schritt um Schritt, eine Blinde, die sieht.

Den alten Lastwagen der Schreinerei, einen Magirus Deutz, hatte Hausmanns Frau Elisabeth nach seinem Tod verkauft, doch der Lieferwagen stand hinter dem Schuppen und wartete darauf, zum Schrottplatz gebracht zu werden. Der Zweitschlüssel für den Wagen hing im Spind auf dem Dachboden. Vor ein paar Tagen hatte Roberta den Motor probehalber gestartet, und er war sofort angesprungen. Es war riskant, aber sie würde es wagen, mit dem Ford Transit zum Hundezwinger im Nachbardorf und danach ein paar Kilometer Richtung Osten zu fahren.

Das erste Stück fuhr sie ohne Licht und im Schritttempo; erst als sie auf die Seestraße einbog, machte sie die Scheinwerfer an und beschleunigte. Der lange Schalthebel schütterte in ihrer Hand, schlug regelrecht um sich; sie meinte, den Rauch aller Zigarillos zu riechen, die Keller, der Chauffeur der Schreinerei, bei seinen Lieferfahrten geraucht hatte. Nicht ein anderes Auto begegnete ihr, kein Mensch. Die Steigung nach Birrwil hinauf nahm sie im zweiten Gang, wobei sie darauf achtete, den Motor nicht zu sehr auf Touren zu bringen. Sie hatte es nicht eilig, jetzt nicht mehr, nach all den Jahren, die verstrichen waren, seitdem sie den Wunsch das erste Mal verspürt hatte, den Wunsch, an den Ort ihrer Herkunft zurückzukehren.

Der Zwinger lag außerhalb des Dorfes, am Ende einer Sackgasse. Von Einfamilienhäusern gesäumt, führte eine Schotterstraße durch ein Feld und endete auf einem Kiesparkplatz. Der niedrige Bau mit Flachdach wirkte düster, abweisend. Roberta Kienesberger machte das Licht aus, ließ den Transit auf dem knirschenden Kies ausrollen und schaltete den Motor ab.

Der Besitzer des Hundezwingers lebte nicht im Haus, sondern am anderen Ende des Ortes, Nachtwache gab es keine. Die Kameras, die das Areal sicherten, würden sie filmen, spätestens am anderen Morgen wäre aber auch ohne Videoüberwachung offensichtlich, wer einen der Käfige zerschnitten hatte, weil ja nur ein Hund fehlte: Prinz.

12

Die Belüftungsanlage ging mit dem lauten Schnauben aus, das Ayfer an ein erschöpftes Tier erinnerte, das sich seufzend hinlegt. Sie hörte, wie die Glastür zur Küche geöffnet wurde und wie jemand in den Hinterhof trat. Bestimmt der Hilfsarbeiter aus dem Iran, der Speisereste in die Blechbehälter warf. Futter für die Katzen, dachte Ayfer und wechselte das Handy von der linken in die rechte Hand. Sie lag jetzt seit fast einer halben Stunde in ihrem dunklen Zimmer auf dem Bett und brachte es noch immer nicht fertig, das Gerät einzuschalten, das sie den ganzen Abend an ihrem Körper getragen hatte, in das Bündchen ihres Schlüpfers geschoben.

Eine Weile lang hatte sie sich in ihrem Handspiegel betrachtet, als erfahre sie so, wer sie sei und was sie mit ihrem Leben anfangen solle. Ich verstehe nicht, was er in mir sieht. Wusste Davor, dass seine Augen ihr auch Angst machten? Warum hatte sie es ihm nie gesagt? Hatte sie ein schönes Lachen? Ihre Mutter hielt sich immer die Hand vor den Mund und wandte den Kopf zur Seite, wenn sie lachte, dabei hatte sie perfekte Zähne. Ihre Lippen waren schön, das wusste Ayfer. Sah man ihren Augen an, dass sie unglücklich war? Sie hatte den Spiegel ganz nahe an ihr Gesicht gehalten und sich ausgemalt, eine andere zu sehen, eine junge Frau, die tun und lassen konnte, was ihr gefiel.

Die Küchentür zum Hinterhof fiel ins Schloss, bald darauf sprang ein Automotor an. In der Stille, die sich danach ausbreitete wie etwas, das sie zu verschlingen drohte, hörte sie das Meer rauschen. Wie rasch man sich an Geräusche gewöhnte! Gerade noch hatte sie davon geträumt, Meeresrauschen zu hören, wenn sie in Suhr im Bett lag, nun sehnte sie sich nach dem Rauschen der Autobahn, das sie in ihrem Zimmer in der Schweiz hörte. Das weiße Nokia war klein und flach. Warum hatte sie Angst, es einzuschalten? Oder wollte sie die Vorfreude noch weiter steigern? Ich könnte den Mann, der mir das Handy übergeben hat, nicht einmal beschreiben, musste sie sich eingestehen, weil mir die tätowierte Rose auf der Schulter der Frau wichtiger war als sein Gesicht.

Ayfer setzte sich auf, atmete tief durch, zog die Beine an die Brust und die Bettdecke wie ein Zelt über sich. Dann schaltete sie das Handy ein. Sie wollte nicht, dass jemand die Startmelodie hörte. Auf dem Foto, das auf dem Display erschien, sah Davor aus, als sei er eben erst aufgestanden. Er blinzelte schläfrig in die Kamera, eine Hand mit aufgefächerten Fingern an der Stirn. Wo die Aufnahme gemacht worden war, konnte sie nicht erkennen; der grau-grüne Hintergrund war verschwommen. Sobald die Verbindung stand, zeigte ein greller Signalton an, dass eine SMS nach der anderen hereinkam. Es gelang ihr nicht, schnell genug auf lautlos zu stellen, weil sie sich mit dem Gerät nicht auskannte. Erst als sechs der zwölf Mitteilungen hereingekommen waren, fand sie die richtige Taste. Sollte sie erst die Nachrichten lesen oder erst im Ordner »Fotos« nachschauen, ob er weitere Bilder für sie gespeichert hatte? Davor anzurufen, traute sie sich nicht; wenn Burhan oder Yeter ihre Stimme hörte, war sie erledigt. Die Neugier auf weitere Fotos war stärker, und sie öffnete zuerst den Ordner. Davor hatte dreizehn Aufnahmen von sich für sie gespeichert. Sie klickte sich mehrmals durch den Ordner, sah ihn in die Luft springen, in einer Wiese und auf seinem Bett liegen, im Auto seines Onkels sitzen, nachdenklich oder lachend in die Kamera blicken, sah ihn mit Baseballkappe, nacktem Oberkörper und in dem T-Shirt posieren, das sie ihm auf dem Maienzug in Aarau gekauft hatte. Auf der letzten Aufnahme hatte er die Augen geschlossen, als schlafe er. Er träumt von mir, dachte Ayfer, wie ich von ihm träume. Dann las sie seine SMS. Sie kannte seinen Schreibstil von früheren Nachrichten, trotzdem verletzte sie der kalte und schnoddrige Tonfall, staunte sie über die vielen Schreibfehler. Er machte Sprüche und Anspielungen und verwendete Abkürzungen, die sie nicht kannte und über die sie deshalb nachdenken musste. Dass er sie vermisse, schrieb er drei Mal, »ich liebe dich« ein einziges Mal. Jede SMS war mit »garschmal« unterschrieben, als schäme er sich, seinen eigenen Namen unter die kurzen Botschaften zu setzen.

Ayfer las die Texte mehrmals durch, bis sie endlich auf die Idee kam, ihm zurückzuschreiben. Die Uhr auf dem Handy zeigte 00:47, als sie ihre SMS losschickte. Zwei Minuten später traf Davors Antwort bei ihr ein.

bdi

Ich sitze in einem Zimmer am Schwarzen Meer unter einer Bettdecke, dachte Ayfer, und habe ihm geschrieben, dass ich Tag und Nacht an ihn denke und sterbe vor Sehnsucht und ihm die türkischen Sterne vom Himmel hole und jeden Wunsch von den schönsten Lippen der Welt ablese, und was schreibt er? Bdi. Brauche dich.

GRMPF

Ayfer schickte die Nachricht ab, ohne sich die Zeit zu geben, sie zu bereuen. Dann warf sie die Bettdecke von sich und trat mit dem Handy ans Fenster. Über den Hausdächern von Sile war der Himmel heller als über dem Wasser, trotzdem konnte sie den Saum des Meeres erkennen. Der weiße Strich verschob sich in unregelmäßigem Rhythmus einmal ein Stück nach vorn, dann wieder nach hinten. War es nicht einer ihrer unerfüllten Träume, einmal am Strand zu schlafen, nah am Ufer, in der Wärme eines Feuers, das hoch in den schwarzen Himmel loderte?

WAKODUWI

Wannkommstduwieder? Ich weiß nicht, wann ich wiederkomme, dachte Ayfer und klickte seine Nachricht weg. Nie mehr, ich werde für immer und ewig hier in der Türkei bleiben müssen, weil mein Vater es so will. Sie warf das Handy aufs Bett und blieb am Fenster stehen. Es dauerte eine Ewigkeit, bis das Display des Handys aufleuchtete, erlosch und aufleuchtete. Das Handy warf einen blauen Schimmer auf die Bettdecke, auf der es lag, und auf die Wand. Ayfer setzte sich aufs Bett, nahm das Handy in beide Hände und öffnete Davors SMS:

ILUVEMIDI

Sie ließ etwas Zeit verstreichen, bevor sie »Ichliebeundvermissedichauch!« zurückschrieb. Seltsamerweise hatte sie nicht das Bedürfnis, seine Stimme zu hören. Sie wollte ihn sehen, das schon, aber mit ihm an einem Handy reden, das wollte sie nicht. Außerdem durfte sie nicht riskieren, gehört zu werden. Sie telefonierte nicht gern, mit Davor sowieso nicht, sie wollte die Gesichter der Menschen sehen, mit denen sie redete, wollte sehen, was ihre Sätze bei ihnen auslösten und wie sie aussahen und sie anblickten, wenn sie etwas behaupteten, das sie eigentlich nicht glauben wollte.

Komm back!

Sie hatte seine kurze Nachricht kaum gelesen, schon blinkte das Gerät erneut auf.

bittebittebittebittebittebittebittebitte

Es gibt nichts, was ich lieber täte, dachte sie, stand auf und setzte sich gleich wieder hin. Und warum tust du es nicht, du blöde Tussi! Ihr Spiegelbild, das reglos auf der Scheibe vor ihr stand, machte ihr Angst. Sie war ein Umriss, mehr nicht, ein Schatten ohne Gesicht, ohne Augen, ohne Mund, jedoch mit einem Willen, dachte sie, nahm das Handy und schrieb Davor:

Haue morgen ab kuss

Brachte sie es fertig, das Gerät auszuschalten, ohne Davors Antwort abzuwarten? Sollte sie ihn nicht doch anrufen? Sie spürte ein Ziehen im Rücken, streckte beide Arme in die Höhe und machte die Augen zu. Ihre Mutter war dagegen gewesen, sie in die Türkei zu schicken, aber sie hatte nur stundenlang geweint und sich im Bad eingeschlossen und nichts dagegen unternommen. Ihr Bruder hatte sich dafür ausgesprochen, sie wegzuschicken, ihr Vater hatte die Beherrschung erst im Zug zum Flughafen verloren; Ayfer wusste, was das träge Blinzeln seiner Augen bedeutete, das Blinzeln, das aussah, als sei er unendlich müde: Er war traurig und vor allem enttäuscht von sich selbst, und es dauerte jeweils nicht lange, und seine Stimme wurde laut. Erst blinzelte er träge, dann versteifte sich sein Oberkörper, sein Kiefer fing an zu mahlen, er ballte die Fäuste – und schrie.

Ayfer trat vom Fenster ins Zimmer zurück. Ich haue nicht wegen Davor ab, sondern wegen mir! Ich will zurück in die Schweiz, um die Frau zu werden, die ich sein will, nicht die, die sich meine Eltern vorstellen. Sie schaltete das Handy aus, warf es aufs Bett und hob den Koffer aus dem Schrank. Zeit, sich zu überlegen, was sie auf ihrer Reise brauchte und was nicht.

13

Als Roberta ausstieg und die Autotür ins Schloss drückte, schlug der erste Hund an. Die Zwinger waren an die Rückseite des Gebäudes angebaut; dahinter gab es keine Häuser mehr, nur ein Feld, das in Wald überging. Die Hecke, die wohl als Lärm- und Sichtschutz diente, war so dicht, dass sie Mühe hatte, sich durch sie hindurchzuzwängen. Mittlerweile bellten drei oder vier Hunde. Das Echo ihres Gekläffs brach sich im Wald, man hörte sie bestimmt im ganzen Dorf. Aber wahrscheinlich schlugen sie jede Nacht irgendwann an, und Roberta brauchte sich deswegen nicht zu beunruhigen. Sofern man ihn nicht in einen anderen Käfig gebracht hatte, war Prinz im hintersten Zwinger. Sie hatte ihren Hund nur ein Mal besucht, gleich in der ersten Woche, nachdem man sie getrennt und in ihre Heime gesteckt hatte. Aber der Besuch hatte ihnen beiden nicht geholfen. Prinz' Blick, als sie die Hände vom Gitter gelöst hatte und weggegangen war,

war ihr tagelang nachgegangen und jede Nacht erschienen. Das schlechte Gewissen hatte Roberta mürrisch gemacht und vor allem traurig.

Um die Hunde nicht noch mehr zu verunsichern, ging sie dicht an der Hecke entlang ans hintere Ende der Anlage, die Blechschere mit den Händen umklammert wie einen Vorschlaghammer. Der Geruch, der über den Käfigen schwebte, erinnerte sie an Raubtiergehege in Zoos. Es stank nach wilden Tieren, nassem Fell, verdorbenem Fleisch und Desinfektionsmitteln. Einige der Hunde sprangen wie irr in den Käfigen umher, andere winselten und jammerten, wieder andere lagen auf den Betonboden gepresst in den hintersten Ecken ihrer Käfige, ohne einen Ton von sich zu geben, als fürchteten sie sich vor der alten Frau, die mitten in der Nacht an ihnen vorbeiging. Der Hund, der am lautesten bellte, ein teebrauner Boxer, hockte stolz in der Mitte seines Zwingers, nah am Gitter.

Prinz lag vor der hinteren Wand seines Verschlages, den weißen Kopf mit dem großen schwarzen Fleck über dem linken Auge und dem linken Ohr auf die Vorderpfoten gebettet, und blickte sie ruhig an. Hatte er sie erwartet? Oder blieb er so gelassen, weil er aufgegeben hatte? Sie ging vor dem Käfig in die Hocke, legte das schwere Werkzeug hin und hob die Hand, ohne etwas zu sagen. Prinz' Augen folgten der Bewegung, aber er blieb liegen, ohne sich zu rühren. Dann fing sein Schwanz an, langsam über den Boden zu wischen, hin und her. Als Roberta die Hand ans Gitter legte und leise schnalzte, sprang ihr Hund mit einer fließenden Bewegung auf die Beine, kam auf sie zugelaufen und leckte ihr die Hand. Sein weißer Kehlfleck leuchtete.

»Jetzt hol ich dich hier raus«, sagte Roberta und nahm die Schere in beide Hände.

Das Gitter zu zerschneiden war einfacher, als sie angenommen hatte; sie musste die scharfen Scherenblätter nur einmal richtig zudrücken. Sie machte einen Schnitt, der lang genug war, um das Drahtgeflecht nach außen zu biegen und eine Lücke zu schaffen, durch die Prinz in die Freiheit drängen konnte. Kaum war er draußen, stellte er sich auf die Hinterbeine, stemmte ihr die Vorderpfoten auf die Brust, jaulte und leckte ihr das Gesicht ab. Dann ließ er sich auf alle viere fallen und drehte sich, außer sich vor Glück, mehrmals im Kreis, sinnlos mit aufgerissenem Maul nach Luft schnappend. Endlich blieb er stehen, drückte das Rückgrat durch und fing an, mit dem Schwanz gegen das Gitter zu peitschen. Prinz' Glücksrausch trieb Roberta Tränen in die Augen. Sie spürte, wie sich eine Aufwallung unbändiger Freude in ihr ausbreitete, ein Gefühl, das sie beinahe vergessen hatte. Gleichzeitig wuchs Wut in ihr, Wut darüber, dass ihr Hund in diesem Zwinger gehalten worden war, weil ein Spekulant mit Wohnungen Geld verdienen wollte.

Nun bellten alle Hunde durcheinander, ein wilder, wütender Chor, der sich erst noch finden musste. Sie sog die klare Nachtluft ein, die vom See heraufgeweht wurde und stellte sich vor, wie in einem Haus nach dem anderen Menschen erwachten und erstaunt in die Nacht hinaushorchten. Hatten sich die Hunde aus ihren Zwingern befreit? Und jetzt? Kamen sie näher, außer sich vor Rachegelüsten, die sie in ihren Käfigen jahrelang gehegt hatten? Oder machten sie sich im Rudel über die Hügel davon? Das Bellen der Hunde klang verzweifelt, aber auch rein und kräftig, ein

Ruf über den dichten stillen Wald hinweg, nicht zu überhören.

Erst wollte sie die Blechschere vor dem Zwinger liegen lassen, dann nahm sie das Werkzeug mit; sie würde es in der Fahrerkabine zurücklassen. Sie klopfte Prinz auf die Flanke und drängte sich vor ihm durch die Hecke auf den Parkplatz. Der Motor des Lieferwagens knackte, es roch nach Benzin, aber auch nach dem Holz, das viele Jahre lang mit dem Wagen transportiert worden war.

Roberta öffnete die Beifahrertür. Prinz sprang sofort auf den Sitz hinauf, setzte sich hin und sah sie aufmerksam an. Sie stieg ein, startete den Motor und machte das Licht an. Als sie losfuhr, bellte Prinz bestätigend und blickte aus dem Fenster auf seiner Seite; sein Schwanz klopfte auf das Polster.

14

Stand einer der alten Männer der Reisegruppe, die heute auscheckte, an einer bestimmten Stelle im Hotelfoyer, sah es aus, als trage er einen Strahlenkranz auf dem Haupt, eine Mütze aus Licht. Kaum bewegte er sich, fiel die Sonne ungehindert durch die großflächige Scheibe und flutete den Raum mit einem Licht, in dem Staubsäulen standen. Dann saß Ayfer an der hinteren Foyerwand wie in einem gelben Aquarium. Um ihre Tante zu beruhigen, die ihr misstrauische Blicke zuwarf, weil sie sich sonst nie im Foyer aufhielt, hatte Ayfer das Buch, das sie in die Türkei mitgebracht hatte, offen vor sich auf das

Tischchen gelegt, als lese sie. Dasara hatte ihr »Nichts« von Janne Teller geschenkt, aber Ayfer war bis jetzt nicht über die erste Seite hinausgekommen. Der iranische Gehilfe hatte das Gepäck der Gruppe auf drei Karren gestapelt, um es später zum Bus zu bringen, der auf dem Parkfeld hinter dem Hotel stand; die alten Männer drängten sich vor der Rezeption, als müssten sie ihre Koffer und Taschen bewachen, während ihre Frauen auf der Terrasse saßen und *cay* tranken.

Nach einer kurzen, schlaflosen Nacht hatte Ayfer aus dem Fenster des Bades Staubfahnen beobachtet, die hinter vorbeifahrenden Autos aufstiegen und vom Wind über die von der Sonne versengte Wiese geweht wurden. Sie hatte aus dem Fenster gestarrt, als erwarte sie ein Zeichen als Bestätigung, dass es richtig war, abzuhauen. Die Schollen des aufgebrochenen, staubtrockenen Bodens sahen aus wie Zähne aus Erde, überall lag Unrat, Plastiktüten schwebten Richtung Meer. So war die Zeit verstrichen. Schließlich war ein herrenloser Hund über die Brache hinter dem Anbau getrabt, die Schnauze so dicht über der Erde, als habe er, den Kopf hin und her schwenkend, Witterung aufgenommen. Plötzlich war er stehengeblieben, hatte sich geschüttelt und zu ihr hochgesehen, beide Ohren nach hinten geklappt. Komischerweise war es Ayfer nicht leichtgefallen, dem Blick des Hundes standzuhalten, sie kam sich ertappt vor und durchschaut. Sie hatten sich reglos angestarrt und wie auf Kommando den Blick gesenkt. Der Hund hatte gebellt, war vor dem eigenen Echo zusammengezuckt und davongelaufen. Sie hatte sofort gewusst, dass das die Bestätigung war, auf die sie gewartet hatte.

Sie hatte kaum etwas eingepackt, Höschen, Strümpfe, zwei T-Shirts, einen Pulli und eine Jeans, aber keine anderen

Schuhe. Sie trug schwarze Leggings und Jeansrock, Turnschuhe und das kirschrote Shirt von Davor. Die Stoffumhängetasche, aus der sie in Suhr das »New Romance«-Label mit der Schere herausgetrennt hatte, hatte sie hinter ihrem Sessel versteckt, damit Yeter keinen Verdacht schöpfte. Ihr Geld, den Pass und das Handy von Davor, das sie nicht wieder eingeschaltet hatte, trug sie in einem Etui an einem Lederbändel um den Hals auf der Haut.

Ayfer hatte mehr Geduld als ihr Vater, ihre Mutter und ihr Bruder; es fiel ihr leicht, zu warten, einfach nur dazusitzen und die Welt und ihre Bewohner zu beobachten. »Wie eine Maschine im Leerlauf«, hatte Davor den Zustand beschrieben, in den sie sich versetzte, wenn sie warten musste, und sie hatte ihn nicht korrigiert, obwohl er nicht verstand, dass sie zwar aussah, als sei sie im Dämmerschlaf versunken, wenn sie wartete, in Wirklichkeit aber hellwach war und genau wahrnahm, was um sie herum vorging. Sie saß jetzt seit über einer Stunde im Foyer. Ich bin ein Stein, der lebt, dachte sie, ein Reptil, das auf den einzig richtigen Augenblick wartet, den Augenblick, den es auf keinen Fall verpassen darf. Manchmal wurde es für Sekunden taghell in dem Raum mit den gelben Bodenfliesen, der gleich darauf erneut in trübem Dämmer versank, weil die alten Männer unmöglich stillstehen konnten und das Licht der Sonne blockierten oder durchließen, indem sie sich einmal in diese und einmal in jene Richtung bewegten und sich in einem Greisenballett fortwährend umgruppierten, unterlegt vom Scharren und Schurren ihrer Gesundheitsschuhe und ihrem aufgeregten Gemurmel. Ich werde nicht alt, sagte sich Ayfer, niemals, vorher bring ich mich um.

Als der Fahrer der Reisegruppe das Foyer betrat, waren die Alten nicht länger zu halten; sie strömten durch die Glastür des Hotels in die Hitze hinaus, schnatternd wie Kinder auf der Schulreise. Yeter trat hinter der Rezeption vor, warf Ayfer einen Kontrollblick zu und ging dann mit dem Leiter der Gruppe nach draußen, um sich zu verabschieden. Ayfer wartete nicht ab, bis der Iraner anfing, das Gepäck zum Bus zu karren; sie nahm ihre Tasche und schlüpfte ins Hinterzimmer neben dem Empfang, in dem Yeter Büromaterial aufbewahrte und in dem das Porträt von *lider* Erdogan in einem Goldrahmen über dem Schreibtisch an der Wand hing. Das Fenster dieses Zimmers wies auf den Parkplatz hinaus; wenn sie sich beeilte, war sie vor dem Fahrer beim Reisebus, dessen Türen genauso offen standen wie die Gepäckfächer unter den Fensterreihen auf beiden Seiten. In einem dieser Fächer würde sie sich verkriechen, um von hier wegzukommen.

Ayfer öffnete das Fenster, sprang hinaus und lief los.

AUF DEM WEG

1

Sie blieben auf Nebenstraßen und Feldwegen und begegneten kaum anderen Autos. Die Weiler und Dörfer, durch die sie fuhren, lagen ausgestorben in der Dunkelheit. Roberta sah streunende Hunde, einen Fuchs zwischen Wohnhäusern, einen Dachs, Katzen, die vor ihnen flohen, Kühe und Rinder, die sich aneinanderdrängten und ihre Schädel ins Licht ihrer Scheinwerfer hoben.

Einmal kreuzten sie einen Mann auf einem Mofa, er trug Lederjacke und Hut und starrte stur geradeaus. Nahm er sie überhaupt wahr? Prinz saß neben ihr, sah aufmerksam in die Nacht hinaus und warf ihr gelegentlich einen Blick zu. Was sprach aus den Hundeaugen? Traurigkeit, Dankbarkeit? Als Roberta mit ruhiger Stimme anfing, mit ihm zu reden, legte er sich auf den Sitz, den Kopf zwischen den Pfoten, und seufzte. Sie hatte von Anfang an mit ihm geredet, genau wie sie als Kind mit dem Pferd des Stiefvaters geredet hatte. In der ersten Zeit hatte Prinz sie misstrauisch angesehen, wenn sie das Wort an ihn richtete, und daraufgeachtet, eine gewisse Distanz zu ihr zu behalten, als sei es nötig, fliehen zu können, da die Sätze vielleicht eine Einleitung waren zu etwas anderem, Gefährlichem. Doch nach einer Weile war er in ihre Nähe gerückt, sobald sie mit ihm redete, und hatte sie ab und zu bestätigend angeguckt, als wolle er ihr zu verstehen geben, sie solle nur ja nicht aufhören, ihm zu erzählen, was ihr durch den Kopf ging.

Eine Antwort erwartete sie nicht, schließlich war sie nicht verrückt, aber sie war überzeugt, dass Prinz sie in gewisser Weise verstand, indem er begriff, dass sie nicht nur ihr Leben mit ihm teilte, sondern auch ihre Gefühlswelt. Außerdem wusste sie, dass ihre Stimme dem Hund die beruhigende Gewissheit gab, dass für ihn gesorgt wurde und dass er in Sicherheit war, genauso wie ihn ihre Stimme verängstigte, wenn sie mit ihm schimpfte.

Als sie Prinz das nächste Mal ansah, war er eingeschlafen, die Pfoten neben den Ohren, als habe er genug von ihrem Gerede. Er jaulte im Schlaf und zuckte am ganzen Körper. In Sihlbrugg mussten sie für eine kurze Strecke auf die Hauptstraße; die Autohäuser, Garagen, Lagerhallen und Tankstellen, an denen sie vorbeifuhren, waren in kaltes Licht getaucht. An einer Zapfsäule stand ein Auto mit offener Fahrertür, ein Mann beugte sich über die Motorhaube, ein Handy am Ohr, auf der Gegenspur kamen ihnen drei Lastwagen mit gleichem Firmenlogo entgegen. Roberta bog auf die Straße, die der Sihl entlang in den Talkessel hinein- und auf den Hirzelpass hinaufführt. Sie drehte das Fenster nach unten und streckte den Kopf ins Freie; die kühle Nachtluft roch nach dem Fluss, der zwischen den Bäumen glitzerte. Nach etwa drei Kilometern bog sie auf eine Forststraße und lenkte den Lieferwagen in den Wald hinein. Bäume wölbten sich schützend über sie, Zweige kratzten über ihr Dach; es war, als fahre sie in einen Tunnel. Sie trat auf die Bremse und sah den roten Widerschein der Bremslichter im Rückspiegel aufglimmen. Prinz erwachte, setzte sich hin und stupste sie mit der Schnauze an.

»Brav«, sagte sie, »wir sind da.«

Sie machte das Licht aus, dann den Motor, strich Prinz über den Kopf, stieß die Tür auf und stieg aus. Den Schlüssel ließ sie im Zündschloss stecken. Prinz sprang ihr sofort hinterher und drängte sich ungeduldig an sie. Der Wald war schwarz, der Himmel pflaumenfarben und ohne Stern. Es roch nach Gülle. Die wenigen Lichter, die in der Ferne zu sehen waren, Straßenbeleuchtung, Lampen unter Stalldächern und vor Garageneinfahrten, schienen die Dunkelheit nur zu verstärken. Äste knarrten. Auf der Passstraße war der Motor eines Autos zu hören, dann war es still.

»Jetzt geht es zu Fuß weiter«, sagte sie, griff Prinz zärtlich ins Fell und tätschelte ihm den Kopf.

Ihre Stimme klang fremd in dem finsteren Wald, und sie nahm sich vor, nicht mehr zu reden. Das Licht des Mondes bezog Äste von Laubbäumen und Tannen mit perlmuttfarbenem Schimmer, der aussah, als lasse er sich wie die Haut einer Zwiebel abziehen. Sie hob den Rucksack aus dem Wagen, warf die Tür zu, schwang sich den Rucksack aufseufzend auf den Rücken, schloss den Reißverschluss der Gore-Tex-Jacke, richtete die Tragegurte, zog die Riemen fest und hielt für einen Augenblick den Atem an. Prinz sah sie an, den Kopf schräg gelegt, und bellte einmal.

»Auf geht's«, sagte sie und ging los.

Prinz zögerte für einen Herzschlag, dann folgte er ihr. Der Waldboden, weich, nachgiebig, bedeckt von Tannennadeln, verströmte einen starken Geruch, wie ein Komposthaufen. Der Rucksack war schwer, aber er schmiegte sich an ihren Rücken, als sei er Teil ihres Körpers, wie der Verkäufer versprochen hatte. Sie stiegen langsam durch dicht stehende Bäume einen Hang hinauf. Eine gefällte Tanne, geschält und von Ästen befreit, leuchtete im Mondlicht, das stark genug war, damit sie Ästen und zurückschnappenden Zweigen ausweichen konnten und nicht in Unterholz oder Dornengestrüpp gerieten. Ihr Hund hechelte, Roberta keuchte. Der Hang war nicht sonderlich steil, aber sie war zweiundsiebzig Jahre alt; sie musste immer wieder stehenbleiben und nach Atem ringen, die Hände auf die Knie gestützt, die Augen geschlossen. Aber schließlich erreichten sie den Kamm des Hügels. Ein kühler Wind wehte. Das diffuse blaue Licht verwischte die Konturen der weichen, hintereinander gestaffelten Wiesenbuckel, nahm der Landschaft jede Tiefe. Tagsüber waren die Linien der einzelnen Hügelreihen scharf voneinander abgegrenzt, das wusste Roberta, sie kannte die Gegend von Spaziergängen mit Karl Hausmann. Zu Beginn ihrer Affäre im Frühling vor zwanzig Jahren waren sie gelegentlich für ein paar gestohlene Nachmittagsstunden in einem Hotel auf dem Hirzel abgestiegen. Karl hatte es gefallen, sie stehend von hinten am Fenster zu nehmen, die Hände auf ihren Schultern, als brauche sie Trost oder Besänftigung. Damals hatte sie sich, während sie seine Stöße empfing, die Hügel eingeprägt, Reihe um Reihe, bis zum Horizont, Hügel nach Hügel, und oft genug mit der Enttäuschung gekämpft, noch während Karl sie liebte. Ich habe meine Träume dem Leben angepasst, das ich führe, ging ihr durch den Kopf und griff ihrem Hund ins Fell, wie fast alle. Das hat nicht nur mein Leben und meine Träume kleiner gemacht, sondern auch mich, kleiner und ängstlicher, als ich hätte sein können. Ich bin ein Angsthase, dachte sie und lachte auf, oder nein, ich *war* ein Angsthase. Nun versuche ich es einmal damit, Mut zu beweisen.

Prinz wurde ungeduldig. Er zog sie auf den Wanderweg, der dem Grat des Hügels entlanglief, breit genug, dass sie nebeneinander gehen konnten. Nach ein paar Minuten kamen sie an einer Tränke vorbei, einer ausrangierten Badewanne voller Beulen. Roberta tauchte die rechte Hand ins kalte Wasser, das sich im Wind kräuselte, und nickte Prinz aufmunternd zu. Aber er ging an der Tränke vorbei, ohne sich um das Wasser zu kümmern.

Nach einer Stunde verließen sie den Weg, stiegen vorsichtig einen Abhang hinunter, überquerten einen Bach, gingen durch Farn, der sich raschelnd hinter ihnen schloss, und kamen auf eine Wiese, die auf drei Seiten von Bäumen begrenzt wurde. Ihre Finger rochen nach dem Farn, den sie berührt hatten. Felsblöcke und Steine lagen weit versprengt auf der Bergwiese, doch zwischen den Felsen war das Gras weich; gepolstert von Moos, federte es unter den Schuhen nach. Die Sohlen ihrer neuen Bergstiefel machten ein sirrendes Geräusch auf den feuchten Halmen, als gleite sie über Eis.

Roberta zog den Rucksack aus, lehnte ihn gegen einen Fels und nahm das Biwakzelt heraus. Ihr Rücken hatte dem Rucksack eine Vertiefung aufgedrückt, jetzt spürte sie auch die Nackenschmerzen, die langsam über ihren Hinterkopf krochen. Um zu üben, hatte sie das Zelt fünf Mal aufgebaut, zuletzt auf einer Lichtung, eine Stunde Fußweg vom Altenheim entfernt, beobachtet von einer Schulklasse, die genau in dem Moment aus dem Wald getreten war, in dem sie die Plastikhaut des Zeltes und die Stangen aus der Verpackung geschüttelt hatte. Wenn sie nicht beobachtet worden wäre, hätte sie ihren Rekord von sechs Minuten wahrscheinlich gebrochen; aber die Kinder und der Lehrer, der es nicht lassen konnte, ihr Ratschläge zuzurufen, hatten sie abgelenkt. Zwei Mal hatte sie das Zelt sogar nachts aufgebaut, schließlich musste sie davon ausgehen, es jeweils erst nach Einbruch der Dunkelheit aufstellen zu können, sobald sie unterwegs waren. Mittlerweile kannte sie jedes Teil, wusste, wozu es gebraucht wurde, und beherrschte die nötigen Handgriffe blindlings.

Bevor sie anfing, das Zelt im Schutz der Felsen aufzustellen, öffnete sie eine Dose Hundefutter, leerte die Fleischbrocken in einen Teller und stellte ihn auf die Wiese. Prinz blieb sitzen und sah sie mit schräg gelegtem Kopf an; sein Schwanz klopfte unruhig aufs Gras.

»Friss«, sagte sie leise und schnürte den Zeltsack auf.

Prinz machte sich nicht gierig über sein Futter her, er fraß langsam, fast bedächtig. Sie hatte das Zelt beinahe fertig aufgebaut, bevor ihr Hund den Teller sauber geleckt hatte; die letzte Schnur war gespannt, und sie schlug eben den letzten Hering in den Boden, als Prinz sich neben sie setzte. Sie blies die Campingmatte auf, schob sie in den Innenraum und legte ihren Schlafsack und Prinz' Decke darauf. Sie strich ein Zündholz an, damit es für einen Moment hell wurde; der Geruch nach Phosphor erinnerte sie an ihren früheren Mann, der nach dem Mittagessen eine Pfeife geraucht hatte. Der Geruch des Tabaks hatte ihr nichts bedeutet, aber den scharfen Duft nach Phosphor, der ihr in die Nase stieg, hatte sie geliebt. Sie kroch ächzend ins Zelt, kämpfte sich aus den Trekking-Boots und streifte die Socken ab. Ihre Füße waren rot und geschwollen, aber nicht wund. Blasen hatte sie keine. Sie setzte sich auf und zog den Rucksack ins Zelt. Prinz sah sie an, die Ohren gespitzt, und beobachtete, ohne sich von der Stelle zu rühren, wie sie eine Gaskartusche in die Laterne schraubte und sie anmachte. Das leise Fauchen der Lampe ängstigte ihn, er jaulte auf und schüttelte den Kopf.

»Rein mit dir, los!«

Der Hund zögerte, aber Roberta holte ihn nicht herein, sie wartete, bis er sich von allein durch den Eingang wagte. Prinz sah sich unsicher um, schnupperte am Zeltboden und an den Wänden, die sich im Wind bewegten. Schließlich legte er sich auf seine Decke, gähnte und fing an, sich die Vorderpfoten zu lecken. Sie war erschöpft, aber gleichzeitig fühlte sie sich leicht und auf seltsame Weise anwesend und lebendig, als summe ihre Haut, ihr Blut. Sie holte die Packung mit den Kürbiskernen, die Lesebrille und das Buch aus der Seitentasche des Rucksacks, das sie aus der Bibliothek mitgenommen hatte. Dann zog sie den Reißverschluss des Zeltes zu, warf sich eine Handvoll der Kerne in den Mund und schlug »Frost« auf.

Nach wenigen Sätzen wusste sie, sie würde das Buch nur in kurzen Abschnitten lesen können, in homöopathischen Dosen, Satz um Satz, sonst verschloss sich ihr die Geschichte. Aber vielleicht ging es ja genau darum. Vielleicht sollte sie sich auf die Suche nach Wörtern machen und diese Wörter auflisten. Sie klaubte den Bleistift aus dem Seitenfach des Rucksacks und entfaltete die Liste, die in dem Roman gelegen hatte.

> *Kopfgewicht*
> *Hohlweg*
> *Totgeburt*
> *Landstreicher*
> *Floß*
> *Hundekadaver*
> *Armenhausküche*

Sie las den ersten Tag der Geschichte, etwas mehr als eine Seite, für die sie fast eine halbe Stunde brauchte, den schlafenden Hund neben sich. Sie hatte zwei Wörter gefunden, die sie der Liste hinzufügen wollte, und schrieb sie darunter.

Emailkübel
Unerforschliches

Wie ungelenk ihre Schrift unter den anderen Wörtern aussah; ihre Buchstaben standen für sich, als wollten sie nicht ineinanderfließen, während die Buchstaben der anderen Schrift wirkten, als reichten sie sich die Hand, um ein Wort zu bilden, eines, das sich nicht einfach auseinandertrennen ließ, Buchstaben, die zusammenhielten, für einander eintraten. Ihre Buchstaben dagegen sahen aus, als hätten sie nichts miteinander zu tun. Roberta legte Buch und Lesebrille beiseite und machte die Gaslaterne aus.

2

Ayfer lag wie in einem Sarg und war doch am Leben. Die Augen zugedrückt, krümmte sie sich mit geballten Fäusten hinter einer Stütze des Gepäckfaches zusammen, um den Schlägen der Koffer zu entgehen, die bei jeder Bodenwelle verrutschten. Es stank nach Benzin, darum atmete sie durch den Mund, in ihren Ohren summte es, so laut war der Motor. Sie waren seit einer halben Stunde unterwegs, und da sie nicht wusste, wohin die Reisegruppe fuhr, hatte sie keine

Ahnung, wie lange sie noch in ihrem Gefängnis ausharren musste. Der Bus – das hatte sie gesehen, bevor sie ins Gepäckfach geklettert war – hatte keine Toilette. Die Reisegruppe bestand aus Senioren, also gab es bald einen Pinkelhalt. Die Lichtstreifen, die in ihren Blechsarg fielen, halfen ihr nicht, die Situation besser auszuhalten, sie bewiesen ihr nur, dass es eine Welt außerhalb ihres Verstecks gab, eine Welt voller Sonnenlicht, eine Welt, in der ein kühles Windchen die Hitze erträglich machte, eine Welt, in der es nach Meer duftete und nach Pistazieneis, das in einem Schälchen auf dem Blechtisch schmolz, an dem man im Schatten saß und durch ein offenes Fenster einen Song von Sezen Aksu hörte, leise und wie aus einem früheren Leben in die Wirklichkeit hinübergeweht.

Ayfer konzentrierte sich darauf, ruhig und regelmäßig zu atmen, nicht in Panik zu geraten und sich an etwas Schönes zu erinnern. Es half nicht, an Davor zu denken, im Gegenteil. Die Erinnerung an ihn machte sie weinerlich, ohne dass sie begriff, weshalb. Sie drehte sich auf den Rücken, legte die geballten Fäuste auf die Brust, als schütze sie das. Sie fühlte sich unwohl in geschlossenen Räumen, im Kino saß sie immer am Rand, sie brauchte die Möglichkeit zur Flucht. Aber du bist auf der Flucht! Du liegst hier in diesem Blechsarg, weil du es nicht ausgehalten hast im Land deiner Eltern, in dem sie selbst auch nicht mehr leben möchten. Wann hatte sie das letzte Mal zu Allah gebetet, weil es ihr ein Bedürfnis war, und nicht, weil ihr Vater, ihr Bruder oder ihr Onkel es von ihr verlangten? Sie betete jeden Tag, weil sie jeden Tag beten musste. Freiwillig hatte sie den Gott, an den ihre Familie glaubte, immer nur angerufen, wenn sie sich fürchtete oder wenn sie nicht mehr weiter wusste. Ich fürchte mich zu Tode, aber ich werde weder zu Allah beten, noch werde ich ihn um Hilfe anflehen! Mit sechs Jahren hatte sie ihren Vater gefragt, warum Muslime eigentlich Richtung Osten beten. »Wir wenden uns nach Mekka, nicht nach Osten«, hatte er geantwortet. Ihre Frage »Warum tun das die Christen nicht?« hatte ihm die Sprache verschlagen, schließlich hatte er gesagt: »Weil ihnen schon die ganze Welt gehört. Sie können schauen, wohin sie wollen. Es gehört ihnen bereits alles. Sie müssen sich nicht für eine Richtung entscheiden.«

Ayfer hatte den alten Frauen und Männern zugehört, als sie in den Bus gestiegen waren, während sie sich in eine Nische des Gepäckfaches gedrückt hatte, um nicht doch noch vom Fahrer entdeckt zu werden. Die Reisegruppe war aus Köln, der Klang der deutschen Sprache hatte Ayfer traurig gestimmt, als würde sie durch sie an etwas erinnert, das für sie unwiderruflich verloren war. Sie legte ihre Hände flach auf den Boden des Busses, aber so waren die Erschütterungen nur noch stärker zu spüren, und sie legte sich auf die Seite und zog die Beine an die Brust. So hast du dich schon als Kind hingelegt, wenn du Angst hattest und an einem anderen Ort sein wolltest. Wenn sie den Atem anhielt, konnte sie die Stimmen der Alten hören, eine Frau lachte besonders laut und schrill, Ayfer versuchte sich vorzustellen, welche es sein könnte. Gedanken daran, wie ihre Reise weitergehen sollte, verdrängte sie. Sie hatte das Handy noch nicht wieder eingeschaltet, vielleicht würde Davor versuchen, sie dazu zu überreden, ihre Flucht abzubrechen und zu ihrer Tante und zu ihrem Onkel zurückzukehren. Sie sah ihren Vater und ihren Bruder vor sich, beide kochten vor Wut und schrien sich Vorwürfe ins Gesicht, während sich ihre Mutter weinend im Schlafzimmer verkroch, weil sie sich vor der Verwandtschaft des Vaters schämte und weil sie sich schuldig fühlte. Aber ihre Eltern wussten bestimmt noch nichts von ihrem Verschwinden, weil sich ihr Onkel nicht eingestehen konnte, dass sie ihm entkommen war. Er musste alles daran setzen, Ayfer zu finden, ohne dass ihre Eltern erfuhren, dass sie abgehauen war.

Das Gepäck der alten Menschen roch muffig und abgestanden, das war ihr aufgefallen, als der Fahrer die Koffer und Taschen in das Gepäckfach gestapelt hatte, in dem sie sich so klein wie möglich machte. Die Koffer und Taschen rochen alt, so, als seien sie schon sehr lange auf dieser Welt unterwegs und darum zu müde, um sich noch richtig zu pflegen. Meine Tasche, das wusste Ayfer mit absoluter Gewissheit, riecht, wie ich selbst rieche: frisch und jung, voller Tatendrang, unverbraucht.

Sie waren jetzt auf einer Autobahn unterwegs, vermutete Ayfer, die Reifen sirrten heller, auch waren die Erschütterungen weniger stark. Dafür vibrierten jetzt der Blechboden, auf dem sie lag, und auch die Stütze. Wir fliegen, ich liege im Frachtraum eines Flugzeuges, weit draußen über dem Atlantik, dachte sie, mitten in der Nacht, über mir schlafen die Fluggäste in ihren Sitzen, und keiner weiß von mir; ich reise mit ihnen, heimlich, unsichtbar, zusammen mit den Hunden und den Katzen in ihren Käfigen.

Der Fahrer schaltete den Motor in rascher Folge runter, sie fuhren durch eine langgezogene Kurve, deutlich langsamer als zuvor, trotzdem musste Ayfer sich mit den Schultern gegen verrutschende Koffer stemmen. Gleich darauf hielt der Bus an, und der Motor wurde ausgeschaltet. Ayfer schob die

Gepäcksstücke, die sie bei der Abfahrt vor den Blicken des Fahrers und der Alten geschützt hatten, zur Seite. Sie musste so schnell wie möglich ins Freie kommen, sobald die Tür des Gepäckfaches aufschwang, und weglaufen, bevor sie jemand packen konnte. Sie ging davon aus, dass sie auf dem Parkplatz einer Raststätte standen; sie würde über den Zaun klettern und in einem Feld oder Wald untertauchen. Erst als die Türen des Busses zischend entriegelt wurden und sie die Schritte der Alten auf der Treppe beim Ausstieg hörte, fing sie an, mit den Fäusten gegen die Wand des Gepäckfaches zu hämmern. Sie durfte sich nicht darauf verlassen, dass das Fach geöffnet wurde; vielleicht setzte sich die Gruppe mit dem Fahrer ins Restaurant der Raststätte und das Fach blieb geschlossen, und sie war gezwungen, weiter mit ihnen zu fahren, ohne zu wissen, wohin.

Die Alten schnatterten durcheinander, aufgedreht und quengelig, aber sie waren auf Ayfers Klopfen aufmerksam geworden. Ein Mann rief aufgeregt nach dem Fahrer, sie hörte ein Feuerzeug klicken und eine Frau husten, dann wurde der Schlüssel ins Schloss des Gepäckfaches geschoben und umgedreht. Das Licht war schneidend hell, die Luft warm und schwer und dennoch wohltuend frisch, als werde sie mit kaltem Wasser übergossen. Ayfer rollte sich seitwärts aus dem Bus, drängte den Fahrer zur Seite, der sie erstaunt ansah, und fiel auf den Asphalt, der heiß war wie der Sand am Strand von Sile. Sie schaffte es, auf die Beine zu gelangen, bevor ihr einer der glotzenden Alten zu nahe kam. Sie befanden sich tatsächlich auf einer Autobahnraststätte.

Ayfer drückte ihre Tasche gegen die Brust und lief los.

3

War es der Regen, der sie weckte, das leise Getrommel auf den Zeltwänden, oder war es Prinz, der ihr die feuchte Schnauze ins Gesicht stieß, bis sie die Augen aufschlug? Ihr Hund saß dicht neben ihr und sah sie an, die Ohren angelegt, ein Winseln tief in der Kehle.

Roberta setzte sich auf und zog den Reißverschluss des Zeltes nach oben, um Prinz ins Freie zu lassen. Er sprang mit einem Satz auf die Wiese hinaus und verschwand. Der zementgraue Himmel hing tief. Es wurde schon hell, war aber noch früh, wie sie auf ihrer Armbanduhr sah: kurz nach sieben. Sie spürte, wie kalt es über Nacht geworden war. Schultern und Nacken waren verspannt, die Knie taten ihr weh, doch sie hatte tief geschlafen und war hungrig. Die Wolken, die über die Hügel zogen, waren zu Säulen zusammengeballt, die sich langsam drehten und in sich zusammenfielen.

Roberta kroch aus dem Schlafsack und nahm eine Dose Hundefutter, Brot und Käse aus dem Rucksack. Die Zeit, ein Feuer zu machen und Kaffee zu kochen, nahm sie sich nicht. Sie wollte so schnell wie möglich weiter, weg von Hausmanns Lieferwagen, vom Altenheim. Prinz' Schatten wischte über die Zeltwand, schon hockte ihr Hund vor dem Eingang.

»Gleich«, sagte sie und kroch aus dem Zelt, »du hast dein Geschäft erledigt. Jetzt bin ich an der Reihe. Danach gibt's Futter.«

Bevor sie die ersten Häuser erreichten, nahm sie Prinz an die Leine; sie wollte nicht riskieren aufzufallen, weil sie ihren Hund frei laufen ließ. Es hatte aufgehört zu regnen, dafür ging ein kühler Wind. Die blasse Sonne, die im Osten am Himmel stand, hatte keine Kraft und sorgte für graues Licht. In einem Vorgarten beugte sich eine Frau über einen Rosenbusch und sah ihnen misstrauisch nach. Sie trug Gummistiefel und Gartenhandschuhe und hielt eine Rosenschere in der Hand. Vor der Doppelgarage eines Hauses stand ein Anhänger mit Motorboot, hinter einem Fenster des Hauses bewegte sich die Gardine, und Roberta bemerkte einen Mann, der ihnen ebenfalls nachsah. Einen Augenblick lang stellte sie sich vor, die Meldung, eine alte Frau werde vermisst, sei bereits in den Zeitungen erschienen, natürlich mit Foto, doch sie wusste, dass das nicht möglich war, noch nicht. Heute schien ihr der Rucksack viel schwerer, außerdem tat ihr das rechte Knie weh. Erst ignorierte sie das Bedürfnis, im Restaurant, an dem sie vorbeigingen, einen Kaffee zu trinken, aber dann blieb sie doch stehen und drehte um. Auf eine halbe Stunde kam es nicht an, und sie wollte nachprüfen, ob die Vermisstenanzeige wirklich noch nicht erschienen war. Der Wind trieb eine Plastiktüte über den leeren Parkplatz vor dem Eingang, die Pflanztröge, die die Tür flankierten, waren leer.

Am Stammtisch saßen zwei Männer in ihrem Alter, sie hoben die Köpfe und nickten, als sie eintraten. Abgesehen von den Männern und der Serviertochter, die am Tresen in einer Illustrierten blätterte, war die Gaststube leer. Einer der Männer trug ein Übergewand, der andere hatte einen Schnurrbart, der ihm wie ein Kreidestrich über der Lippe stand. Roberta lehnte den Rucksack an die Wand und setzte sich an den Tisch direkt beim Eingang. Prinz drängte sich ungestüm unter die Eckbank, weshalb einer der Stühle, die er dabei verschob, fast umgefallen wäre. Sie konnte ihn im letzten Augenblick an der Lehne festhalten.

»Das war knapp«, sagte die Serviertochter und trat an ihren Tisch.

Sie schüttelte ihre rechte Hand, als habe sie sich eben die Fingernägel lackiert und wolle sie so trocknen. Roberta nickte und bestellte einen Milchkaffee, dann ging sie zum Zeitungsständer hinüber, um die Tageszeitungen zu holen, die dort aushingen.

»Träumst du noch?«, fragte der Mann im Überkleid.

Das Erstaunen über die Frage, die nicht an einen Stammtisch gehörte, stand im Blick des Mannes mit Schnurrbart.

»Wieder, Werni, wieder. Und du?«

»Damit hab ich auch aufgehört. Ist gesünder. Und du, Silvia?«

Die Serviertochter – sie schraubte den Kolben in die Kaffeemaschine und schaltete sie ein – lachte.

»Träumen? Jede Nacht«, sagte sie, »aber jede. Manchmal sogar am Tag.«

»Das sind die schönsten Träume«, sagte der Mann im Überkleid.

»Weltreise?«, fragte der mit Schnurrbart spöttisch und deutete mit dem Kinn auf den Rucksack.

»Nicht ganz«, antwortete Roberta, setzte sich auf ihren Stuhl und schlug eine Zeitung auf, »ich bin auf der Flucht.«

Die Wahrheit, das wusste sie, wurde oft genug als Scherz verstanden, als Witz. Oder als blanke Lüge.

»Sind wir das nicht alle?«, fragte der Mann mit Schnurrbart und nahm einen tiefen Schluck Bier.

»Ich geh gar nirgends mehr hin«, sagte der andere.

»Außer hierher, Werni.«

»Außer hierher. Wo er recht hat, hat er recht. Und vor wem sind Sie auf der Flucht, wenn man fragen darf? Banküberfall?«

Die beiden lachten; die Serviertochter stellte den Milchkaffee vor Roberta auf den Tisch, verzog keine Miene und verschwand durch eine Schwingtür in die Küche.

»Erraten«, sagte Roberta.

»Dann ist der Rucksack also voller Geld?«

Der mit dem Schnurrbart sah sie grinsend an, das Bierglas in der Hand, der andere stieß leise auf.

»Goldbarren«, sagte sie.

»Ganz schön schwer.«

»Und ganz schön viel wert.«

In diesem Moment trat die Serviertochter durch die Schwingtür, gefolgt von einem Mann, der einen Bestellblock in der Hand hielt. Die beiden Stammgäste senkten beschämt die Köpfe, als seien sie bei etwas Unanständigem ertappt worden.

»Aber einen Espresso nimmst du, Bruno«, sagte die Serviertochter und machte sich an der Kaffeemaschine zu schaffen.

»Einen kleinen, schnellen, Silvia. Ich muss weiter.«

Der Mann blieb am Tresen stehen, faltete den Bestellblock zusammen und steckte ihn in die Brusttasche seines grünen Arbeitskittels. Er trug Jeans, Cowboystiefel mit abgeschrägten Absätzen und hatte sich die schwarzgefärbten Haare nach hinten gekämmt.

Roberta fand in keiner Zeitung eine Vermisstenmeldung. Sie trank den Kaffee aus, blieb aber sitzen. In der Küche klapperten Töpfe, es roch nach angebratenen Zwiebeln. Prinz kam unter dem Tisch vor, setzte sich dicht neben sie und lehnte sich an sie.

»Wissen Sie, wann der nächste Bus fährt?«, rief sie.

»Wohin denn?«, gab der mit Schnurrbart zurück.

»Nach Pfäffikon.«

»Unser Bus fährt nach Horgen.«

»Und nach Zug«, sagte der im Übergewand und rülpste leise.

»Wissen Sie, wann?«, fragte Roberta und stand auf.

Prinz sprang auf die Beine und sah sie rasch hechelnd an. Die Serviertochter klatschte in die Hände, als sei es Zeit, etwas Neues zu beginnen.

»In eineinhalb Stunden«, sagte sie laut und lächelte den Mann mit den Cowboystiefeln an.

Der stellte die Espressotasse auf den Tresen, räusperte sich und legte seine Hand auf den Unterarm der Serviertochter, ganz kurz nur und ohne sie anzusehen.

»Danke für den Espresso, Silvia. Sie können mit mir fahren. Ich muss nach Pfäffikon.«

»Und der hier?«, fragte Roberta und klopfte Prinz auf die Flanke.

»Den nehmen wir schön mit. Hab selber einen. Ich steh hinter dem Haus, kommen Sie, ich muss weiter.«

4

Das Sonnenlicht verbrannte die Farben und legte einen verwaschenen Schleier über die Welt. Wenn Ayfer die Augen zusammenkniff, sah der Maschenzaun, der das Areal der

Raststätte begrenzte, wie eine Klinge aus. Sie hockte in einem ungeschnittenen Maisfeld und wartete darauf, dass der Bus weiterfuhr. Dann würde sie sich in der Tankstelle der Raststätte erkundigen, wo sie war, und versuchen, jemanden zu finden, der sie mitnahm.

Hinter dem Maisfeld stand eine Zeile baufälliger Häuser, deren Dächer in der Hitze flirrten. Das Rauschen des Verkehrs war so laut, dass Ayfer sich fragte, wie man hier leben konnte. Außerdem stank es nach Diesel, Benzin und verbranntem Gummi. Letztes Jahr hatte sie an der Schule einen Vortrag zum Thema »Mais« gehalten, und mit einem Mal erinnerte sie sich Wort für Wort an den ersten Satz: »Zea mays ist eine Pflanzenart aus der Familie der Süssgräser, die ursprünglich aus Mexiko stammt. Wie alle Gräser ist Mais windblütig, es erfolgt also eine Bestäubung der weiblichen Blüten durch Windtransport der Pollen.« Das Wort »windblütig« war sie lange nicht mehr losgeworden, sogar Schüler aus tieferen Klassen hatten es ihr nachgerufen. Ihr selbst hatte ein anderes Wort ihres Vortrages besser gefallen: »Kukuruz«, wie Mais in Österreich genannt wurde. Ayfer kauerte im schaukelnden Dämmerlicht des Maisfeldes, über sich die Kolben in ihren Hüllenblättern, die sich schurrend aneinander rieben, und wiederholte das Wort so lange, bis es jeden Sinn verlor. Kukuruzkukuruzkukuruzkukuruzkukuruz.

Bevor sie aus dem Fenster des Hinterzimmers gesprungen war, hatte sie noch einmal das Gedicht gelesen, das ihr Onkel dort gerahmt an die Wand gehängt hatte: »Die Demokratie ist nur der Zug, auf den wir aufsteigen, bis wir am Ziel sind. Die Moscheen sind unsere Kasernen, die Minarette unsere Bajonette, die Kuppeln unsere Helme und die Gläubigen unsere Soldaten.« Ihr Onkel hatte ihr das Gedicht gleich am ersten Tag gezeigt und ihr stolz erklärt, Ministerpräsident Erdogan habe es auf einer Kundgebung zitiert und sei dafür 1998 zu zehn Monaten Gefängnis verurteilt worden. Ayfer hatte auf das Gedicht gespuckt, hatte das Fenster geöffnet, war ins Freie gesprungen und auf den Bus aus Köln zugerannt.

Die Reisegruppe machte nicht bloß einen Pinkelhalt, sonst wäre sie längst weitergefahren, sagte sich Ayfer. Sie stellte sich vor, mitten durch die Maisstauden zu gehen, die sie weit überragten, Schritt um Schritt und ohne darüber nachzudenken, wohin sie ging, weil sie in ihrer Phantasie so oder so immer vor Davors Haus stand, wenn sie schließlich aus dem raschelnden Mais trat, egal, in welche Richtung sie auch ging. Ayfer, das Mädchen, für das die Gesetze von Raum und Zeit nicht gelten, Ayfer, das Mädchen, das durch Wände geht und sich durch keine Religion Grenzen setzen lässt. Ayfer nahm das Handy aus dem Seitenfach ihrer Tasche, jetzt fühlte sie sich stark genug, seine Stimme auszuhalten, obwohl sie wusste, dass sie ihn noch viele Tage nicht sehen würde. Ich will ihm sagen: Ich bin auf dem Weg zu dir! Im Gegensatz zu ihren Freundinnen telefonierte sie nicht besonders gern; sie wollte die Gesichter der Menschen sehen, mit denen sie redete, denen sie sich anvertraute. Davor hatte ihr gesagt, er finde es schwierig, mit ihr am Handy zu reden, sie sei ihm zu ernst und wollte über Dinge reden, »zu denen man gar nix sagen will«. Sie hatte seine Nummer nur ein einziges Mal eingestellt, dann hatte sie sie auswendig gewusst. Sie zögerte, bevor sie die letzte Taste drückte. Ich stehe hier in einem Maisfeld am Rand einer Autobahn irgendwo in der Türkei, habe ein Handy in der Hand, das er mir durch einen Freund oder Bekannten überbringen ließ, spüre den Wind auf meiner Haut, höre das Rauschen in den Stängeln, das Schurren der Kolben, ich bin abgehauen und bringe Schande über meinen Onkel und meine Tante, Schande über meine ganze Familie, hier stehe ich. Und jetzt will ich mit dem Jungen reden, in den ich verliebt bin. Sie drückte die letzte Taste, hörte, wie die Nummer gewählt wurde und wie es läutete. Davors Klingelton gefiel ihr nicht, sein Handy hatte oft genug geläutet, wenn sie zusammen gewesen waren. Sie ging in die Hocke, als sei es so einfacher, sich mit ihm zu unterhalten, da sah sie den Fahrer des Busses aus der Raststätte treten und stand wieder auf. Der Mann drückte ebenfalls ein Handy ans Ohr und gestikulierte mit dem freien Arm, während er im Schatten des Vordaches auf und ab ging. Davor meldete sich nach dem fünften Klingeln, knapp bevor sich seine Mailbox einschaltete.

»Du bist es«, sagte er leise, »ich weiß es. Wo bist du? Ich will dich sehen, endlich sehen!«

Sie hörte, wie er atmete, und sah sein Gesicht vor sich, seine Augen. Im Hintergrund lachte ein Mädchen, schrill und affektiert, dann zischte jemand, und es wurde still. Wie weit entfernt er doch war von ihr, wie weit! Der Fahrer des Busses nickte heftig, sein Bus blitzte, als sei er aus Metall, ein Projektil, das bald auf die Reise geschickt wurde.

»Sag was!«

»Ich bin abgehauen«, sagte sie leise.

»Ohne Scheiß?«

Sie spürte, wie ein Schluchzen in ihrer Brust aufstieg und drückte die Augen zu, als lasse es sich so verschnüren wie ein

Paket, das man wohl besser nicht aufmacht. Wieder lachte ein Mädchen. Oder waren es zwei? Davor räusperte sich, irgendwo in seiner Nähe lief Musik.

»Du bist abgehauen?«

»Hab ich doch gesagt!«

Ayfer konnte sich nicht gegen das Weinen wehren, es war größer als sie, es hatte lange gewartet, nun gab sie nach. Sie schluchzte auf, als kämpfe sie gegen den Schluckauf, das Handy an die Brust gedrückt. Sie hörte seine Stimme nicht, aber sie spürte sie als Vibrieren auf ihrem Oberkörper, ein Vibrieren, das sie rührte, weil es ihr das Gefühl gab, er sorge sich um sie. Sie hielt das Handy vor den Mund, sagte »Ich liebe dich, Garschmal« und unterbrach die Verbindung.

Der Fahrer war jetzt umringt von den Alten, es sah aus, als werde er von ihnen gegen seinen Willen zum Bus geführt. Das Zischen, mit dem die Türen aufsprangen, spürte Ayfer wie einen Stich. Ihr Handy leuchtete auf, das Display zeigte an, dass Davor sie anrief. Sie konnte jetzt nicht mit ihm reden, sie musste weg hier. Sie schaltete das Gerät aus und steckte es ins Seitenfach ihrer Tasche. Ich darf keine Zeit verlieren, sagte sie sich, der Scheißfahrer hat bestimmt bei meinem Onkel angerufen, ich darf nicht in die Nähe der Raststätte, ich muss auf einer der Nebenstraßen weiter, nicht auf der Autobahn, und zwar sofort. Sie teilte den Mais, wie sie es in ihrer Vorstellung getan hatte, und ging quer durch das Feld, ein Mädchen mit einem Ziel.

5

Prinz hockte zwischen ihnen auf der Sitzbank und sah aufmerksam durch die Frontscheibe des Lieferwagens, während sie durch die engen Kurven talwärts fuhren. Der Zürichsee, der zwischen den Stämmen der Bäume zu erkennen war, sah aus wie gegossenes Blei. An bestimmten Stellen glänzte er, als sei er poliert, an anderen war er stumpf, als schlucke er das Licht.

»Ich frag Sie jetzt nicht, wieso Sie mit einem Rucksack und einem Hund unterwegs sind«, sagte der Mann, ohne Roberta anzusehen, »und ich frag Sie auch nicht, wohin Ihre Reise geht.«

»In meinem Rucksack ist ein Zelt.«

»Und ein Schlafsack«, sagte der Mann.

»Richtig. Und ein Kocher.«

»Hab ich vermutet. Ich frag trotzdem nicht.«

»Ihnen hätt ich es verraten. Und Sie? Was liefern Sie?«

»Eier.«

»Eier? An wen?«

»Restaurants. Cafés. Bäckereien. Und Sie? Abgehauen?«

Der Mann zog die rechte Schulter hoch, sah aber weiterhin auf die Straße; er steuerte den Lieferwagen mit der linken Hand, die rechte lag auf seinem Oberschenkel und bewegte sich zu einem Takt, den nur er hörte.

»Ausgerissen, richtig.«

»Krankenhaus?«

Jetzt sah er sie doch an. Das Weiß seiner Augen war leicht gelb, wie Zeitungspapier, das eine Weile in der Sonne gelegen hat.

»Altenheim«, sagte Roberta und tätschelte Prinz' Kopf.
»Und der da?«
»Befreit. Aus dem Zwinger.«
»Aber er gehört Ihnen?«
»Natürlich gehört er mir. Oder ich ihm, je nachdem.«
»Und wohin soll die Reise gehen, wenn ich fragen darf?«
»Jetzt fragen Sie ja doch.«
»Sie müssen mir ja keine Antwort geben.«
»Nach Hause.«
»Kein schlechtes Ziel«, sagte der Mann und lächelte. »Rauchen Sie?«

Roberta schüttelte den Kopf. Für einen Augenblick waren die vier Spuren der Autobahn zu sehen, die Lastwagen, Personenwagen und Busse, die zwischen Zürich und Chur unterwegs waren. Über dem Seebecken hatte es aufgeklart, aber im Westen, über der Stadt, war der Himmel gewitterdunkel. Ich werde diesen See und die Stadt an seinem Ende nie mehr wiedersehen, dachte Roberta, und es ist mir gleichgültig.

»Warum fragen Sie mich eigentlich nicht, ob ich nicht ein bisschen alt bin für eine Reise mit einem Zelt?«

»Weil ich weiß, was sich gehört, darum«, sagte der Mann.

»Dann sind da hinten also nichts als Eier?«, fragte sie und deutete mit dem Daumen auf den Laderaum des Lieferwagens.

»360 Stück in jeder Schachtel.«
»Und wie viele Schachteln haben Sie da hinten?«
»Das würden Sie wohl gerne wissen, was?«

Der Mann zog eine Packung Zigaretten aus der Brusttasche seines Arbeitskittels, schüttelte eine heraus und steckte sie sich in den Mund, zündete sie aber nicht an. Roberta mochte

Eier nicht besonders. Sollte sie den Mann fragen, ob es ihm ähnlich erging?

»Sie fahren Eier aus«, stellte Roberta fest.

»Gibt Schlimmeres. Und Sie?«

»Ich war Sekretärin. In einer Schreinerei.«

»Und jetzt?«

»Jetzt nicht mehr. Jetzt bin ich auf der Reise.«

Zwei Autofähren, die zwischen Horgen und Meilen hin- und herfuhren, kreuzten sich in der Mitte des Sees. Eine Regenwolke trieb wie ein Segel über ihnen. Der Asphaltbelag der Brücke, auf der sie die Autobahn überquerten, war trocken, aber kurz darauf fing es wieder an zu regnen, und der Mann machte den Scheibenwischer an. Prinz folgte der Bewegung der Wischerblätter nicht nur mit den Augen, er drehte den Kopf nach links und nach rechts, bis er ein zustimmendes Brummen von sich gab und sich hinlegte.

»Meiner lebt nicht mehr«, sagte der Mann, räusperte sich, klappte die Sonnenblende nach unten, zog ein Foto unter dem Gummiband hervor, das darum lief, und reichte es Roberta.

»Musste ihn einschläfern lassen.«

Auf dem Bild kauerte der Mann neben einem Terrier. Der Hund hatte einen Ast in der Schnauze und blickte in die Kamera; der Mann sah den Hund an und wollte ihn wohl eben streicheln, seine Hand schwebte jedenfalls in der Luft, verschwommen und blass, als sei sie nachträglich in das Bild hineinkopiert worden. Nur die Tätowierung auf dem ausgestreckten Arm war seltsamerweise gestochen scharf, zwei verflochtene Herzen, in denen ein Dolch steckte.

»Wie alt ist er geworden?«

»Vierzehn. Ich hab den Scheißer geliebt.«

»Und wann ist er gestorben?«

»Vor elf Monaten und vier Tagen«, sagte der Mann, nahm ihr das Bild aus der Hand und steckte es zurück unter die Blende.

»Aber er ist nicht gestorben. Ich hab ihn umgebracht.«

»Er war doch bestimmt krank.«

»Noch schlimmer: Ich hab ihn umbringen lassen.«

»Wenn der hier krank wird, lass ich ihn auch einschläfern«, sagte Roberta und legte Prinz die Hand auf den Kopf. »Ich will nicht, dass er leidet.«

»Das hilft mir auch nicht weiter. Aber lassen Sie's gut sein. Soll ich Sie zum Bahnhof fahren? Oder wollen Sie zu Fuß nach Hause?«

Roberta stimmte in das Lachen des Mannes ein und nickte. Erst jetzt sah sie den Rosenkranz, der am Rückspiegel baumelte.

»Hab ich immer geliebt«, sagte der Mann, wendete seinen Lieferwagen vor dem Bahnhofsgebäude und hielt an, »Schulreisen.«

Er zeigte auf eine Gruppe Kinder mit Rucksäcken, die unter dem Vordach des Bahnhofes um eine Frau herumstand.

»Ich nicht«, sagte Roberta und stieß die Tür auf, »ich bin nie gern gereist.«

»Schlecht für eine, die unterwegs ist.«

»Früher. Ich bin früher nicht gern gereist. Mal sehen, ob es mir heute besser gefällt.«

Sie klopfte Prinz auf die Flanke, er gähnte, erhob sich und sprang über ihre Beine hinweg auf die Straße hinaus. Auf der Wiese hinter den Gleisen grasten Kühe, ohne sich um den Regen zu kümmern.

»Ich mag Eier nicht besonders«, sagte Roberta, »und Sie?«

»Früher hab ich Eier geliebt.«

»Und heute?«

»Heute hasse ich sie. Wohin geht denn nun die Reise?«

»Nach Rapperswil. Mein Sohn lebt dort. Richard.«

»Und dafür braucht man ein Zelt?«

»Dafür nicht, nein«, sagte Roberta, reichte dem Mann die Hand und stieg ebenfalls aus.

»Viel Glück.«

»Danke«, antwortete sie.

»Und steigen Sie nicht zu jedem ins Auto! Sind nicht alle so wie ich.«

»In meinem Alter hat man keine Angst mehr vor den Männern«, sagte sie und warf die Autotür zu.

Der Mann sah sie nachdenklich an, nickte und fuhr los. Der Regen war fein und eigentümlich warm. Als werde ein warmes Netz um mich gelegt, dachte Roberta. Prinz schüttelte sich mit fliegenden Ohren und durchgedrücktem Rückgrat, ein Hund, der eben aus einem Fluss gestiegen ist, wie früher, als er noch jung gewesen war. Sie schloss die Augen und hob das Gesicht in die Tropfen, als werde sie liebkost.

6

Das Maisfeld schloss sich hinter ihr, raschelnd wie der Theatervorhang damals im Schauspielhaus in Zürich, wo sie sich mit der Klasse Friedrich Dürrenmatts »Verdacht« angesehen hatten. Ayfer blieb stehen und blickte über eine Böschung auf das Sträßchen hinunter, das an der Häuserzeile entlanglief. Sie wartete, bis sich ihre Augen an das Licht gewöhnt hatten, dann stieg sie über die Böschung hinunter; die rötliche Erde war staubtrocken und steinhart, darum fand sie kaum Halt und wäre beinahe gestolpert. Die Straße war menschenleer, aber hinter einem der Fenster bemerkte sie ein Kind, das sie anstarrte und erst winkte, als es begriff, dass sie es gesehen hatte. Das Kind trug ein Kopftuch, seine Augen waren riesengroß. Ayfer hob die Hand und lächelte dem Mädchen zu, blieb aber nicht stehen. Sie beschloss, in die Richtung zu gehen, in der das Sträßchen auf der einen Seite an offene Wiesen grenzte und auf der anderen an einen Kiefernwald. Sie musste sich so rasch wie möglich verstecken können, solange sie noch zu Fuß unterwegs war und niemand sie mitgenommen hatte. Sie hörte, wie ein Fenster geöffnet wurde, und drehte sich um: Das Mädchen mit Kopftuch lehnte sich aus dem Fenster und winkte ihr zu. Ayfer hob noch einmal die Hand, winkte und ging weiter. Yeter hatte ihr eines Morgens ein türkisches Modemagazin in die Hand gedrückt, »Alâ«, mit einem Mädchen auf dem Cover, das jünger war als Ayfer, einen Türban in leuchtendem Pink trug und strahlend in die Kamera sah. »Sich bedecken ist schön«, hatte Yeter wie schon am Strand gesagt, »schau, wie glücklich sie ist. Ein Türban ist modischer als ein Kleid von H&M. Das Magazin darfst du behalten.« Ayfer hatte das Magazin in den Schrank gelegt, ohne es sich auch nur einmal anzusehen.

Die Sonne brannte auf ihren Rücken, die Straße wand sich vor ihr durch die Landschaft. Sie wusste nicht, wo sie sich befand; der Reisebus war etwas länger als eine Stunde unterwegs gewesen, die Raststätte, an der er angehalten hatte, lag also ziemlich sicher an der E 80, der Autobahn, auf der man Richtung Westen nach Edirne und Richtung Osten ins Landesinnere, nach Ankara oder an die Badeorte am Marmarameer gelangte. Sie hatte sich die Landkarte eingeprägt, die im Hotel ihres Onkels im Foyer hing, aber sie konnte natürlich trotzdem nicht wissen, auf welcher Straße sie sich befand. Wieso habe ich mich nicht nach dem Ziel der Reisegruppe erkundigt? Sie öffnete das Seitenfach ihrer Tasche und nahm das Handy heraus, aber dann schaltete sie es doch nicht ein. Das Lachen der Mädchen, das sie hinter Davors Stimme gehört hatte, war nicht einfacher zu verdrängen als der Klingelton seines Handys, das sie so oft zu hören bekam, wenn sie mit ihm zusammen war, wobei es sie besonders verunsicherte und verletzte, dass er die Anrufe nie annahm, sondern nach flüchtigem Blick auf das Display wegdrückte. Abgesehen von Ajla und Dasara rief sie nie jemand an, schon gar nicht, wenn sie mit ihm zusammen war.

Einmal hatte sie Tante Yeter in ihrem Büro im neuen Anbau dabei beobachtet, wie sie am Schreibtisch saß und verträumt aufs offene Meer hinaussah, während sie den traurigen Liedern von Dede Efendi lauschte, die von einem längst untergegangen Istanbul erzählten, der Stadt von Yeters Kindheit. Weich war das Gesicht ihrer Tante gewesen wie sonst nie, weich und offen, ein Gesicht, das Empfindungen verriet, statt verbarg, ein Gesicht, das zum Satz passte, mit dem sie Ayfer begrüsst hatte: »*Gadan alyim*«, lass mich dein Opfer sein. Das Gesicht einer Frau, die liebte, nicht verachtete. In diesem Moment war Ayfer mit Yeter versöhnt gewesen, wenn auch nur kurz, weil sie wusste, dass ein einziges Wort ihrer Tante genügte, um Zauber und Komplizenschaft zu zerstören.

Der Himmel hier in der Türkei war von einer Farbe, die Ayfer aus der Schweiz nicht kannte, zart, hingehaucht, eine Vermutung und keine Behauptung. Höher und weiter war er sowieso, aber das half auch nicht, das Land war ihr trotzdem ein Gefängnis, der falsche Ort.

Sie hörte das Auto erst, als es fast auf ihrer Höhe war. Es fuhr langsam an ihr vorbei, nach kurzem Zögern leuchteten die Bremslichter auf, und es hielt etwa zehn Meter vor ihr an. Der Wagen war grün, nicht silbern wie Burhans VW. Ayfer erkannte einen Mann am Steuer, jünger als ihr Onkel, daneben eine Frau ohne Kopftuch und auf der Rückbank ein Kleinkind in einem Kindersitz. Sie kannte den Song, der im Auto lief, *Superman* von Hadise, sie hatte ihn auf ihrem iPod. Sie blieb neben der Fahrertür stehen und beugte sich zu dem Mann hinunter, der eben die Musik leiser drehte und sich ihr dann zuwandte.

»Wohin willst du?«, fragte er.

»Wohin fahren Sie denn?«, gab Ayfer lächelnd zurück.

»Nach Anadolu«, sagte die Frau vom Beifahrersitz.

Ihr rechtes Auge war zugeschwollen, und sie bewegte sich, als habe sie einen steifen Nacken.

»Perfekt«, sagte Ayfer. »Darf ich mitfahren?«

Sie hatte den Ortsnamen Anadolu noch nie gehört. Dort angekommen, würde sie weitersehen. Der Wagen – das fiel ihr erst jetzt auf – hatte die gleiche Farbe wie ihr Kanarienvogel, der vor zwei Jahren gestorben war und den sie und Dasara im Garten bestattet hatten.

»Steig ein«, sagte der Mann.

Ayfer öffnete die Tür hinter dem Fahrersitz, ließ sich auf die Rückbank gleiten und zog die Tür zu. Der Mann fuhr langsam und vorsichtig, und es kam Ayfer vor, als wolle er die Landschaft nicht stören. Das Kind, das neben ihr saß, trug einen Strampelanzug und hatte ein Mützchen auf, es sabberte und roch nach Milch und gekochten Mohrrüben. Ayfer sah das Kind an und schnitt eine Grimasse, hörte aber sofort damit auf, weil das Kind das Gesicht verzog, als würde es gleich losheulen. Sie ließ sich vorsichtig zurücksinken und sah aus dem Fenster in die von der Sonne versengte Landschaft hinaus. Vielleicht hatte sie einen Fehler gemacht, vielleicht fuhr der Mann mit seiner Familie in die Richtung, aus der sie gekommen war, und sie bewegte sich auf ihren Onkel und ihre Tante zu, statt sich von ihnen zu entfernen. Und was sollte sie antworten, falls sie gefragt wurde, was sie in Anadolu wolle und warum sie zu Fuß allein auf einer Landstraße unterwegs war? Aber weder der Mann noch die Frau schienen daran interessiert zu sein, sich mit ihr zu unterhalten. Das Kind hatte die Augen geschlossen und brummelte leise vor sich hin, ohne Ayfer zu beachten. Nach ein paar Minuten bog der Mann auf einen Autobahnzubringer und fädelte sich in den dichten Verkehrsfluss ein. Ayfer blickte aus dem Fenster, um einen Hinweis zu finden, in welche Richtung sie fuhren. Sie befanden sich bestimmt auf der gleichen Autobahn, auf der sie auch mit dem Bus gefahren war, aber hoffentlich waren sie in die andere Richtung unterwegs.

»Ich hatte einen kleinen Unfall«, sagte die Frau plötzlich.

»Mit dem Auto?«, fragte Ayfer.

»In der Fabrik«, sagte der Mann und drehte die Musik lauter, wobei er sie im Rückspiegel prüfend ansah.

Ayfer nickte und sah aus dem Seitenfenster. Auf einer Industriebrache standen Gerippe von Lagerhallen, zerfallene Schuppen und Dutzende von ausgeweideten Autowracks. Ayfer kannte den Song, der im Radio lief, *Kayip* von Tarkan war eines von Dasaras Lieblingsliedern.

»Du kommst aber nicht aus der Türkei«, sagte der Mann.

»Was?«, antwortete Ayfer vage.

»Deine Aussprache. Deutschland?«

»Schweiz.«

»In der Türkei reisen Frauen nicht *yanliz kadin*«, sagte er.

»Nicht ohne männliche Begleitung, ich weiß.«

»Aber du machst es trotzdem«, sagte die Frau und warf ihr einen Blick zu, ohne sich nach ihr umzudrehen.

»Ich bin ja keine Frau«, sagte Ayfer.

»Sondern?«, fragte er.

Er klopfte mit der flachen Hand aufs Steuerrad, wie es ihr Vater machte, bevor er wütend wurde, aber Ayfer sah, dass er lachte und sich amüsierte.

»Ein Mädchen, Serhad, sie ist ein Mädchen!«

»Ich frage dich jetzt nicht, was du hier verloren hast, allein«, sagte er und sah sie wieder im Rückspiegel an.

»Ich auch nicht«, sagte die Frau grinsend.

»Danke«, sagte Ayfer.

»Bitte«, sagte die Frau.

Die Autobahn führte nicht länger durch offene Landschaft, die Häuser rückten näher an die Fahrbahn heran, wurden höher und standen dichter, sie fuhren durch den Vorort einer großen Stadt. Am Horizont wuchsen Hochhäuser in den Himmel, der sich abgesenkt zu haben schien. Der Verkehr war noch dichter geworden, immer wieder wurden sie von

Lastwagen und Sattelschleppern überholt, die sich so dicht an ihnen vorbeischoben, dass Ayfer sie hätte berühren können. Dreck und Abfall säumten die Fahrbahn, zerfetzte Plastiktüten schwebten über den vorbeirasenden Autos dahin, wurden in die Tiefe gezogen und stiegen gleich darauf wieder in die Höhe. Auf Balkonen flatterte Wäsche, zwischen Wohnblocks zappelte ein Papierdrachen. Darüber zogen Vögel über den Himmel, ein Schwarm, der sich immer wieder neu formierte, Schwalben, die zwischen Dächern verschwanden, Scheren, die auf- und zuklappten und an einer ganz anderen Stelle wieder auftauchten.

»Istanbul«, sagte Ayfer unsicher.

»New York ist es nicht«, sagte die Frau bitter.

»Leider«, fügte ihr Mann hinzu, »uns wird es hier nämlich zu eng.«

»Mir auch«, sagte Ayfer leise.

»Haben wir uns fast gedacht«, sagte die Frau.

»Allah akbar«, sagte er spöttisch und drückte kurz die Augen zu.

Die Frau drehte sich nach Ayfer um und sah sie offen an. Sie war viel jünger, als Ayfer vermutet hatte, jünger als der Mann.

»Bist du auf dem Weg in die Schweiz?«

Ayfer dachte daran, die Frau zu belügen, dann sah sie ihr in die Augen und nickte, ohne den Blick abzuwenden.

»Ich bin abgehauen«, sagte sie.

»Vor wem?«

Die Stimme des Mannes war ruhig, fast gleichgültig, aber Ayfer sah im Rückspiegel, dass sein Blick misstrauisch war, wachsam.

»Vor meinem Onkel.«

»Warum?«

»Weil er mich für einen anderen Menschen hält als der, der ich bin.«

»Hört, hört«, sagte der Mann ohne Spott, »eine Philosophin. Und das in deinem Alter! Und wo lebt dein Onkel?«

»In Sile. Er hat dort ein Hotel.«

»Und deine Eltern?«, fragte er.

»Sind in der Schweiz. Schon lange.«

»Pass auf dich auf, ja?«, sagte die Frau, legte ihr die Hand auf den Unterarm und drückte ihn.

Ayfer nickte, und die Frau zog ihre Hand zurück. Das Baby lehnte sich aus seinem Sitz und deutete schmatzend aus dem Fenster. An der Autobahn waren Hunderte von Obststeigen zu schwankenden Türmen aufeinandergeschichtet, Tausende.

»Können Sie mich bitte da vorn rauslassen?«

Ayfer deutete auf das Schild, das eine Raststätte anzeigte, und sah, wie der Mann nickte, ohne etwas zu sagen. Sie hielten hinter dem Gebäude der Raststätte, am Rand eines riesigen Parkplatzes, auf dem Lastwagen neben Lastwagen geparkt war.

»Basin sag olsun«, sagte die Frau und reichte ihr die Hand.

Das hatte ihre Großmutter Nuray bei jedem Abschied zu ihr gesagt, *basin sag olsun,* möge es dir gut gehen!

Das Baby hatte die Augen jetzt geöffnet und starrte Ayfer mit reglosem Gesichtsausdruck an, dabei öffnete und schloss es seine Fäustchen mit den kurzen dicken Fingern, die Ayfer gern berührt hätte.

»Das wünsche ich Ihnen auch«, sagte Ayfer und stieg aus.

Der Boden der Toilette war mit so vielen Kippen und flachgetretenen Kaugummis übersät, dass Ayfer im ersten Moment glaubte, es sei das Muster der Fliesen. Es roch nach billiger Handseife, Zigaretten und Zahnpasta, weil sich eine junge Frau in ihrem Alter an einem der Waschbecken im BH die Zähne putzte. Sie trug Cargohosen mit ausgebeulten Taschen und schwere Stiefel, hatte sich die hennaroten Haare hochgesteckt und das T-Shirt wie ein Handtuch um die Schulter gelegt. Als Ayfer hinter ihr vorbeiging, sahen sie sich im Spiegel an.

»Selamün aleyküm«, sagte das Mädchen mit starkem Akzent.

»Du mich auch«, antwortete Ayfer leise.

Ayfer glaubte an die Magie des ersten Blicks, sie war überzeugt, dass man sich innerhalb von Sekundenbruchteilen entschied, ob man einen Menschen mochte oder nicht, und dass man sofort wusste, man passt zueinander oder eben nicht. Die junge Frau gefiel ihr, und sie gefiel der jungen Frau, das spürte Ayfer. Die Frau nickte grinsend, beugte sich über das Waschbecken und spuckte aus.

Ayfer schloss sich in die hinterste Kabine ein und setzte sich auf den heruntergeklappten Toilettenring. Jemand hatte mit Kugelschreiber »Fuck to forget, but don't forget to fuck« an die Tür geschrieben. Darunter stand eine durchgestrichene Telefonnummer. Sie hielt erste Sätze, die Leute zu ihr gesagt hatten, die in ihrem Leben eine Rolle spielten, für so wichtig, dass sie sich für immer und ewig an sie erinnern würde. »Mattmann ist ein Arsch«, hatte Ajla zu ihr nach der ersten Mathestunde in der neuen Klasse auf dem Pausenplatz gesagt; Dasaras erster Satz an sie hatte gelautet: »Man sollte nur

Sachen machen, die Eltern nicht verstehen.« An Davors ersten Satz konnte sie sich komischerweise nicht erinnern. Er war aus ihrem Gedächtnis gelöscht, als sei er nie ausgesprochen worden. Hieß das, dass die Begegnung mit Davor wichtiger war als alle anderen Begegnungen ihres bisherigen Lebens? Oder bedeutete es, dass etwas nicht stimmte zwischen ihnen und dass sie sich tatsächlich von ihm fernhalten sollte, wie es die Eltern verlangten?

Die junge Frau spuckte noch einmal geräuschvoll aus, dann pfiff sie eine Melodie, als wolle sie sich von Ayfer verabschieden, und die Tür fiel ins Schloss.

Ayfer nahm das Handy aus ihrer Tasche und schaltete es ein.

Davor hatte sechs Mal versucht, sie anzurufen.

7

Warum träumen die meisten Menschen von Dingen, die sie niemals tun würden? dachte Roberta Kienesberger und stieg mit ihrem Hund aus dem Zug. Warum träumt man von Dingen, vor denen man sich, bei Lichte betrachtet, fürchtet? Seit ihrer Scheidung vor über dreißig Jahren war sie nicht mehr in Rapperswil gewesen; sie trat vor den Bahnhof, Prinz an kurzer Leine, und hielt nach einem Fußgängerstreifen Ausschau, der in die Altstadt hinüberführte.

Der Computer mit Internetanschluss, der in der Bibliothek des Altenheims stand, wurde nur von Humbel regelmäßig benutzt; Roberta hatte sich verschiedene Routen für ihre Zug- und Busverbindungen und Informationen über Pensionen ausgedruckt, und sie hatte die Adresse des Ladens für Modelleisenbahnen in Rapperswil gefunden, der ihrem Sohn Richard gehörte.

Sie hatte ihn vor zwölf Jahren das letzte Mal gesehen. Er weigerte sich, sie zu treffen, sie war nicht erwünscht, das hatte sich nicht geändert, darum hatte sie ihren Besuch nicht angekündigt. Sie musste Richard überraschen oder – das traf es wohl eher – überfallen. Vor zwölf Jahren waren sie sich an der Bestattung ihres ehemaligen Ehemannes Herbert begegnet; sie hatte den dicklichen, kahlen Mann im schwarzen Anzug, der ihr am Arm seiner blonden Frau auf dem Kiesweg vor der Abdankungshalle entgegenkam, erst nicht erkannt. Er hat Ballast zugelegt, hatte sie ungerührt gedacht, er ist leider kein attraktiver Mann, mein Sohn. Dass Richard eine Tochter hatte, hatte sie gewusst, aber sie hatte das schlaksige Mädchen mit Zahnspange, das mit unbeteiligtem Gesicht hinter seinen Eltern hertrottete, erst nach einer Schrecksekunde erkannt.

»Was will denn die hier?« Die Empörung stand Richards Frau gut; sie entzündete das Feuer einer Leidenschaft in ihr, die ihr sonst wohl abging. Richard hatte es Roberta vorgehalten, dass sie gegen seinen ausdrücklichen Wunsch zu der Bestattung gekommen war und wiederholte, dass weder er noch seine Frau oder ihre Tochter Wert auf Kontakt mit ihr legten. »Für uns drei gibt es dich immer noch nicht«, hatte er gesagt, knapp an ihr vorbeigesehen, einen letzten Zug aus der Zigarette genommen und die Kippe achtlos fallen gelassen, ohne sie auszutreten. Roberta hatte sich ausgemalt, wie sie sich bückte, um die Kippe aus dem Kies aufzuklauben und ihrem Sohn in die Hand zu drücken. »Warum hast du dich nie bei mir entschuldigt?« Richards Frage war seiner Tochter peinlich gewesen, aber die Antwort ihrer Großmutter, die sie vielleicht zum vierten Mal in ihrem Leben sah, hatte sie natürlich interessiert, darum war sie mit roten Wangen und weit aufgerissenen Augen näher getreten, schutzlos und neugierig. Roberta hatte damals daran gedacht, sich umzudrehen und einfach wortlos wegzugehen. Stattdessen hatte sie die Arme verschränkt, als benötige sie Schutz, und begriffen, Richard musste die Wahrheit zugemutet werden, gerade ihm: »Weil es richtig war, dass ich gegangen bin.« Der Satz hatte ihrem Sohn die Luft verschlagen. Seine rechte Faust war in die Höhe geschnellt, als wolle er sie schlagen, und sie hatte, was sie beschämte, gedacht: »Ist er nicht Linkshänder?« Er hatte die Faust geöffnet und den Arm fallen gelassen. Sie konnte verstehen, dass er sie verabscheute oder sogar hasste, gleichzeitig wäre ihr Sohn, wenn er ihr hätte verzeihen können, in ihrer Achtung gestiegen. Die Verachtung in den Augen ihrer Schwiegertochter hatte sie irritiert und verletzt. »Sie kennt mich doch gar nicht«, war der Satz, den Roberta danach wochenlang nicht mehr aus dem Kopf bekommen hatte. »Ich hasse deine unerschütterliche Hingabe an das, was du für richtig hältst. Dein starker Wille ist entsetzlich, weil er auf andere Menschen keine Rücksicht nimmt!« Richards Stimme hatte gezittert. Sollte sie ihm vom schlechten Gewissen erzählen, das sie jahrelang geplagt hatte? Aber dann musste sie ihm auch die Erleichterung gestehen, die sie empfunden hatte, als sie damals ohne Vorwarnung weggegangen war, Erleichterung, weil sie sich von einem Gewicht erlöste, das sie daran hinderte, sich zu bewegen. »Gehen Sie endlich weg!« Die Aufforderung von Richards Frau vor zwölf Jahren hatte Roberta beeindruckt. Sie hatte ihren Sohn angeschaut, um sich sein feistes, vor Wut entstelltes Gesicht einzuprägen. Dann war sie gegangen.

Roberta schlenderte mit ihrem Hund durch Rapperswil, als sei sie auf einem Ausflug und wie die meisten Besucher der Stadt auf dem Weg von der Seepromenade zu den verschiedenen Treppen, die aus den Gassen der Altstadt zum Schloss über den Dächern hinaufführten. Sie hatte sich den Weg zum Laden ihres Sohnes auf dem Plan im Internet gemerkt, ihr war bewusst, sie machte Umwege und schob die Begegnung hinaus, vor der sie Angst hatte. Prinz ging den Leuten, denen sie begegneten, aus dem Weg, auch Kindern, die ihn streicheln wollten. Der Regen hatte aufgehört, am Himmel über den zwei Türmen des Schlosses hingen violette Wolkenbänder, die sich bewegten, als flatterten sie in einer Brise, die nur dort oben wehte, hoch über ihnen, Fahnen aus Luft.

Sie fühlte sich müde, weniger vom fehlenden Schlaf der ersten Nacht im Zelt als von dem, was sie erwartete. Aber da sah sie, dass sie in der richtigen Gasse standen, am Fuß der Mauer, hinter der steil der Schlosshügel anstieg. Es roch nach Pizza, Prinz' Krallen kratzten über das Pflaster. Zwölf Jahre hatte sie ihren Sohn nicht gesehen. Sie hatte nicht jeden Tag an ihn gedacht, nicht einmal jeden dritten. Aber es hatte eine Zeit gegeben, da hatte sie Tag für Tag daran gedacht, wie sie am 14. August 1980 die Tür der Wohnung hinter sich zugezogen und den Mietblock am Rand von Rapperswil verlassen hatte, um sich mit ihren zwei Koffern aus Lederimitat auf den Weg zur Busstation zu machen. Aber irgendwann war selbst das zu einem Teil ihrer Lebensgeschichte geworden, zu einem Teil von ihr, und sie hatte aufgehört, daran zu denken. Die Erinnerung daran war in ihr versiegelt, gehörte zu ihr wie eine Narbe, ein Muttermal. Geblieben war die Gewissheit, dass es richtig gewesen war, da mochten die anderen mit den Fingern auf sie zeigen und höhnen, was für eine schlechte Mutter sie sei, eine Rabenmutter, abgrundtief verdorben, krank. Was sie vor diesen Vorwürfen rettete, war das Wissen, sie hatte auch gegen sich selbst kein Mitleid gezeigt und war nicht aus Angst davor, allein oder sogar einsam zu sein, in einer Situation geblieben, die ihr die Luft abwürgte. Wie einfach es letztlich gewesen war, das Undenkbare zu denken, wie leicht, das Schwere zu tun! Sie brauchte nur zu akzeptieren, dass sie die Konsequenzen dafür für den Rest ihres Lebens tragen musste. Die meisten Menschen, die sie kannte, lebten, als zöge nichts Konsequenzen nach sich, als hätte nichts Folgen. Roberta hatte schon als junge Frau begriffen, dass das nicht stimmte. Alles, was man machte, hatte Folgen. Alles, was man in seinem Leben tat, fiel auf einen zurück. Etwas aus diesem Grund nicht zu tun, war falsch, zumindest aus ihrer Sicht. Sich selbst zu sehen, wie man wirklich ist, war eine Lebensaufgabe, hatte sie an jenem Tag begriffen, als sie die Wohnungstür hinter sich zuzog. Hatte es ihr geholfen, dass sie nicht an Gott glaubte?

Das Geschäft ihres Sohnes lag am Ende der Gasse in einem hohen schmalen Haus, dem Häuschen aus dem Märchenbuch. Müde bin ich, geh zur Ruh! Der blaue Putz und die rot gestrichenen Holzläden gaben dem Haus tatsächlich etwas putzig Verwunschenes. GERBER – MODELL-EISENBAHnen – Märklin und Fleischmann. Roberta blieb vor dem Schaufenster stehen und betrachtete die Auslage. Vor einer weißen Stoffbahn, die den Blick in den Verkaufsraum unmöglich machte, war ein kurzes Schienenstück zusammengesteckt, auf dem eine rote Lokomotive, zwei grüne Personenwaggons und das rote Zugrestaurant standen. Sonst war das Schaufenster leer. Krokodil. Nie hätte sie den Namen der Lokomotive vergessen können, immerhin war sie der Stolz der Eisenbahnanlage ihres ehemaligen Mannes gewesen. Krokodil. Be 6/8. Sie sah Herbert vor sich: Die rote Lok in der Hand, das Gesicht erhitzt vor Glück, kniete er in seinem blauen Überkleid vor der Gleisanlage, die im zweiten Kinderzimmer aufgebaut war, und stellte eine Zugkomposition zusammen, die er bald auf die Reise durch die verschlungenen Schienen mit ihren Brücken, Tunnels, Weichen und Bahnübergängen schicken würde.

Sie hatte, begriff Roberta plötzlich, keinen Bedarf nach Richards Vorwürfen und den Anfeindungen seiner Frau. Sie wollte sich nicht rechtfertigen, nicht einmal erklären wollte sie sich. Es war konsequent, noch einmal zu gehen. Du verlierst deinen Sohn nicht heute, du hast ihn am 14. August 1980 verloren. Und du wirst ihn nicht wieder zurückgewinnen, nie mehr. Verbitterung, Schmerz, Hass, Ablehnung. Genug davon! War es nicht ein Zeichen dafür, dass es zu Ende ging mit einem, wenn man anfing, Dinge in Ordnung zu bringen, aufzuräumen?

»Komm Prinz«, sagte sie, »wir gehen.«

8

Alle Zapfsäulen waren besetzt, die Gesichter der Männer, die an der Kasse anstanden, wirkten im Licht des Shops erschöpft, wie Masken. Es dämmerte, viele Fenster der Hochhäuser an der Autobahn waren beleuchtet, Autos und Lastwagen fuhren mit Licht. Über dem Eingang des Shops schwebte ein Mückenschwarm, der jedes Mal, wenn sich die Glastür auf- oder zuschob, auf einen Schlag zerstob, um gleich darauf als schwarze Wolke wieder aufzutauchen. Ayfer ging zwischen den Zapfsäulen und Autos mit offenstehenden Türen herum, aber sie fand nicht den Mut, jemanden zu fragen, ob sie mitfahren dürfe. Eine Leuchtstoffröhre unter dem Dach der Tankstelle sirrte laut, und sie ging bald auf den angrenzenden Parkplatz hinüber, weil sie das Geräusch störte. Männer standen in Gruppen zusammen, rauchend und streitend, aus Kofferradios plärrte Musik. Die Stimmung, die über der Raststätte lag, bedrückte sie. Sie schaute verstohlen in offene Kofferräume, wich Männerblicken aus, reagierte weder auf Bemerkungen noch auf Fragen. Auf einer Wiese waren Decken ausgebreitet, Frauen mit Kopftüchern saßen zusammen, Kinder in ihrer Mitte, die Mädchen ebenfalls verhüllt. Sechs Männer spielten auf der Motorhaube eines Mercedes Karten, auf dem Dachträger war ein Berg von Koffern und Kisten festgezurrt. Einem Mann war das Hemd aus der Hose gerutscht, der Hautstreifen war mit entzündeten Pusteln übersät. Ein Stück entfernt kauerten zwei Frauen – auch sie trugen Kopftücher – vor einem Grill; die Rauchsäule stieg kerzengerade in die Höhe, ein schwarzer, mit dem Lineal gezogener Strich, es roch nach Lammfleisch. Ayfer spürte erst jetzt, wie hungrig sie war. Sie hatte den ganzen Tag nichts gegessen und nichts getrunken.

»Ich hasse Filme, in denen sie auf Pferden reiten!« Ayfer hätte beinahe gelacht, als Davor ihr das erzählt hatte, nur sein ernstes Gesicht hatte sie daran gehindert. »Dabei liebe ich Pferde. Aber ich will keinen Film sehen, in denen Schauspieler auf ihnen reiten! Das macht mich irgendwie fertig!« Selbstverständlich hatte Ayfer sich gefragt, was das bedeutete. Sie hatte sich noch nie überlegt, ob es etwas gab, das sie in Filmen grundsätzlich nicht ausstehen konnte. Filme, in denen Männer weinten und sich danach dafür entschuldigten? Filme mit Beerdigungen in greller Sonne? Sprechende Tiere oder Autos? Alte, die wie Teenager redeten? Ihr war nichts eingefallen; sie hatte eine Weile lang so sehr darauf geachtet, irgendetwas zu finden, das sie grundsätzlich nicht mochte, dass sie die Geschichten der Filme nicht mehr mitbekommen hatte.

Die beiden Frauen nahmen die Lammstücke vom Grill, luden sie auf Pappteller und trugen sie zu den Männern am Mercedes hinüber; dann legten sie Kohle nach und warfen neues Fleisch auf den Rost. Was ist der Unterschied zwischen Traurigkeit und Einsamkeit? Die Männer machten sich über das Essen her, ohne die Frauen auch nur eines Blickes zu würdigen; ihre fettverschmierten Finger und Lippen erinnerten Ayfer an ihren Onkel, und sie ging wieder zur Tankstelle hinüber.

Bevor sie den Shop betrat, sah sie sich die Kunden, die durch die Regalgänge gingen, genauer an, verborgen hinter einer Zapfsäule. Ihr Onkel musste alles daransetzen, sie zu finden. Ayfers Vater würde es seinem Bruder niemals verzeihen, dass er es nicht geschafft hatte, auf sie aufzupassen, die sich in der Schweiz mit einem Jungen eingelassen hatte, dessen Familie an den falschen Gott glaubte.

Der Benzingeruch trieb Ayfer Tränen in die Augen, und sie betrat den Shop. Im Einkaufskorb, den sie aus dem Stapel hob, lagen ein braun verfärbtes Salatblatt und ein Zettel, auf dem zwei Worte standen, *muz* und *buz,* Banane und Eis, geschrieben mit Filzstift. Ayfer ging schnell durch die Regale und legte drei Dosen Cola Light, einen Schokoriegel, zwei Tüten Chips, eine Packung Pistazien und ein Kistchen Datteln hinein. Dann stellte sie sich an den Tresen, an dem Früchte und warmes Essen verkauft wurden. Die Gerüche, die ihr in die Nase stiegen, machten sie traurig; sie hatte die Türkei geliebt, war das jetzt nicht mehr möglich? Würde sie je wieder hierher zurückkehren? Die Frau am Tresen sah den Männern, die sie bediente, nicht in die Augen, ihr Gesicht war bleich, ihr Kopftuch schwarz. Ayfer bestellte gefüllte Weinblätter, eine Wassermelone, ein *ekmek,* Weißbrot, und eine kleine Dose *pathcan salatasi,* Püree aus geräucherten Auberginen, als Aufstrich. In einem Leuchtkasten lagen geschnittene Tomaten neben Auberginen und Paprika, die glänzten, als seien sie aus Plastik. An der Kühlschranktür hing ein Poster des türkischen Schauspielers Kivanc Tatlitug, von dem Ayfer auch ein Bild an der Tür ihres Schrankes aufgehängt hatte. Die Bewegungen der Frau waren exakt abgemessen, sie tat keinen Handgriff zuviel. Wenn sich die Glastür öffnete, wehte Zugluft den Duft des gegrillten Fleisches und Gemüses durch den Shop. Davor hatte ihr erzählt, er könne besonders gut einschlafen, wenn es regne, weil ihn das an die Ferien bei seiner Lieblingstante in Kroatien erinnere. »Ich glaub, dort regnet es immer, was überhaupt nicht stimmt.« Trotzdem schlief Davor besser ein, wenn es regnete. Er hatte sich eine CD mit Regengeräusch gekauft, die er sogar abspielte, wenn es wirklich regnete. »Der richtige Regen klingt einfach weniger echt als der von der CD«, hatte er zu ihr gesagt und sie rasch an sich gedrückt, damit sie sein Gesicht nicht sehen konnte. Was würde ich dafür geben, dachte Ayfer, wenn ich die Gerüche der Türkei mit in die Schweiz nehmen könnte! Was fehlt mir eigentlich aus der Schweiz? überlegte sie, während sie zur Kasse hinüberging. Mein Leben fehlt mir, die Möglichkeit, die Frau zu werden, die ich sein will.

Sie verließ den Shop, trat aus dem Licht der Tankstelle und ging über den Parkplatz; sie wollte sich am Rand der Raststätte an den Maschenzaun setzen, um in aller Ruhe zu essen. Danach würde sie eine Mitfahrgelegenheit suchen. Sie hatte die Dämmerung schon als Kind gefürchtet; das Zwielicht, in dem die Welt zu einer grauen Masse ohne Tiefe verschmolz, vertraute Räume schummrig und unberechenbar und alle Geräusche unheimlich wurden, weckte den Wunsch in Ayfer, sich irgendwo zu verkriechen, wo sie in Sicherheit war. Die Sattelschlepper und Lastzüge, die dicht an dicht standen und aus deren Schlafkojen und Kabinen Musik oder Stimmen zu hören waren, erinnerten Ayfer an die Wagenburg in dem Western, den sie sich vor ein paar Tagen mit ihrem Onkel im Fernsehen angeschaut hatte. Früher hatten sie und ihr Bruder den Esstisch im Wohnzimmer mit Wolldecken und Tüchern in ein Geheimlager verwandelt, in dem die Regeln der Erwachsenen nicht galten. Die Erinnerung an ihren Bruder schnürte ihr die Luft ab; sie blieb stehen, stellte die Einkäufe und ihre Tasche auf den Boden und bemühte sich, tief und ruhig zu atmen.

»Are you ok?«

Ayfer drehte sich um, die Arme angewinkelt, die Fäuste vor der Brust, wie Davor es ihr gezeigt hatte. »Wenn dir trotzdem einer blöd kommt, mach ich ihn tot!« Das Mädchen, das sich auf der Toilette die Zähne geputzt hatte, stand vor einem nachtblau lackierten Lastzug, ein Glas in der Hand.

»Yes«, sagte Ayfer und griff nach der Tüte mit den Esswaren.

»What's your name?«

»Ayfer.«

»Annika. I am from Austria. And you?«

»Austria? Dann können wir ja deutsch reden.«

Das Mädchen lachte und kam auf sie zu. Ayfer warf einen Blick auf das Nummernschild des Lasters. W. Auf der Seitenwand des LKW stand in gelben Buchstaben STEINKOGLER: VIENNA – TURKEY.

»Du kommst aus Wien?«

»Und du?«

»Schweiz.«

»Das hör ich selber. Wo aus der Schweiz.«

»Kennst du sowieso nicht. Suhr.«

»Bei Aarau«, sagte das Mädchen, »gibt nur ein Fach, das mir in der Schule getaugt hat. Geografie. Wo sind deine Alten?«

»Nicht hier. Deine?«

Das Mädchen sah sie mit zusammengekniffenen Augen an und deutete mit dem Glas auf den Laster. Auf ihrem Sweatshirt stand FACEBOOK SUCKS.

»Er sitzt da hinten.«

»Er?«

»Erich, mein Vater. Mein Studium fängt erst in zwei Wochen an. Darum begleit ich ihn. Seit der Scheidung ist er total hinüber. Ein Weichei, wie alle Männer. Mit wem bist du unterwegs?«

»Mit mir.«

»Allein? Wie?«

»Ich bin abgehauen«, sagte Ayfer.

»Hunger?«

Ayfer nickte. Das Mädchen grinste und streckte ihr die Hand entgegen; als Ayfer sie ergreifen wollte, ließ Annika sie fallen.

»Komm«, sagte sie und zog Ayfer lachend an sich.

9

Das rechte Knie tat ihr weh, auch das Gewicht des Rucksacks spürte sie, es zog an ihr, machte sie noch langsamer. Dafür saßen die Trekking-Stiefel perfekt. Humbels Hände sehen aus wie Truthahnfüße! Wann war ihr das aufgefallen? Und warum hatte sie es nicht laut ausgesprochen? »Herr Humbel, Ihr Gerede stört mich, und Ihre Hände sehen aus wie Truthahnfüße!« Vor einigen Tagen hatte sich ein riesiger Krähenschwarm im Wald vor ihrem Zimmer niedergelassen. Sie hatte am offenen Fenster gestanden, da war mit einem Mal lautes Rauschen in der Luft gewesen, und es war mitten am Nachmittag für einen Moment finster geworden. Die Krähen – es mussten Tausende sein – hatten auf einen Schlag die Äste besetzt, als habe jemand das Kommando dazu erteilt, eine flügelschlagende Wolke, die sich plötzlich absenkte und die Wipfel der Bäume verdunkelte, um sich nach wenigen Sekunden genauso plötzlich wieder zu erheben, wieder im Verband, ein Schatten, der aufstieg, fortwährend die Form veränderte und seewärts abzog.

Auf dem Fußgängerstreifen kam Roberta der bedrängende Gedanke, es könne schon wieder zu spät sein. Wofür zu spät? dachte sie und begriff, das Hupen, das nicht aufhörte, galt ihr, nicht dem Verkehr. Sie trat auf den Gehsteig und wandte sich um. Der Mann, der sie auf dem Hirzel mitgenommen hatte, lehnte sich aus dem Fenster seines Lieferwagens.

»Sohn besucht?«

»Er war nicht da«, sagte sie.

»Und jetzt?«

»Jetzt geht die Reise weiter.«

»Ich fahr nach Murg und dann nach Walenstadt.«

»Ich wünsche Ihnen eine gute Fahrt.«

»In Murg hat es einen schönen Zeltplatz.«

»Murg«, sagte sie und zog Prinz dicht an sich heran, »noch nie gehört.«

»Direkt am See.«

»An welchem See?«

»Geografie war wohl nicht Ihre Stärke in der Schule, was?«

»Doch! Aber wir haben andere Gegenden behandelt. An welchem See liegt denn nun Ihr Murg?«

»Am Walensee.«

»Richtung Chur«, sagte sie, »passt.«

»Jetzt steigen Sie schon ein. Oder wissen Sie etwa nicht, wie Sie das Zelt aufstellen sollen?«

Abendsonne traf die Frontscheibe und füllte die Fahrerkabine mit safrangelbem Licht, dann fuhren sie in den nächsten Tunnel. In der Betonröhre klang der Motor des Lieferwagens lauter, die Reifen sirrten hell auf dem trockenen Asphalt. Tippte ein Autofahrer vor ihnen auf die Bremse, erschien für einen Moment der Widerschein seiner Bremslichter auf den fleckigen Röhrenwänden. Prinz schlief, den Kopf auf ihre Oberschenkel gebettet.

»Mögen Sie Algen?«

»Algen?«

»Na, das grüne Zeug, das nach Fisch stinkt. Meine Ex behauptet, dass es gut ist für die Moral. Fürs Gemüt.«

»Ich habe noch nie Algen gegessen«, sagte Roberta, »sollte ich?«

»Weil meine Ex sagt, es ist gut fürs Gemüt? Vergessen Sie's!«

Roberta öffnete und schloss ihre Hände, abwechslungsweise die linke, dann die rechte. Sie taten ihr seit ein paar Monaten weh, wenn sie sie zu lang nicht bewegte; in ihren Fingern summte und kribbelte es, als bewegten sich Hunderte winziger Wespen unter ihrer Haut. Auf den kurzen Autobahnabschnitten zwischen den Tunnels wirkte das Licht heller, als es war. Die Gipfel der Churfirsten am anderen Seeufer waren wolkenverhangen, die Wälder am Fuß der Felswände verfärbt. Fiel Sonnenlicht über die Bäume, standen sie in Flammen. Der Walensee war von unnatürlichem Türkis, wie das Meer.

»Sieht aus wie das Meer«, sagte Roberta.

»Soll der tiefste See der Schweiz sein, hab ich gehört.«

»Es gibt welche, die sehen immer in den Rückspiegel, wenn sie fahren, statt nach vorn. Sind Sie so einer?«

»Bin ich nicht, nein. Ich schau nach vorn. Immer.«

Roberta rutschte auf dem Sitz hin und her, sie hatte Rückenschmerzen und war müde, erschlagen.

»Haben Sie schon mal etwas richtig Schlimmes gemacht?«, fragte sie, ohne den Mann anzusehen.

Er zögerte, fuhr sich mit der Hand durch die Haare und atmete laut aus. Ein Sportwagen schoss an ihnen vorbei.

»Hat das nicht jeder?«, sagte er schließlich.

»Etwas, für das Sie sich so geschämt haben, dass Sie es keinem erzählt haben?«

»Und Sie?«

»Ich hab zuerst gefragt.«

Der Mann lachte und nahm kurz beide Hände vom Lenkrad. Dann klappte er die Sonnenblende auf seiner Seite herunter und gleich wieder hoch.

»Ja«, sagte er, »hab ich.«

»Und was?«

»Etwas, für das ich mich so schäme, dass ich es keinem erzähle.«

Sein Lachen klang unecht. Wenn sie einatmete, spürte Roberta ihre Rippen, wenn sie den Kopf drehte, ihren Nacken. Sie fing an, die Zehen in den neuen Schuhen auf und ab zu bewegen.

»Meiner hat auch so gerochen«, sagte der Mann und strich Prinz mit flacher Hand über die Flanke.

»Stinkt er?«

»Das ist normal, dass man selber nichts mehr riecht. Eine Tante von mir hat zwölf Katzen oder so, Siamesen, Angora, Karthäuser, die ganze Katzenpalette. Der Gestank in ihrer Wohnung haut dich um. Unglaublich! Aber sie riecht nichts. Kein bisschen.«

»Stinkt er?«, fragte Roberta noch einmal und brachte ihr Gesicht in die Nähe von Prinz' Fell.

»Blödsinn! Er stinkt nicht, er riecht nach Hund. Genau wie meiner.«

Sie überholen einen Lastwagen mit Anhänger, und während sie auf gleicher Höhe mit ihm waren, wurde es in ihrer Kabine dunkel. Wind riss welke Blätter von Bäumen am Rand der Autobahn und trieb sie über die Fahrbahn. Stromleitungen glänzten, schwangen sich durch Wiesen und erinnerten Roberta an die Wäscheleine hinter ihrem Elternhaus, an die Tropfengirlanden an den Leinen, die sacht im Wind geschaukelt hatten.

»Haben Sie das Zelt schon einmal aufgebaut?«

Sie nickte. Einige der Berge, die am anderen Ufer wie eine Wand in den Himmel wuchsen, als markierten sie kalt und abweisend das Ende der Welt oder zumindest eine Grenze, hinter der alles anders war, einige dieser Berge, die sie als Kind an ein geblecktes Gebiss erinnert hatten, waren jetzt frei von Wolken. Ihre von Gerölladern gefurchten Felswände standen im weichen Abendlicht, während die wenigen Häuser unten am Ufer bereits im Schatten lagen, genau wie die Hälfte des Sees.

»Soll ich Sie nun an den Campingplatz in Murg bringen, von dem ich Ihnen erzählt habe? Oder wollen Sie mit bis Walenstadt?«

»Der Campingplatz liegt am See?«

»Direkt am See, ja.«

Sie bogen auf die Ausfahrt und fuhren unter der Autobahn hindurch; auf einem Stoppschild saß ein Mäusebussard, der sich auch nicht in die Luft erhob, als sie neben dem Schild anhielten. Der Raubvogel bewegte seinen Kopf ruckartig hin und her, Wind sträubte seine Schwanzfedern.

10

Das Klappstühlchen, auf dem Annikas Vater saß, stand so dicht ans Heck seines Lastzuges gerückt, dass er sich mit dem Rücken dagegen lehnen konnte. Er schnitzte mit einem Messer an einem Ast herum, von dem sich die Rinde in langen, weichen Spänen löste. Das Holz, das sich darunter zeigte, war weiß wie das glattgeschliffene Schwemmholz, das Ayfer am Strand von Sile gefunden und in ihrem Zimmer auf den Fenstersims gelegt hatte.

Annika hatte sich umgezogen. Sie trug jetzt ein geblümtes Kleid, hatte aber immer noch die schweren Stiefel an den Füßen. Sie lehnte mit angewinkelten Beinen am einzigen Baum im verdorrten Wiesenstreifen, den Kopf zur Seite geneigt. Es sah aus, als wolle sie mit dieser Körperhaltung etwas ausdrücken. Nur was? fragte sich Ayfer, die auf dem zweiten Klappstühlchen saß. Die Knochen an Annikas Handgelenken stachen spitz hervor, und Ayfer dachte an die Hitze, die von ihrem Körper ausgegangen war, als sie sich an sie gedrückt hatte.

»Also ich würd gern für immer hier leben«, sagte Annika.

Ayfer hatte ihnen erzählt, dass sie getürmt war, weil ihre Eltern sie gegen ihren Willen zu ihrem Onkel und ihrer Tante in die Türkei geschickt hatten.

»Ich nicht«, sagte Ayfer.

»Ich schon«, sagte Annika.

Ihre Stimme klang keine Spur rechthaberisch, sondern so, als mache sie einen Vorschlag, über den es sich lohnte, nachzudenken. Sie strich sich die Haare aus dem Gesicht und sah dabei jung aus wie ein Kind. Ihre Hände waren geöffnet, als wollte sie etwas präsentieren, das Ayfer einfach nicht sehen wollte.

»Aber nicht, wenn ich es dir befehlen würd«, sagte Annikas Vater.

Er stand auf und kniete vor dem Grill nieder, um sich um die Spieße zu kümmern, die er vor einer Weile auf den Rost gelegt hatte.

»Doch«, sagte Annika, »in der Türkei würd ich sogar bleiben, wenn du es mir befehlen würdest!«

»Quatsch!«

Ihr Vater lachte. Er wirkte gelassen und selbstvergessen wie jemand, der weiß, das Leben ist kostbar und soll doch großzügig verbraucht werden. Seine Haare waren strohig und verbleicht, als habe er Wochen in Sonne und Meer verbracht; die Jeans, die er trug, waren voller Risse und Flecken. Ayfer dachte an ihren ungeduldigen, aufbrausenden Vater, der alles besser wusste und sich nur selten wie jemand verhielt, der mit sich und seinem Leben zufrieden war, obschon er genau das stets behauptete.

»Fahr du mit Paps nach Wien, Ayfer, dann zieh ich zu deinen Verwandten!«

»Quatsch«, sagte ihr Vater noch einmal und stand auf, »du hältst es ohne mich doch eh nicht aus, Anni!«

»Blablabla!«

»Keinen Tag!«

»Ich will trotzdem hierbleiben. Bei Ayfers Verwandten.«

Ayfer dachte an das Handy im Seitenfach ihrer Tasche, die neben ihr am Boden lag, dachte an Davors Augen, seine Mädchenfinger. Er hatte nicht abgehoben, nicht bei ihrem zweiten, dritten und vierten Versuch. Und zurückgerufen hatte er sie, die mit angezogenen Beinen an den Spülkasten gelehnt auf dem Toilettenring saß und die Geräusche aus den anderen Kabinen und das Gelächter und Getuschel vor den Waschbecken auszublenden versuchte, ebenfalls nicht.

»Mein Vater will mich zwangsverheiraten.«

Die Lüge kam Ayfer ohne Vorsatz über die Lippen, ohne dass sie sich die Gelegenheit gab, sich auszumalen, was sie auslöste. Ihr Satz war ungeheuerlich, das war ihr bewusst. Ungeheuerlich, aber unvollständig. Ihr Satz klang wie eine Erfindung, eine Lüge.

»Mit einem Mann, der dreißig Jahre älter ist«, fügte sie hinzu.

Es war bestimmt falsch, den Blick gesenkt zu behalten. Sie hatte sich ihnen offenbart, nun mussten die beiden sie ansehen. Wenn jemand sie durchschaute, dann Annika; sie musste wissen, wie man wirkungsvoll lügt. Ihr Vater hatte das ziemlich sicher verlernt oder vergessen.

»Und deine Mutter«, fragte er, »weiß die Bescheid?«

Ayfer nickte. Annika sah sie prüfend an, die Hände zusammengelegt wie eine Betende. Sie hatte den Kopf leicht schräg gelegt, sie sah stark aus, durch nichts zu beeindrucken. Ayfer konnte den alten Mann vor sich sehen, ihren erfundenen Bräutigam, gramgebeugt, mit großem Schnauzer, eine Mütze in den schwieligen Pranken.

»Und sie ist einverstanden damit?«

»Meine Mutter hat nichts zu sagen.«

Und sie ist feige, dachte Ayfer, feige und verloren, sprach es aber nicht aus, um ihre Mutter vor ihren Lügen zu schützen und auszunehmen.

»Darum bist du abgehauen.«

Annikas Feststellung bot Ayfer Schutz, sie konnte sich dahinter zurückziehen, verbergen. Sie wollte ihr einen dankbaren Blick zuwerfen, doch Annika hatte ihr Kinn mit geschlossenen Augen auf die Knie gelegt. Ihr Vater, der sich über den Grill beugte, hustete und trat einen Schritt zurück. Hinter dem Maschenzaun, der die Raststätte abgrenzte, ging eine Wiese in einen Wald über, in dem bis eben noch die einzelnen Stämme zu erkennen gewesen waren. Dafür war es nun zu dunkel; der Himmel, von roten Schlieren gesträhnt, schien auf den Wipfeln aufzuliegen. Angst, richtige Angst vor Davor hatte Ayfer erst einmal gehabt, als sie mit einem seiner Freunde gelacht und sich einen Augenblick an ihn gelehnt hatte, als wolle sie ihn küssen, übermütig und spielerisch, angetrunken, weil sie es nicht gewohnt war, Alkohol zu trinken. Davors Faustschlag, der den Jungen von den Beinen holte, kam aus dem Nichts, ein Blitz aus heiterem Himmel.

»Futschikato!«

Annika sprang auf die Beine und sah sie endlich an, blinzelnd, ohne eine Miene zu verziehen. Sie ist meine Komplizin, dachte Ayfer, trotzdem habe ich sie belogen. Sie blieb mit zusammengepressten Knien auf dem Klappstühlchen sitzen, die Hände auf den Oberschenkeln, die Büßerin mit dem schlechten Gewissen.

»Wir können sie jedenfalls nicht hier zurücklassen«, sagte Annika und schmiegte sich an ihren Vater.

Annikas Vater ließ zu, dass seine Tochter ihn manipulierte, er *musste* es begreifen; es war, als sehe Ayfer sich selber zu, sich und ihrem Vater, in der Küche ihrer Mietwohnung, wo sie immer landeten, wenn sie ihre Kämpfe ohne Zuschauer austragen wollten, in der Küche bei geschlossener Tür. Irgendwie brachte Ayfer ihren Vater dann jedes Mal so weit, dass sie ihren Willen durchsetzen konnte. Allerdings gelang ihr das nur bei letztlich unwichtigen Dingen.

»Wir sind ja schließlich keine Unmenschen, oder doch, Paps?«

»Hast du deinen Pass dabei, Ayfer?«, fragte Annikas Vater. Er machte sich von seiner Tochter los und ging vor dem Grill in die Knie.

11

Sie öffnete den Reißverschluss am Eingang ihres Zeltes und blickte auf den See hinaus. Sie hatte fast zwei Stunden geschlafen, Prinz auf seiner Decke ausgestreckt neben sich, nun war ihr schwindlig und unwohl. Der Campingplatz lag auf einer in den See geschobenen Landzunge, ihr Biwakzelt stand fünf Meter vom Wasser entfernt. Die Wiese für die Zelte vor dem langgestreckten Flachdachbau mit Toiletten, Duschen, Aufenthaltsraum und Kiosk war fast leer, die Dauerplätze für Wohnwagen auf der anderen Seite des Geländes dagegen waren voll belegt, genau wie die Stellplätze für Campingbusse, die an den Uferweg grenzten.

Sie nahm sich vor, ruhig liegen zu bleiben, bis Prinz erwachte, wurde aber schon nach wenigen Minuten unruhig und fing an, ihm den Rücken zu streicheln, bis er den Kopf hob, gähnte und sie ansah. Sie lagen noch eine Weile nebeneinander im Zelt, und Roberta bekam den Eindruck, auch ihr Hund betrachte die Wälder am anderen Ufer, deren Herbstfarben in der Dämmerung ineinanderflossen wie auf einem Aquarell. Die Felswände der Churfirsten schienen näher ans Wasser gerückt als bei ihrer Ankunft und wirkten bedrohlich.

Sie stand auf, nahm Prinz an die Leine und ging zu den Toiletten hinüber. Das Zelt ließ sie offen. Der Eiermann hatte sie bis zum Campingplatz fahren wollen, aber sie hatte darauf bestanden, die kurze Strecke vom Restaurant im Dorfkern, das er mit Eiern belieferte, bis zum See hinunter zu Fuß zu gehen. Er hatte sich neben Prinz gekauert, leise mit ihm geredet und ihn zum Abschied gestreichelt, erst dann hatte er ihr die Hand gereicht. Sie kannte nicht einmal seinen Namen.

Roberta band Prinz an das Geländer der Veranda, die über die ganze Länge des Gebäudes verlief, und betrat den Waschraum. Ein blondes Mädchen in Trainingsanzug und Flip-Flops stand vor dem Waschbecken und putzte sich die Zähne. Das Mädchen nahm die Zahnbürste aus dem Mund, murmelte einen Gruß und rückte zur Seite. Roberta ließ Wasser in die hohlen Hände laufen und wusch sich das Gesicht. Ihrem Spiegelbild im grellen Licht der Lampen wich sie aus. Das Mädchen roch nach Pfirsichshampoo, es hatte sich goldene Wollfäden in die Haare geflochten und die Zehennägel in verschiedenen Farben bemalt.

»Sind Sie die mit dem Hund?«, fragte das Mädchen, nachdem es ausgespuckt und die Zahnbürste ausgespült hatte.

Roberta blickte das Mädchen erstaunt an. Wann hatte sie sich das letzte Mal mit einem Kind unterhalten? Was sagte man zu einem Mädchen, das vielleicht acht, neun Jahre alt war?

»Wie alt bist du?«, sagte sie und schämte sich sofort für die Frage, die sie als Kind gehasst hatte.

»Elf«, sagte das Mädchen spitz, »und du?«

»Zweiundsiebzig.«

»Das ist ganz schön alt!«

Roberta nickte. Was gab es dazu zu sagen? Das Kind stammte eindeutig aus Österreich; trotz der über fünfzig Jahre, die Roberta jetzt schon nicht mehr dort lebte, genügte es, zwei, drei Worte zu hören, um das sofort zu erkennen.

»Hast du keinen Mann?«

Roberta schüttelte den Kopf. Das Mädchen hatte wache Augen, die sie musterten, als werde sie einer Prüfung unterzogen.

»Aber der Hund gehört zu dir?«

»Ja.«

»Und wo ist er jetzt?«

»Draußen. Komm.«

Roberta stieß die Tür auf und wollte aus dem Waschraum treten, aber das Mädchen drängte sich an ihr vorbei, kniete sich neben Prinz auf den Boden und drückte sein Gesicht in sein Fell, als kenne sie ihn schon seit Jahren und vertraue ihm.

»Wie heißt er?«

Roberta nannte den Namen und erzählte dem Mädchen, wie sie den zweijährigen Prinz in einem Tierheim gefunden und mit nach Hause genommen hatte und dass sie ihn um nichts in der Welt hergeben würde.

»Wenn du ihn mitbringst, darfst du bei uns essen«, sagte das Mädchen und stand auf, ohne Prinz loszulassen.

»Und deine Eltern?«

»Was soll mit denen sein? Wir sind ganz da hinten, im blauen Bus mit der Sonne drauf und den Sternen. Kommt ihr?«

Das Mädchen nahm Prinz' Kopf in beide Hände, drückte ihn, stand auf und deutete mit dem Kinn in Richtung Kiosk. Eine Frau, die sich ein Tuch in die Haare geschlungen hatte, das ihr als schillernder Turban auf dem Kopf saß, kam auf sie zu.

»Jungs sind blöd«, sagte das Mädchen schnell, »hast du darum keinen Mann?«

Die Frau blieb vor ihnen stehen. Ihre Armreife, bestimmt sieben oder acht davon, klingelten, als sie das Mädchen an sich zog.

»Emma, hast du wieder jemand gefunden, den du nerven kannst?«, sagte die Frau und lachte.

Ihre Zähne waren schlecht, ihre Lippen stark geschminkt. Sie trug ein wadenlanges Batikkleid, eine Wollweste und war barfuß.

»Gar nicht«, sagte Roberta, »wir haben über Hunde geredet.«

»Sie sind auch aus Österreich!«

Die Frau klatschte begeistert in die Hände wie ein Teenager, dabei war sie bestimmt Mitte vierzig. Roberta war gar nicht aufgefallen, dass sie in den Dialekt ihrer Kindheit zurückgefallen war, wie immer, wenn sie sich mit ehemaligen Landsleuten unterhielt.

»Aber nicht aus Wien wie Sie«, sagte Roberta und legte der

Frau sofort die Hand auf den Arm, weil sie merkte, dass man ihre Feststellung falsch verstehen konnte.

»Wir sind auch nicht aus Wien, wir wohnen nur dort.«

»Sie ist ganz allein, drum isst sie heute bei uns«, sagte das Mädchen und fing an, auf und ab zu hüpfen und dabei »bittebittebitte« zu rufen.

Roberta und die Mutter des Mädchens warfen sich einen Blick zu, und Prinz sprang auf die Beine und fing an, wild bellend um sie herumzulaufen, als wolle er die Magie des Momentes vor bösen Geistern schützen.

12

Bereit zum Flug, am Rand der Klippe auf dem Wiesenhöcker, Wind im Gesicht, mit geblähtem Kleid, bereit zum Sturz in die Bucht, in der das Meer wogt, dies finstere Tuch, darauf Fischerboote, Schiffe aus Holz, Schiffe aus Stahl, die mit ihren Suchscheinwerfern die Nacht bis weit in den Himmel hinauf durchschneiden, ihren Sprung zu verfolgen und sie zu blenden.

Ayfer öffnete die Augen, schloss sie aber gleich wieder, geblendet vom Lichtstrahl einer Taschenlampe, der zu ihnen hinauffingerte und über sie hinwegstrich wie eine kühle Hand. Sie lag hinter Annika auf dem oberen Bett im Fahrerhaus des Lastzuges, die Decke zu den Füßen hinabgestrampelt. Sie waren kurz vor Mitternacht losgefahren, jetzt war es 3 Uhr 50, wie sie auf der Digitaluhr am Armaturenbrett ablas. Kavakli war das letzte Ortsschild gewesen, das sie noch bewusst gelesen hatte, dann war sie eingedöst, Annikas Arm über der Brust, ihren warmen Atem im schweißnassen Nacken.

Sie hörte das Klicken, mit dem die Taschenlampe ausging, stützte sich schläfrig auf einen Arm auf und schaute nach unten. Annikas Vater unterhielt sich durch das offene Fahrerfenster mit einem Mann in Uniform, der eine Brille trug und meckernd lachte. Ayfer konnte nicht erkennen, wo sie sich befanden; die Welt vor dem Lastzug war in schneeweißes Licht getaucht und ausgelöscht. Der Uniformierte schien vor einem hellen Nichts zu schweben, ein Wesen aus einer anderen Welt. Annikas Atem beschleunigte sich, Ayfer sah sich sekundenkurz auf der geträumten Klippe stehen, weiches Gras unter den nackten Füßen, die Arme zu Schwingen ausgebreitet, zitternd vor Ungeduld, weil sie es nicht erwarten konnte, dass Wind in ihre Knochen griff und zu Federn machte, da öffnete Annika die Augen, blinzelte, sah sie schlafblind an und dämmerte erneut weg.

»Schlaf«, flüsterte Ayfer, »schlaf.«

Warum hatte sie sich nicht umgedreht in ihrem Traum, um zu sehen, in welcher Landschaft sie stand, bereit zum Flug? Dreh dich um, los, dreh dich um, dann drehte sie sich um, schlafwandlerisch sicher, eben war es doch noch Nacht gewesen, staunte ob der Hügelreihen, die in Feuerfarben wie Wellen gegen den Horizont anbrandeten, zögerte, hielt den Atem an und spürte ein Schüttern im Graspolster unter ihren Füßen, spürte den gewaltigen Motor unter sich, Gang nach Gang hoch geschaltet. Sie fuhren, fuhren. Ayfer zwang sich, die Augen zu öffnen. Annikas Vater saß entspannt hinter dem

Steuer, den Kopf leicht nach vorn geneigt, die Teetasse in der Halterung über dem Schalthebel, die Wollmütze aus der Stirn geschoben. Annika hatte ihr erklärt, er fahre nie ohne diese Mütze, keinen Meter, dafür nehme er sie ab, sobald er aus dem Fahrerhaus klettere. Er hatte das Radio eingeschaltet, aber so leise, dass es war, als bilde sie sich die Musik ein. Auch der CB-Funk war in Betrieb, wenn sie sich konzentrierte, hörte sie ein Knistern. Bisher hatte Ayfer nicht mitbekommen, dass er sich an den Funkgesprächen beteiligte. Sie stieg so leise wie möglich über die schlafende Annika hinweg, kletterte aus der oberen Schlafkoje und ließ sich in den Beifahrersessel gleiten. Annikas Vater warf ihr einen Blick zu, nickte und wandte sich dann wieder der Autobahn zu, die unter ihnen wegraste. Sie fuhren durch eine Landschaft, die in der Dämmerung zu einem undurchdringlichen Raum verschmolz, ein Raum, der in Hügelreihen oder Berge überging, hinter denen die Ahnung des ersten Tageslichts aufschien. Die Uhr auf dem Armaturenbrett zeigte 4 Uhr 13.

»Wo sind wir?«

Ihre Stimme klang fremd, als spreche eine andere aus ihr, und sie hielt sich erschrocken die Hand vor den Mund.

»Ein Stück hinter der griechischen Grenze.«

»Sind Sie nicht müde?«

Annikas Vater schnalzte mit der Zunge und ließ das Steuerrad los, als sei das eine Antwort. Dann erzählte er ihr, er fahre wie immer bei dieser Fracht bis zu einer bestimmten Raststätte kurz vor Plovdiv in Bulgarien, dort schlafe er fünf Stunden und fahre weiter. Danach saßen sie schweigend nebeneinander und sahen zu, wie der Himmel unmerklich heller wurde, ohne dass sich Dörfer, Bäume oder Wälder aus dem undurchdringlichen Raum links und rechts der Fahrbahnen herauslösten. Einmal wurden sie von einem Sattelschlepper überholt, der mit Wassermelonen beladen war, dunkelgrünen Früchten mit hellen Streifen, groß wie die Medizinbälle im Turnen, die sie gehasst hatte. Sonst war der Verkehr spärlich, Lastzüge und Sattelschlepper, ab und zu Personenwagen. Es war bereits hell, als sie von einem Motorrad überholt wurden, das Annika im Schlaf störte, sie warf sich jedenfalls hin und her, murmelnd, eine Faust in der Luft.

Bald darauf legte sich auch Ayfer wieder hin. Annikas Vater nickte wortlos, die Teetasse in der Hand, ohne den Blick von der Fahrbahn zu lösen.

Sie erwachte und begriff sofort, sie standen still, und sie lag allein in der Koje. Sonnenlicht füllte das Fahrerhaus, es roch nach frisch gebrühtem Kaffee. Annika und ihr Vater saßen vor dem Laster auf ihren Klappstühlen an einem leeren Klapptisch, dampfende Tassen in den Händen. Ayfer blieb regungslos liegen, als störe schon die kleinste Bewegung die Eintracht zwischen Vater und Tochter. Der Asphalt, auf dem Annika und ihr Vater saßen, war aufgebrochen wie trockene, spröde Erde, aus den Sprüngen stießen Grasbüschel. Tiefes Klagen erfüllte die Luft, das Ayfer nicht sofort als Horn eines Lastzuges erkannte.

Sie starrte Annika an, ohne mit der Wimper zu zucken, überzeugt davon, dass die früher oder später diese Aufmerksamkeit spürte und sie ebenfalls ansah. Es dauerte keine Minute, bis Annika wirklich den Kopf hob und sie anschaute. Ayfer erwiderte den Blick mit einem leichten Nicken, auf das

Annika reagierte, indem sie die linke Hand an die Stirn legte, was Ayfer ihr sofort nachtat. Sie spielten das Spiel, in dem jeder Schritt, den man unternimmt, abhängig ist vom vorangegangenen Schritt der anderen. Erst eine Handlung ermöglichte eine Reaktion, die wiederum eine Reaktion auslöste. Schließlich drückte Annika als Zeichen, dass ihr Spiel in eine neue Phase trat, die Augen zu. Dann stand sie auf, legte ihrem Vater die Hand auf die Schulter und verschwand aus Ayfers Blickfeld. Gleich darauf stieg Annika ins Fahrerhaus und kletterte zu ihr in die obere Koje. Die Digitaluhr im Armaturenbrett zeigte 7 Uhr 30.

»Wo sind wir?«

»In der Nähe von Plovdiv. Du hast im Schlaf gelacht. Über mich?«

»Spinnst du? Über mich!«

Wie schmal Annikas Schulterblätter waren, wie blass, spitze Papierflügelchen. Die Träger ihres Kleides liefen um ihren Nacken, sie hatte eine kurze Narbe über dem Knie und einen Kranz Mückenstiche am rechten Knöchel.

»Ganz schöne Hitze da draußen«, sagte Annika grinsend.

»Ich war noch nie in Bulgarien.«

»Hattest du schon einmal einen Traum, der fünf Jahre gedauert hat?«

»Obwohl ich nur ein paar Stunden geschlafen habe?«

»Genau! Hast du schon mal geträumt, dass du Jahrzehnte in einem Keller gefangen warst?«

»Einer meiner Träume hat ein ganzes Leben gedauert«, sagte Ayfer.

»Dabei sind Träume ganz kurz«, sagte Annika, »das weiß jeder.«

»Traumzeit ist nicht dasselbe wie Echtzeit.«

»Und das wissen wir auch im Schlaf?«

Ayfer nickte. Annikas Vater hatte seine Tasse auf den Tisch gestellt; es sah aus, als sei er eingenickt. Annika leckte sich die Lippen und schloss so langsam die Augen, als wolle sie ein Bild auslöschen.

»Ich will dir was zeigen«, sagte sie, »mein Haus. Ich will dir mein Haus zeigen.«

Sie blieben nebeneinander liegen, ohne sich zu bewegen, ohne sich zu berühren. Das Dach der Fahrerkabine knackte, irgendwo in der Nähe wurden in kurzer Folge vier Autotüren zugeknallt. Annikas Vater hob den Kopf, ließ ihn aber gleich wieder sinken. Plötzlich glaubte Ayfer, ein Spannungsfeld zwischen ihrem und Annikas Körper zu fühlen, eine flirrende Energie, die die Härchen auf ihren Beinen aufrichtete und dafür sorgte, dass sie einen kehligen Seufzer ausstieß, gegen den sie sich nicht wehren konnte.

»Geht mir genauso«, sagte Annika und legte ihr die Hand auf die Stirn.

Das Licht fiel in breiten Strichen über die Felder, in denen das Haus stand. Hinter einem verwilderten Gärtchen senkte sich das Land in mehreren Terrassen ab, als hätte jemand breite Stufen aus der Erde ausgehoben.

Sie stiegen durch ein offenes Fenster im Erdgeschoss ins Haus, dann folgte Ayfer Annika durch Räume, die bestimmt schon sehr lange nicht mehr bewohnt wurden und die doch wirkten, als seien die Bewohner überstürzt abgereist. Auf dem Küchentisch lag eine aufgeschlagene Zeitung, auf einem Polstersessel vor dem offenen Kamin eine Strickarbeit. Es roch nach Schimmel und Staub, es war, als sei ein Leben mitten in der Bewegung erstarrt. Ayfer stellte sich die letzten Handlungen der Bewohner vor, sah ihre Handgriffe, hörte ihre Stimmen. Die Räume waren halbdunkel, die Scheiben nahezu blind vor Staub. Am Fuß der Treppe lag eine umgestürzte Vase auf dem verschrammten Parkett. An der Garderobe hingen ein Hut mit schmaler Krempe und eine Strickjacke. Aus einem Fenster in der oberen Etage konnten sie die Autobahnraststätte sehen und den Lastzug von Annikas Vater, der am Rand des Parkfeldes stand. Dort zog Klatschmohn rote Adern ins Feld.

»Da schläft er«, sagte Annika und zeigte über die Felder hin, in die der Wind – das sahen sie aus dieser Perspektive – Schneisen gedrückt hatte.

Annikas Hand stand über den Satz hinaus in der Luft, es blieb Ayfer nichts anderes übrig, als zuzusehen, wie sie sie elegant einzog und auf den Fenstersims legte. Sie begriff, dass Annika ihren Körper wie ein Requisit benutzte und einsetzte. Sie spielt mir etwas vor, dachte sie, aber ich mache ja das Gleiche mit ihr, ich spiele, denn ich habe gelogen.

»Hauptsache, wir haben uns gefunden.«

Annikas Satz klang leichter, als er war. Weshalb wirke ich störrisch, wenn ich länger als nötig schweige, wunderte sich Ayfer, da erkannte sie, dass Annika gar keine Antwort erwartete.

»Ich habe alles so gelassen, wie es war.«

Annika hatte ihr erzählt, sie habe das verlassene Haus bei der vorletzten Fahrt entdeckt, ihr Vater wisse nichts davon, es sei ihr Geheimnis, das sie nun mit ihr teile. Sie standen da, wo die Sonne hinfiel und sich warm auf ihre Gesichter legte.

»Ich könnte ewig hier bleiben«, sagte Annika.

Die Matratze auf dem Doppelbett bewahrte den Abdruck eines Menschen. Es war sehr still, auf der Kommode stand eine Nippesfigur, ein Jäger, der in ein Horn blies, nicht größer als ein Fingerhut. Daneben lag ein angebissener Keks. Am Griff der Schranktür hing ein brauner Ledergurt, der Stoffschirm der Lampe war verformt, die Glühbirne herausgeschraubt.

»Mich hättest du nicht anlügen müssen.«

Annika trat einen Schritt zurück und wartete ab. Das Licht traf jetzt nur mehr eine Seite ihres Gesichtes. Sie war schön, mit Gold belegt, zumindest die linke Hälfte, ihre Hand öffnete sich, schloss sich. Ayfer kam sich ahnungslos vor und jung. Auf der Treppe hatten sich ihre Hände zufällig berührt, sie waren zusammengezuckt, zurückgeschreckt, beide.

»Hier drin ist bestimmt einer gestorben.«

»Hier im Haus?«, fragte Ayfer.

»In diesem Zimmer! In dem Bett da.«

Der Verkehr auf der Autobahn war nichts als ein stetes Rauschen, das gar nicht störte, es hätte ein Fluss sein können, der alles mit sich riss, was nicht niet- und nagelfest war. Ayfer dachte daran, Annika zu fragen, ob ihr Vater schnarche und was mit ihrer Mutter sei, wo sie lebe und mit wem und ob sie sie vermisse, aber sie schwieg. Die bestickte Gardine war gelb, bestimmt hatte der Mensch, der hinter ihnen im Bett gelegen hatte, der ganze Tage im Bett verbracht hatte, Kette geraucht.

Schließlich löste sich Ayfer aus der Starre, die sie lähmte. Ihre Knochen knacksten. Sie hatte Gänsehaut, sie rieb sich den Arm. Man hörte das Rascheln des Weizens im Wind. In

Gedanken war sie schon eingezogen in das Haus, am Stadtrand von Plovdiv, blieb nur die Frage, mit wem? Sie trat ans Bett, legte sich darauf und öffnete die Arme, weil sie sich vorstellte, dass man das nur als Einladung verstehen konnte.

13

Irgendwo in der Nähe rief ein Vogel, und sie hoben die Köpfe und sahen sich an. Der an- und absteigende Flötenton, klar und melodiös, passte nicht zum unruhigen See, der vom Wind gepeitscht wurde, der auch in den Bäumen rauschte und den Camper zum Schaukeln brachte, als wolle er ihn anheben und ins Wasser kippen.

»Paps sagt, Vögel sind die besten Musiker«, sagte Emma und legte die Hand auf Prinz, der neben ihr am Boden schlief.

»Stimmt doch«, sagte ihr Vater und strich dem Mädchen über die Wange.

Er hatte sich als Gerhard vorgestellt, aber seine Frau nannte ihn Teardrop. Er trug die Haare zu einem Pferdeschwanz zusammen gebunden, die Koteletten, die ihm fast bis zu den Mundwinkeln reichten, sollten bestimmt die Aknenarben verbergen, die beide Wangen bedeckten. Den bürgerlichen Namen der Frau erfuhr Roberta nicht. »Ich heiße Snowflake«, hatte sie sich vorgestellt, »weil ich Schnee nicht ausstehen kann.« Sie saßen an einem Tisch neben dem Kochherd und der Spüle im vorderen Teil des Busses, der Schlafbereich war mit Tüchern verhängt. Es roch nach Koriander, mit dem die Frau den Salat und den Gemüseeintopf gewürzt hatte, und nach Patchuli, das Roberta von der Frau des Autohändlers kannte, für den sie in den sechziger Jahren in Luzern die Büroarbeiten erledigt hatte. Überall brannten Kerzen und Teelichter, die Wände und die gewölbte Decke des Busses, von der Treibholz und Muscheln hingen, waren blau bemalt und wie die Karosserie mit Sternen, Monden und Sonnen verziert. Auf dem Armaturenbrett lagen Salbeizweige, eine Packung Kürbiskerne und eine rote Wollmütze mit Ohrenklappen.

»Du riechst wie Oma Johanna«, sagte das Mädchen.

»Emma!«

Die Stimme der Frau war scharf, aber Roberta sah, dass sie sich das Lachen verkniff.

»Aber es stimmt! Sie riecht wie Oma, nur älter!«

Die, die heute alt sind, waren auch einmal jung, dachte Roberta ohne Verbitterung. War diese banale Tatsache jungen Menschen eigentlich bewusst? Sie hatte schon als Kind begriffen, dass sie sterben musste, gleichzeitig war es ihr unmöglich gewesen, sich als alte Frau zu sehen. Ich bin nicht unverwundbar, hatte sie damals gedacht, ich werde eines Tages sterben, aber immer jung bleiben!

»Die Hindus teilen das Leben in vier Stadien ein«, sagte die Frau und blickte Roberta lächelnd an, »zwanzig Jahre der Jugend, zwanzig Jahre als Kämpfer ...«

»Als Kämpfer, verstehen Sie, nicht als Soldat oder so«, unterbrach sie Gerhard, »als Kämpfer!«

»Danach zwanzig Jahre als Familienoberhaupt«, fuhr seine Frau fort, »und zuletzt zwanzig Jahre, um den Geist zu kultivieren.«

»Hast du keine Familie?«, fragte Emma.

»Nein«, log Roberta, »und meinen Geist kultiviere ich auch nicht, befürchte ich, obwohl ich in diesem vierten Stadium bin.«

»Eine Frau in Ihrem Alter, allein unterwegs mit ihrem Hund«, sagte Gerhard, »nennen Sie das etwa nicht ›Arbeit am Geist‹?«

»Nein«, sagte Roberta leise, »das nenne ich Heimweh.«

Sie tranken Tee, und als Gerhard die Ärmel seines karierten Hemdes nach oben schob, um die leeren Teller zusammenzustellen, bemerkte Roberta die Tätowierungen. Schwarze Zeichen und Mäander, keltische Symbole, stilisierte Sonnen und Sterne sowie Worte und Zahlen in Frakturschrift bedeckten seine Arme bis zu den Handgelenken. Auf die Finger seiner linken Hand hatte er die Buchstaben L, O, V und E eintätowiert, auf die Finger der rechten die Buchstaben H, A, T und E; auf den Daumen prangte eine Sonne mit langen Zacken. Er stand auf und stellte die Teller in die Spüle; dann öffnete er den Kühlschrank, nahm eine Glasschüssel heraus und stellte sie auf den Tisch.

»Selbst gesammelt«, sagte Emma und zeigte auf den Fruchtsalat.

»Aber nur die Orangen«, sagte Gerhard.

»Wir waren in Malaga«, ergänzte die Frau.

»Ich war ein halbes Jahr nicht in der Schule!«

Snowflake stand auf, nahm Schälchen aus dem Regal, stellte sie auf den Tisch und legte Löffel daneben.

»Wir sind seit sechs Monaten unterwegs«, sagte Gerhard, »Camarque, Nordspanien, Portugal, Malaga.«

»Und die Schule?«, fragte Roberta.

»Wir sind eh die besseren Lehrer für Emma als die Arschlöcher an den Schulen in Wien«, sagte Gerhard laut.

»Und seit wann sind Sie unterwegs?«, fragte die Frau.

»Wir sind seit gestern unterwegs«, antwortete Roberta.

Prinz lag jetzt ausgestreckt neben ihr am Boden; seine Pfoten, die Ballen voller Dreck, zuckten im Schlaf.

»Und wohin geht die Reise?«, fragte Snowflake.

»Nach Hause.«

»Wo ist das, zu Hause?«, fragte Gerhard und fing an, Fruchtsalat in die Schälchen zu schöpfen.

»Ebensee.«

»Im Salzkammergut?«, fragte Snowflake.

Roberta nickte. Emma pickte die Orangenstücke aus ihrem Schälchen und aß sie, die anderen Fruchtstücke löffelte sie in die Schüssel zurück. Ihr Vater schaute ihr wortlos zu, dann fing er an, die Stücke, die sie zurücktat, mit den Fingern herauszuklauben und sich in den Mund zu stecken. Seine Frau warf ihm einen missbilligenden Blick zu, sagte aber nichts und nahm eine Blechdose aus der Tasche ihrer Wollweste und machte sie auf. In der Dose lagen drei selbstgedrehte Zigaretten.

»Stört es Sie?«, sagte die Frau, nahm eine der Zigaretten heraus, schob sie Gerhard zwischen die Lippen und zündete sie an.

Roberta schüttelte den Kopf. Sie hatte in den sechziger Jahren geraucht, aber damit aufgehört, als sie im Januar 1965 schwanger geworden war. Prinz winselte im Schlaf, sein Schwanz strich über den Fußboden und schlug gegen ihr Stuhlbein.

»Meine Eltern rauchen Drogen«, sagte Emma ernst, den

Zeigefinger an die Lippen gelegt, als mache sie sich über die Hüter einer Moral lustig, die sie noch gar nicht verstand.

»Marihuana«, sagte die Frau und nahm die Zigarette von ihrem Mann entgegen, der den Kopf in den Nacken legte und Rauch gegen die Decke blies, wobei er leise summte.

»Gut gegen Schmerzen«, sagte er.

»Ich habe keine Schmerzen«, sagte Roberta.

»Jeder hat Schmerzen«, sagte er sanft, »ich zum Beispiel habe Gallensteine. Ohne das hier würde ich durchdrehen.«

Seine Frau zog mit geschlossenen Augen so stark an der Zigarette, dass das Papier knisterte und die Glut rot aufleuchtete. Als sie den Rauch nach einer geraumen Weile ausstieß, öffnete sie die Augen und blickte Roberta in die Augen.

»Haben Sie auch schon mal?«, fragte sie und strich sich die Haare aus dem Gesicht.

Rauch strömte aus ihrem Mund, während sie sprach. Roberta schüttelte den Kopf. Sie hatte den Geruch von Marihuana immer geliebt, lange ohne zu wissen, was es war. Ihr Sohn Richard hatte mit vierzehn angefangen, Marihuana zu rauchen; naiv, wie sie war, hatte sie gedacht, der Geruch, den sie so mochte, stamme von den Räucherstäbchen, die er in seinem Zimmer abbrannte.

»Wollen Sie?«, fragte Gerhard, der einen tiefen Zug genommen hatte, und hielt ihr die Zigarette hin.

»Ich weiß nicht«, sagte Roberta.

»Schadet ganz bestimmt nicht«, sagte die Frau.

»Das sagen sie immer«, sagte Emma schnippisch und kniete sich neben Prinz nieder und nahm seine rechte Vorderpfote in die Hand, als wolle sie sie wärmen.

»Kommen Sie«, sagte Gerhard freundlich, »better late than never!«

»Ich spreche kein Englisch!«

»Ich auch nicht«, sagte er, »da, tief ziehen und den Rauch so lange wie möglich in der Lunge behalten.«

»Wir passen auf Sie auf, keine Sorge«, sagte die Frau und legte ihr die Hand auf den Arm.

Roberta nahm das Zigarettchen zwischen Mittel- und Zeigefinger und tat einen tiefen Zug. Der Rauch kratzte in ihrer Luftröhre; als sie ausatmete, musste sie husten.

»Nicht schlecht, Frau Specht«, sagte Gerhard grinsend, »versuchen Sie, den Rauch etwas länger in der Lunge zu behalten. Los!«

Roberta nahm einen weiteren Zug und behielt den Rauch so lange in der Lunge, bis sie spürte, wie eine Hitzewelle durch ihren Körper lief. Sie stieß den Rauch durch die Nase aus, weil sie hoffte, der würzige Duft bleibe dann in ihr wie in einem gläsernen Gefäß. Sie kam sich vor wie im Frachtraum eines gesunkenen Schiffes, matt, müde. Was sie wahrnahm, schien leicht verschoben, als schwebe es wenige Millimeter neben sich, war damit seltsamerweise aber klarer und deutlicher. Sie saßen am Tisch, reichten die Zigarette behutsam weiter, eine kostbare Gabe, sinnlos grinsend, sorgsam atmend, schweigend. Das Kind hockte am Boden und streichelte den Hund. Die Glut leuchtete auf, erlosch und leuchtete wieder auf. Rauch stand über dem Tisch, ein Geruch, der sich berühren, der sich sehen ließ. Die Welt war nicht mehr genau so, wie sie zuvor gewesen war, erstaunlicherweise lag in dieser Erkenntnis nichts Beunruhigendes, sondern etwas Versöhnliches. Sie kam sich vor, als erlebe sie etwas, das sich bereits ereignet hatte, konnte zusehen, wie ein Moment verstrich, die Zeit verging, eine Seite umgeblättert wurde. Bis eben hatte sie nicht gemerkt, dass sie die ganze Zeit von einer unsichtbaren Zwillingsschwester begleitet worden war, einer Doppelgängerin, launisch, quengelig und pflichtbewusst, einer Frau, die sich ihrer selbst schämte. Jetzt, da sie diesen unsichtbaren Zwilling losgeworden war, merkte sie es. Ich bin mit mir selbst versöhnt, dachte Roberta erstaunt, warum ist mir denn nicht aufgefallen, dass ich das zuvor nicht gewesen bin?

»Ich bin aus dem Altenheim ausgebrochen«, sagte sie irgendwann.

»Ausgebrochen!« Gerhard lachte. »Aus dem Gefängnis bricht man aus oder aus der Irrenanstalt. Aus einem Altenheim flieht man!«

»Abgehauen«, sagte Snowflake, »ausgebüxt, durchgebrannt, geflohen, ausgebrochen, ist doch scheißegal, Teardrop! Wirklich?«

»Wirklich. Ich bin abge... ausgebrochen!«

Bald darauf trat Roberta aus dem Campingbus in den Wind hinaus, Prinz an ihrer Seite. Sie war auf rechtschaffene Art erschöpft, als habe sie ein Tagwerk vollbracht. Der See war in Aufruhr, Wellen klatschten gegen die Ufersteine, die Wolkendecke hatte sich abgesenkt, als wolle sie alle Luft aus dem engen Talbecken pressen. Sie selbst hatte kein Gewicht mehr, sie lächelte, war mit sich selbst eins. So also bin ich in Wirklichkeit, dachte sie erstaunt, war aber nicht fähig, den Gedanken weiterzuverfolgen. Ihre Hände waren feucht, ihr Mund trocken. Hatte sie sich von Emma, Snowflake und Teardrop verabschiedet? Hatte sie die drei umarmt und geküsst? Die Felswände, die am anderen Ufer schroff aus dem Wasser stiegen, leuchteten silbern, abweisend waren sie immer noch, kalt. Roberta ließ sich von Prinz auf den Uferweg ziehen und ging mit ihm dem Wasser entlang zu der Wiese zurück, auf der ihr Zelt stand.

Roberta sah durch den offenen Spalt am Eingang ihres Zeltes, dass sich der Himmel im Osten färbte. Der Horizont schälte sich aus der Nacht, sie fror; ihr Rücken war steif, ihr arthritischer Fußknöchel pochte. Prinz erwachte nicht einmal, als sie den Reißverschluss des Einganges ganz aufzog. In einem der Zelte brannte Licht, sie sah den Umriss eines Menschen mit einem Buch in der Hand und erinnerte sich an den Roman, den sie aus dem Altenheim mitgenommen hatte. Sie zündete die Gaslaterne an – Prinz hob den Kopf, schlief aber sofort wieder ein – und nahm »Frost« aus dem Rucksack. Die Beschreibung des zweiten Romantages war etwas länger als acht Seiten; es wurde bereits hell, als Roberta das Buch wieder zuklappte und die Laterne ausmachte. Sie würde sich die vier Worte, die ihr in der Passage, die sie gelesen hatte, ins Auge gestochen waren, so lange durch den Kopf gehen lassen, dass sie sich nach dem Aufwachen daran erinnern würde, um sie ihrer Liste hinzufügen zu können

Lodenfetzen
Menschenschatten
Baumstumpf
Gehirngefüge

Sie legte sich auf den Rücken, so nah neben Prinz, dass sie ihn berührte, schloss die Augen, benommen und an der Schwelle zum Schlaf, und ließ die Worte durch ihren Kopf ziehen.

14

Das Licht fiel so flach über die Felder, dass es blendete. Annikas Vater trug eine Sonnenbrille mit verspiegelten Gläsern, in denen Ayfer sich – sie saß auf dem Beifahrersitz – doppelt gespiegelt sah, wenn er ihr den Kopf zuwandte, darum versuchte sie immer wieder, ihn in ein Gespräch zu verwickeln.

»Was transportieren Sie eigentlich?«

»Trockenfrüchte.«

»Feigen und Datteln?«

»Getrocknete Aprikosen. Aus Malatya in Anatolien.«

Die Nasen ihrer Spiegelbilder waren groß wie Gurken, die Augen klein wie Stecknadeln. Ayfer hatte einen aufgeschlagenen Reiseatlas auf den Knien liegen, weil sie die Ortsnamen auf den Autobahnschildern entziffern wollte; eine Weile lang hatten sie die Namen in kyrillischer Schrift belustigt, dann hatte sie sich darüber geärgert, nicht einmal zu wissen, an welchen Städten und Dörfern sie, hoch über der Fahrbahn thronend, vorbeifuhr. Pazardzhik. Kostenets. Ihtiman. Sofia. Kostinbrod. Slivnitsa. Dimitrovgrad. Bei Pirot, kurz nach der Grenze zwischen Bulgarien und Serbien, war Annika vom Beifahrersitz, den sie sich mit Ayfer geteilt hatte, ins obere Kojenbett geklettert, um Musik auf ihrem iPod zu hören und zu dösen. Es hatte nicht lange gedauert, und sie war eingeschlafen.

Mittlerweile war Ayfer die Landschaft egal; sie konzentrierte sich auf das Sonnenlicht, das halbe Dörfer auslöschte, Nahes in die Ferne rückte, Hügel doppelt belichtete, einzelne Häuser scharf aus ihrer Umgebung schnitt oder Blitze durch die Kabine schickte, die über die Wände und ihre Gesichter zuckten, ein Serienfeuer schmerzender Lichtmesserchen, das so abrupt abbrach, wie es begonnen hatte. Einmal gerieten sie in eine Wolke aus fliegenden Samen, weiße Fallschirmchen, durch die sie fuhren wie durch ein Schneegestöber, einmal hatte ein Lastwagen mit ungarischen Nummernschildern seine Ladung auf die Kriechspur der Autobahn geschüttet, Plastikenten, die krachend unter ihren Reifen zersplitterten.

»Hast du von den Plastikenten gehört, die seit zwanzig Jahren im Meer treiben?«

Annikas Vater wandte ihr den Kopf zu, und sie sah in den Gläsern seiner Sonnenbrille zu, wie zwei winzige, grotesk verzerrte Spiegelbilder von ihr die Köpfchen schüttelten.

»Vor zwanzig Jahren ist in einem Sturm ein Schiffscontainer mit 28 800 Plastikspielzeugen aus China in den Pazifik gestürzt. Seither treibt die Flotte aus Enten, Fröschen und Schildkröten über die Meere. Erst zehn Monate nach dem Sturm sind in Alaska die ersten Plastikenten an Land gespült worden. 3200 Kilometer entfernt, kannst du dir das vorstellen? Eineinhalb Jahre später sind dann die nächsten in Hawaii gestrandet.«

»Das erfinden Sie jetzt für mich«, behauptete Ayfer.

»Gar nicht. Bis heute hat man etwa tausend von ihnen gefunden. Alle anderen fahren immer noch Karussell in den Strömungen.«

Zu einigen Orten, an denen sie vorbeifuhren, hatte Annikas Vater etwas zu erzählen. In Kostinbrod war ihm ein herrenloser Hund in die Fahrerkabine gesprungen, während die Fracht entladen wurde, und hatte sich in sein Bett gelegt, was er erst nach mehr als fünfzig Kilometern Fahrt bemerkt hatte.

Am Rand von Sofia hatte er in einem Motel übernachtet, um ausgiebig zu duschen; als er den Fernseher einschaltete, war er implodiert. In Slivitsna hatte ihn die Polizei verhört, weil man ihn verdächtigte, ein gesuchter Mädchenmörder zu sein. In Pirot hatte ihn ein alter Mann auf einem roten Damenfahrrad zur Fabrik geleitet, in der er Streichkäse für Österreich abholte. Auf dem Gepäckträger des Fahrrades war ein brauner Lederball festgeklemmt gewesen, der ihn noch heute beschäftigte, wenn er nicht einschlafen konnte.

»Ist Ihre Frau früher auch mitgefahren?«

Er nahm die Sonnenbrille ab, klappte sie zusammen und stieß sie in eines der Ablagefächer unter dem Armaturenbrett. Ayfer wollte nicht an Davor denken, aber sie musste. Das Mädchenlachen, das sie am Handy gehört hatte, ließ ihr keine Ruhe. Sie ging die Gesichter der Mädchen durch, mit denen sie ihn gesehen hatte, und versuchte, sich ihre Stimmen vorzustellen. Bevor sie losgefahren waren, hatte sie das Handy eingeschaltet und gesehen, dass er nicht versucht hatte, sie anzurufen und ihr auch keine Nachricht geschickt hatte. Annika hatte ihr auf ihrem iPhone ein Foto ihrer Mutter gezeigt. Sie war eine schmale Frau mit schwarzem Haar, das ihr blasses Gesicht einrahmte, als brauche es Halt. Ihre Augen wirkten traurig und schienen auszudrücken, sie habe mit diesem Leben abgeschlossen.

»Ob meine Frau mitgefahren ist? Ein, zwei Mal. Es war ihr zu eng.«

Ayfer redete nicht gern mit Erwachsenen, sie fühlte sich kontrolliert, belächelt oder bevormundet und war unsicher, ob nicht alle ihre Fragen klangen, als heuchle sie mit ihnen nur Interesse, um sich einzuschmeicheln. Die einzige Erwachsene, mit der sich Ayfer immer gern unterhalten hatte, war ihre Großmutter Nuray gewesen, die ihr zwar ein Leben lang Ratschläge erteilt hatte, allerdings nicht in Form von Belehrungen, sondern als Vorschläge einer alten Frau mit viel Lebenserfahrung, die sie mit ihrer Enkelin teilen wollte. Um diese Gespräche von Frau zu Frau in Ruhe führen zu können, hatten sie sich jeweils mit dem Samovar, der Zuckerdose, einem Kistchen Datteln und zwei Tulpengläsern in den Schatten des Rosenbusches hinter dem Haus gesetzt, Apfeltee und *ayran* getrunken, den salzigen, flüssigen Joghurt, den Ayfer ausschließlich im Haus ihrer Großeltern mochte, und über die Dächer von Amasra aufs Schwarze Meer hinausgeblickt.

»Annika ist froh, dass du dabei bist.«

Die Stimme von Annikas Vater war zittrig, er starrte stur geradeaus. Das Ratschen, das die Fahrerkabine erfüllte, weil sie über aufgerissenen Belag fuhren, gab Ayfer Zeit, über ihre Antwort nachzudenken, trotzdem fiel ihr nicht ein, was sie sagen sollte.

»Sie hat eine Zwillingsschwester. Hat sie dir das erzählt?«

Jetzt sah er sie doch an. Ayfer schüttelte den Kopf. Sie hatte Annika von ihrem Bruder Nadir erzählt, sie hatte ihn sogar beschrieben. Von einer Zwillingsschwester hatte Annika kein Wort gesagt.

»Annemarie lebt bei ihrer Mutter. Annika leidet unter der Trennung von ihr. Es macht sie traurig.«

Ayfer mochte es nicht, wenn Erwachsene ihr vertrauliche Dinge erzählten und sie wie ihresgleichen behandelten. Vor allem nicht dann, wenn sie diese Erwachsenen belogen hatte. Ihre Großmutter Nuray hatte ihr zwei Wochen vor ihrem

Tod geraten, sie solle sparsam mit ihrer Traurigkeit umgehen. Warum das so sei, werde sie begreifen, wenn sie das erste Mal wirklich richtig traurig sei, jetzt sei sie dafür noch zu jung. Bin ich jetzt alt genug, um »richtig traurig« zu sein? Und was heißt »richtig traurig« sein überhaupt? Sie fuhren durch einen Tunnel, und Ayfer betrachtete fasziniert die verzitterte Silhouette ihres Spiegelbildes in der Scheibe vor dem Hintergrund eines weißen Farbstreifens, der auf die Betonröhre gepinselt war.

»Wie willst du von Wien aus weiterkommen?«

»Mit dem Zug.«

»Und deine Eltern? Wie werden sie reagieren?«

»Sie werden sich freuen.«

»Dein Vater auch?«

»Hoffentlich.«

»Hast du Geld für den Zug?«

Ayfer nickte. Würde sie Erwachsene auch dann belügen, wenn nicht die meisten Gespräche mit ihnen irgendwann zu Verhören wurden und sie den Eindruck bekam, man glaube ihr nicht, dass sie die Wahrheit sage?

»Der Mann, mit dem sie mich verheiraten wollen, hat nur einen Arm«, sagte sie und strich sich theatralisch über die Stirn.

»Jetzt heiratest du ihn ja nicht.«

Sie sah den Mann vor sich, er hatte den linken Ärmel seines Jacketts mit Sicherheitsnadeln an der Schulterpartie festgesteckt, sogar die Stimme des Mannes konnte sie sich vorstellen, man hörte ihr das Leid an, das er erdulden musste, und die Demütigungen, an denen der fehlende Arm schuld war.

»Abgerissen. Eine Autobombe. In Diyarbakir.«

»Da war ich auch schon. Nicht gerade ungefährlich. Aber die haben die größten Wassermelonen dort. Riesentrume.«

»Erzählt meine Freundin wieder Märchen«, sagte Annika. Sie lehnte aus der oberen Koje und legte Ayfer eine warme Hand auf den Scheitel.

15

Roberta begriff nicht sofort, wer vor ihrem Zelt kniete. Ich kenne, dachte sie, doch gar keine Kinder! Die Sonne, die ein zitterndes Lichtquadrat auf die Zeltwand warf, löschte das Gesicht des Mädchens, machte einen verschwommenen, konturlosen Fleck daraus. Der Himmel hinter dem Mädchen war ausgewaschen, fahl, das Licht schien nicht von der Sonne zu stammen, die Luft selbst strahlte es ab, die Welt leuchtete aus sich selbst heraus. Prinz lag auf der Wiese und ließ sich von Emma den Bauch kraulen. Roberta war schwindlig, ihr Mund fühlte sich pelzig an; warum hatte sie nicht einmal bemerkt, dass ihr Hund aus dem Zelt gekrochen war?

»Wir fahren heute weiter. Paps sagt, wenn du willst, nehmen wir dich mit.«

»Ihr fahrt nach Wien?«

»Nicht nach Wien, nein, zu meinen Großeltern, die wohnen da, wo die Schanze steht.«

»Nach Innsbruck? Ich fahr gern mit euch mit, Emma, aber bis ich so weit bin, seid ihr längst über alle Berge.«

»Mams ist grad erst erwacht. Ich hol dich in einer Stunde ab. Schaffst du das?«

Emma stand auf und klatschte in die Hände. Prinz hob den Kopf; erstaunt, nicht länger liebkost zu werden, sprang er auf die Beine, bellte und jaulte wie ein Kind, das Aufmerksamkeit fordert.

»Den nehm ich mit!«, rief Emma, packte die Leine und lief mit Prinz über die Wiese davon, ohne die Erlaubnis abzuwarten.

Roberta spürte eine Trostlosigkeit, die sie nicht zulassen wollte. Sie setzte sich auf und massierte ihren Fußknöchel. Dann kroch sie aus dem Zelt und ging zum Waschraum hinüber, ein Badetuch über der Schulter wie eine Sportlerin. Sie duschte so heiß, dass es ihr den Atem verschlug; sie drückte die Augen zu, seifte sich gründlich ein und drehte sich so lange um die eigene Achse, bis sie spürte, wie sie sich unter dem Wasser entspannte und sich die Muskeln lösten. *Lodenfetzen. Menschenschatten. Baumstumpf. Gehirngefüge.* Die Worte aus »Frost«, die sie sich hatte merken wollen, fielen ihr ein, und sie nahm sich vor, sie nachher auf die Liste zu setzen. Sie zog sich an, leise mit sich schimpfend, weil sie, zum ersten Mal seit langem, mit den Stützstrümpfen zu kämpfen hatte; als sie aus der Kabine trat, war der Spiegel über dem Waschbecken beschlagen, und ihr Anblick blieb ihr erspart. Trotzdem fiel ihr ein, was sie gestern getan hatte, sie fühlte sich töricht und schämte sich. Hatte sie nicht immer Sicherheit und Trost darin gefunden, die Kontrolle über sich zu behalten?

Sie verließ den Waschraum und ging in ihren Badeschlappen über das feuchte Gras. Es war Zeit, das Zelt abzubauen, den Rucksack zu packen und die Wanderstiefel zu schnüren.

Gerhard saß auf dem Beifahrersitz, eine geschnitzte Flöte in der Hand, auf der er zum Glück nur ein paar Minuten lang gespielt hatte. Seine Frau trug die Wollmütze mit den Ohrenklappen, steuerte den Bus mit einer Hand und sang lauthals zur Musik, die lief. Sie fuhr schnell und sicher, es gefiel ihr ganz offensichtlich, den Camper zu lenken. Roberta vermutete, dass Snowflake meistens am Steuer des Busses saß, während ihr Mann damit beschäftigt war, alle paar hundert Meter zu kommentieren, was ihm auffiel, um danach sofort wieder in brütendes Schweigen zu versinken.

Am Grenzübergang vor Feldkirch wurden sie durchgewinkt, einer der Zollbeamten hob den Blick und sah Roberta durchdringend an, und sie stellte sich vor, dass sie wie auf einem Bildschirm an ihm vorbeiglitt, präsentiert auf der Guckkastenbühne des Busfensters. Der Zöllner nickte freundlich, sonst zeigte er keine Reaktion. Er hat meine Vermisstenanzeige nicht gesehen, sagte sich Roberta, vielleicht gibt es gar keine.

Roberta und Emma saßen sich am Tisch gegenüber, an dem sie gestern Abend gegessen hatten, Prinz lag am Boden und schlief, Emma war damit beschäftigt, mit Buntstiften vorgedruckte Mandalas auszumalen. Sie fuhren an einer Gruppe von Bauarbeitern vorbei, die ein dickes Kabel von einer Holzspule rollten. Ein Arbeiter sah ihnen nach, träge vor Sehnsucht auf seine Schaufel gestützt. Pappeln standen im Wind, Masten von Überlandleitungen. Als junge Frau hatten sie diese Masten an Riesen erinnert, die mit gewaltigen Schritten durch die Landschaft marschierten, Riese hinter Riese, weit auseinander, weil sie zwar zusammengehörten, sich aber nichts mehr zu sagen hatten. Wie viele Jahre war es her, seit sie die gleiche Strecke als junge Frau das erste Mal in anderer Richtung gefahren war, auf der Suche nach Arbeit und einem Leben in der Fremde? Sie brauchte einen Moment, um die Zahl auszurechnen. Vor fünfundfünfzig Jahren! In der Jugend war das Alter irreal gewesen, ein Schauermärchen. Nun war es Realität. Sie betrachtete ihre Hände, die vor ihr auf dem Tisch lagen, die leicht verkrümmten Finger, die vielen Altersflecken, das dick und blau hervortretende Geflecht der Adern, die großen Poren, die durchscheinende Pergamenthaut. Hände wie Truthahnfüße, genau wie Humbel! Sie erinnerte sich daran, was ihr als Mädchen durch den Kopf gegangen war, als sie ihrer Großmutter das erste Mal die Hand gereicht hatte: Zweige, hatte sie gedacht, ich halte ein Bündel trockener Zweige, die ich mit meiner Kinderhand zerbrechen könnte. Auch an den Geruch, der ihr damals in die Nase gestiegen war, erinnerte sie sich: muffig, abgestanden, süßlich und würzig, als köchle im Innern ihrer Großmutter etwas Saftiges auf kleinem Feuer. Der Geruch des Alters. Roch sie selbst nun auch so?

In den ersten fünf Jahren war sie jeden Sommer und an Weihnachten nach Hause zurückgekehrt. Aber nach ihrer Heirat 1962 und der Geburt ihres Sohnes waren ihre Besuche seltener geworden. 1970 hatte sie ihren Stiefvater Johann zu Grabe getragen, seither war sie nur noch drei Mal in ihrem Geburtsort in Österreich gewesen: Vier Jahre nach der Beerdigung hatte ihre jüngere Schwester Fanny zum zweiten Mal geheiratet, einen Hotelier mit eisblauen Augen; im Jahr darauf war ihr älterer Bruder Josef, der Stalingrad überlebt hatte, an Darmkrebs gestorben; im Herbst 1982 war sie nach ihrer Scheidung nach Ebensee gereist, weil sie plötzlich

Heimweh verspürt hatte. Heimweh, das sich in Luft aufgelöst hatte, sobald sie durch die Straßen ihres Geburtsortes gegangen war.

»Hunde sind viel besser als Katzen«, sagte Emma, zeigte mit einem Stift auf sie und sah sie herausfordernd an.

»Find ich gar nicht.«

»Warum hast du dann einen Hund?«

»Früher hatte ich auch Katzen.«

»Katzen gehorchen nicht. Sie machen, was sie wollen.«

»Genau wie du!«, rief Gerhard vom Beifahrersitz.

»Hunde gehorchen. Sie machen, was ich will«, sagte Emma, ohne sich um ihren Vater zu kümmern.

Das Vorarlberg hatte Roberta nie gefallen, sie fühlte sich von der Landschaft bedrängt. Eine Durchgangsstation, ein Vorzimmer ohne Tür und Fenster, in dem man ungeduldig, aber ergeben wartete, ohne genau zu wissen, worauf. Kurz bevor sie in den Arlberg-Tunnel fuhren, fing es an zu regnen. Tropfen platzten auf der Frontscheibe und trommelten so laut über das Blechdach, dass Prinz erwachte, den Kopf hob und sich umsah. Nach einer Weile legte er sich wieder hin und schlief weiter. Wenn sie von einem anderen Auto überholt wurden, schaukelte der Bus, als werde er angestupst. Sie schwiegen, versunken in die Musik, die in der Betonröhre eine suggestive Kraft entwickelte. Roberta bekam das Gefühl, sie werde von der einfachen Orgelmelodie davongetragen. Der Bus glitt wie auf Schienen durch den dunklen Tunnel, seine Karosserie schlug Funken an der gewölbten Betonwand, stellte sie sich vor.

»Das gefällt Ihnen, was!«

Gerhard lehnte sich aus dem Beifahrersitz nach hinten und

schaute sie lachend an. Roberta war nicht bewusst gewesen, dass sie der Musik mit geschlossenen Augen gelauscht hatte.

»Gefallen, ich weiß nicht. Es passt irgendwie zu unserer Fahrt durch diesen Tunnel«, antwortete Roberta.

Die Musik hatte eine unheilvolle Klangfarbe angenommen, als sei unmerklich ein Licht nach dem anderen ausgegangen. Da fing ein Mann an zu flüstern; was er sagte, konnte sie nicht verstehen, und dann schrie er, verzweifelt und furchterregend. Prinz sprang aus dem Schlaf auf die Beine und drängte sich schutzsuchend unter den Tisch.

»Haben Sie verstanden, was er geflüstert hat?«, fragte Gerhard.

Roberta schüttelte den Kopf und strich Prinz über die Schnauze, um ihn zu beruhigen.

»›Careful With That Axe Eugene‹«, sagte Gerhard.

»Ich weiß, was das heißt«, rief Emma schnell, »das fragt er jeden. Es heißt ›Vorsichtig mit dieser Axt, Eugen‹!«

»Klugscheißerchen«, sagte ihre Mutter.

»Die rauchen auch Drogen«, sagte Emma, »wenn sie Musik machen!«

»Pink Floyd sind schon seit 1977 eine Scheißband«, sagte Gerhard und wandte sich wieder nach vorn, »mach's aus!«

Seine Frau warf ihm einen Blick zu, dann schaltete sie das Gerät aus, ohne ein Wort zu sagen. Emma sah Roberta an, die Augenbrauen in die Höhe gezogen, und malte an ihrem Mandala weiter. Ich werde immer weniger, so hätte Roberta sich während ihrer Ehe beschrieben, wenn sie denn jemand danach gefragt hätte, zum Beispiel ihr Mann Herbert. Ich werde immer weniger, bald gibt es mich nicht mehr! Ähnelte die Liebe dem Hunger, fragte sie sich, musste man sie stillen, weil man sonst einging, weil man sonst verhungerte? Hingabe und Zuwendung hatte sie sich von den drei Männern in ihrem Leben gewünscht, Gier, Verlangen und Verachtung hatte sie bekommen. »Hartherzig, du bist hartherzig und kalt!« Seit dem Tag, an dem sie ihre Familie verlassen hatte, war das der Vorwurf gewesen, den Herbert in jedem Brief und in jedem Telefongespräch wiederholte. »Hartherzig und kalt!« In den achtzehn Jahren ihrer Ehe hatte er ihr das nie zum Vorwurf gemacht, im Gegenteil, »du bist zu weich, viel zu weich, zu gutmütig und nachgiebig«, hatte er ihr bei jedem Streit ins Gesicht geschrien. Sie war gegangen, weil sie seine Gegenwart nicht mehr aushielt, weil sie die Verantwortung, einen anständigen und erfolgreichen Menschen aus ihrem Sohn zu machen, nicht länger tragen mochte und weil sie genug hatte von der Schuld, als Ehefrau und Mutter zu scheitern. Sie war gegangen, um endlich schuldlos zu sein, ohne Verantwortung. Sie war gegangen, weil sie selber über ihre Zeit verfügen wollte. Dass sie ihren Sohn und ihren Mann damit verletzte, ja verwundete, nahm sie in Kauf. Es war ihr unmöglich geworden, nicht an das andere Leben zu denken, das sie verpasste, sich nicht all die leichten, lichten, beseelten Momente vorzustellen, die ihr in ihrem gewöhnlichen Leben als Mutter und Ehefrau entgingen. Es war ihr nicht länger möglich, nicht an die Zukunft zu denken, die ihr verwehrt wurde und die sie sich selber verwehrte. Aber stand es ihr überhaupt zu, von einem anderen Leben zu träumen? Sie war doch eine gewöhnliche Frau ohne besonderes Talent, anständig, rechtschaffen und langweilig. Musste sie sich nicht in ihr Schicksal fügen? Wage nicht zu viel, sonst verwirkst du dir das Recht auf das sichere Leben, das die meisten führen! Verlange nicht zu viel, sonst vertreibst du dich aus dem Haus, in dem es warm ist wie in einem Stall.

Als sie aus dem Tunnel ins helle Licht des Tirols hinausschossen, wurde Roberta von einem Hochgefühl überschwemmt, das ihr beinahe Glückstränen in die Augen trieb. Ich bin noch einmal gegangen! Ich bin damals gegangen, und ich bin jetzt wieder gegangen. Ich habe mich den Ansprüchen anderer entzogen, habe meinen Hund befreit, und wir sind gegangen! Ich hatte den Mut, zu tun, wovon ich träumte! Prinz drückte sich an Robertas Bein, dann legte er sich unter dem Tisch hin.

»Da! Für dich.«

Emma schob das Mandala zu Roberta hinüber, an dem sie seit ihrer Abfahrt gearbeitet hatte, das aber ganz offensichtlich noch nicht fertig war.

»Ist noch nicht fertig, ich weiß. So musst du an mich denken, jedes Mal, wenn du daran weiter malst!«

Roberta bedankte sich. Sie öffnete das Seitenfach ihres Rucksacks, nahm das Mäppchen mit den ausgedruckten Zug- und Busverbindungen heraus und schob das Mandala hinein. Bald darauf wurde der Verkehr dichter; die meisten Leute, die sie überholten, warfen neugierige Blicke in den Bus, und Roberta fiel das Erstaunen in den Augen der Leute auf, wenn sie sie, die alte Frau, in dem bunt bemalten Hippiebus bemerkten. In einem Garten hing Wäsche, die im Wind tanzte, vor einer Lagerhalle standen Gabelstapler in einer Reihe, senfgelb, die Gabeln hochgefahren, bereit zur Attacke. Wie banal die Gründe sind, eine Stadt zu lieben oder nicht, dachte Roberta. Ein schönes Hotelzimmer, ein geglückter Nachmittag auf einer Sonnenterrasse über einem

Fluss, der Anfang einer Liebe. Oder aber ein schlechtes Restaurant, ein missglückter Vormittag in einem verregneten Schlosspark, das Ende einer Liebe.

Roberta hasste Innsbruck. Und dabei hatte ihr die Stadt gefallen, als sie am späten Nachmittag des 4. November 1957 aus dem Zug gestiegen war, auf den Wangen die abklingende Wärme der letzten Abendsonne, deren Abglanz eben auf den Fassaden der Häuser am Südtiroler Platz erlosch. Der Vorhang der Dämmerung fiel, fiel langsam, jedoch unaufhaltsam, während der hohe Himmel von einem unirdischen, magischen Licht erfüllt war. Roberta war nicht die Einzige gewesen, die staunend stehengeblieben war, den Kopf im Nacken, ergriffen, verzaubert.

»Sollen wir Sie zum Bahnhof bringen?«, fragte Gerhard.

»Machen Sie sich bitte keine Umstände wegen mir.«

»Wir fahren doch eh am Bahnhof vorbei«, sagte Emma und fing an, ihre Buntstifte in einem Lederetui zu verstauen.

»Stimmt«, sagte Snowflake, »wir fahren dran vorbei. Oder bleiben Sie in Innsbruck?«

»Nein«, log Roberta und tätschelte Prinz, »wir fahren weiter.«

»Mit dem Zug?«, wollte Gerhard wissen.

»Mit dem Zug.«

Sie waren noch keine fünf Minuten von der Autobahn abgefahren, schon standen sie im Stau. Roberta mied die Blicke der Fußgänger, die an ihnen vorbeigingen. Emma dagegen winkte ihnen zu, machte Faxen, schnitt Grimassen. Als Snowflake vor dem Bahnhof anhielt und den Motor ausschaltete, stand Roberta sofort auf und öffnete den Schrank hinter dem Beifahrersitz, um ihre Gore-Tex-Jacke herauszunehmen.

Prinz stand erwartungsvoll hechelnd vor ihr. Sie nahm ihn an die Leine, und sie stiegen alle aus. Emma ging vor Prinz in die Hocke, umarmte ihn, das Gesicht in seinem Fell, leise mit ihm redend, dann stand sie abrupt auf, reichte Roberta förmlich die Hand, machte einen Knicks und stieg wieder in den Bus.

»Sie sind unterwegs«, sagte Gerhard und drückte Roberta kurz an sich, »ich weiß nur nicht, ob ich Ihnen wünschen soll, dass Sie auch ankommen.«

»Jetzt wird er wieder philosophisch!« Snowflake lachte.

Sie nahm ihren Mann an der Hand, öffnete die Beifahrertür des Campingbusses, und er stieg ohne Widerrede ein.

»Passen Sie auf sich auf«, sagte Snowflake und umarmte Roberta.

»Ist das nicht auch philosophisch?«, fragte Roberta.

Snowflake sah sie nachdenklich an, dann lächelte sie, drehte sich um, stieg ein und startete den Motor. Emma saß am Tisch des Busses und blickte mit unbewegtem Gesicht durch das Fenster auf sie herab; als der Bus losfuhr, winkte sie ihnen zum Abschied. Roberta hob den Rucksack hoch und schwang ihn sich auf den Rücken. Es roch nach Eisen, Bremsstaub von Zügen, ein Geruch, den sie seit ihrer Kindheit liebte und der Fernweh in ihr weckte. Sie klopfte ihrem Hund auf den Rücken, und sie machten sich auf den Weg in die Adamgasse. Die Pension Zum Blauen Eber, in der vor fünfundfünfzig Jahren ihre erste Liebe zu Ende gegangen war, bevor sie überhaupt angefangen hatte, existierte noch, wie sie aus dem Internet wusste.

16

Die Frau, die an der Selbstbedienungstheke das Essen ausgab, hatte ein Pflaster auf der Stirn, ihre Schürze war schmutzig. Sie trug eine Haube aus Plastik und Gummihandschuhe, wie Ayfers Mutter sie anhatte, wenn sie das Badezimmer putzte. Die Frau vermied es, die Gäste anzusehen, denen sie die Teller zuschob, blickte sich aber immer wieder nach dem Mann um, der am Ende der Theke an der Registrierkasse saß. Ayfer gefiel es nicht in dem Restaurant, in dem es nach ranzigem Öl stank und gespenstisch dunkel war, weil viele der Lampen über der Bar und über den Tischen nicht funktionierten.

Sie setzten sich an einen Fenstertisch in der Nähe der Treppenstufen, die in einen weiteren Raum hinunterführten, in dem Männer Karten spielten und rauchten. Das Fenster, an dem sie aßen, wies auf den Parkplatz mit den LKW-Stellplätzen hinaus, so konnten sie den Lastzug im Auge behalten. Annikas Vater legte sich auf dieser Raststätte in der Nähe von Belgrad immer für einige Stunden schlafen; gegen Mitternacht fuhr er jeweils weiter, um die restlichen 670 Kilometer bis Wien nach einem kurzen Halt im ungarischen Gyöör in einem Rutsch zurückzulegen. Die lauten, aggressiven Stimmen der kartenspielenden Männer erinnerten Ayfer an die Spießrutengänge durch den Bahnhof in Aarau, vorbei an den Gruppen junger Männer aus Ex-Jugoslawien, die sie mit blöden Sprüchen anmachten.

»Das hier ist die beschissenste Raststätte auf der ganzen Fahrt«, sagte Annikas Vater, »darum esse ich jedes Mal hier.«

»Damit er sich umso mehr auf Wien freuen kann«, sagte Annika.

»Klau mir nicht immer meine Pointen, Anni!«

Er zerschnitt das panierte Schweineschnitzel, auf dem ein Spiegelei lag, in Stücke, die er sich eins nach dem anderen in den Mund schob. Die Pommes frites hatte er an den Rand des Tellers geschoben, wo Annika sie schnell mit der Gabel aufspießte, bevor sie ihre eigenen anrührte. Ayfer war hungrig und aß ihren Teller bis auf das Petersiliensträußchen leer, das auf dem Spiegelei gelegen hatte. Fahrer anderer Lastwagen hatten auf dem Grasstreifen, der zwischen den Stellplätzen und dem Zaun der Raststätte verlief, ein Feuer entfacht, in dem ihre Gesichter aufleuchteten und die Flaschen aufblitzten, die sie reihum gehen ließen. Wechselte der Wind seine Richtung, wurde der Rauch auf die Fenster des Restaurants zugetrieben, und die Asche des Feuers glühte auf.

»Hier drin hab ich mal mit einem Mann geredet, der mir nichts anderes als Ratschläge gegeben hat«, sagte Annikas Vater, »genau hier, an dem Tisch, an dem wir sitzen.«

»Der Mann war Serbe«, sagte Annika mit gelangweilter Stimme, aber ihre Augen verrieten, dass ihr die Geschichte, die er erzählte, Spaß machte.

»Er war Serbe, genau.«

»Und er hat einen Kühllastwagen gefahren«, sagte Annika.

»Verstehen Sie Serbisch?«, fragte Ayfer.

»Er hat jahrelang in Bremen gelebt. Sein Deutsch war besser als meins.«

»Und was waren das für Ratschläge?«, fragte Ayfer.

»Dass es wichtig ist, eine Motorsäge zu besitzen«, sagte er ernsthaft.

»Dass man auf keinen Fall die Frau heiraten soll, die man liebt«, sagte Annika.

»Dass man Männern nicht trauen soll, die Katzen lieben.«

»Dass man seinen Hund auf gar keinen Fall in seinem Bett schlafen lassen darf.«

»Dass man nie, aber wirklich nie wütend werden darf in der Gegenwart von Menschen, die einem etwas bedeuten.«

»Und schon gar nicht vor Untergebenen«, ergänzte Annika.

»Oder Angestellten.«

»Dass man sich vor rothaarigen Frauen hüten soll.«

»Und vor Männern, die Vegetarier sind.«

»Dass Alkohol in Maßen gesund ist.«

»Genau wie Nikotin«, sagte Annikas Vater nach kurzer Kunstpause.

Vater und Tochter hatten diesen Dialog offenbar schon oft vorgeführt, so schnell waren die Sätze hin- und hergegangen und so stolz sahen sie sich über den Tisch hinweg an. Zwei Zirkusartisten nach gelungener Vorstellung. Annika drückte Ayfers Hand unter dem Tisch, dann stieß sie ihren Stuhl vom Tisch zurück und flätzte sich mit ausgestreckten Beinen hin, als halte sie die Vertrautheit zu ihrem Vater nicht aus und müsse sie zerstören. Ayfer sah dem Paar zu, das sich an den Nebentisch setzte und sofort anfing, schweigend zu essen. Die Frau und der Mann waren mindestens achtzig, ihre Nasen berührten fast die Teller, wenn sie sich nach vorne neigten und die Löffel mit zitternden Händen zum Mund führten. Sie waren auf der Durchreise, das war leicht zu erkennen, weil sie sich dauernd umsahen. Sie waren auf der Hut, sie hatten Angst. Das hätte ich auch, dachte Ayfer, wenn ich alleine hier wäre. Die Kleider der Alten waren schäbig, ihre Schuhe verdreckt. Der Mann hatte seine Mütze abgenommen und auf den Tisch gelegt, seine Hornbrille war mit Klebeband zusammengeflickt. Seit dem Tod ihrer Großmutter trieb der Anblick alter Menschen Ayfer die Tränen in die Augen, sie konnte sich nicht dagegen wehren. Sie hatte miterlebt, wie ihre Großmutter in ihrem Sterbebett von Tag zu Tag schweigsamer geworden war, durchscheinender, ein Feuer, das langsam erlosch, ein Licht, das langsam dunkel wurde. Nuray hatte weniger, immer weniger gegessen, zuletzt nichts mehr, nicht einmal die Datteln, die sie doch über alles liebte. Geredet hatte sie bald auch nichts mehr, nur mehr geflüstert, gewispert und dabei ihr Gesicht, das über Nacht zum Vogelköpfchen mit angstvoll versunkenen Augen geschrumpft war, hin und her bewegt, hin und her, auf und nieder, auf und nieder, bis das Großmutterköpfchen eines Nachmittages reglos auf dem Kissen gelegen hatte und sich nichts mehr gerührt hatte an ihr, nur die schmale Brust, die sich hob und senkte, und die Augenlider, die sich schlossen und öffneten wie bei einer uralten Schildkröte. Was sah Nuray in diesen letzten Stunden, wo befand sie sich, wohin war sie gereist? Sie verging, sie verschwand. Und dann war sie tatsächlich gestorben, mitten in der Nacht, lange bevor es hell wurde, bevor es dämmerte, während Ayfer in ihrem Bett lag und schlief, als könne sie ihrer Großmutter am Morgen die Hand auf die Stirn legen wie all die Tage zuvor, seit sie nicht mehr aufstand, Nuray, die nie krank gewesen war. Nuray hatte sie verlassen und war doch noch nicht fort. Wohin auch? Hatte sie in der Nacht gerufen, und niemand hatte sie gehört? Hatte sie gemurmelt, geflüstert, geweint? Hatte sie nach ihrem Mann Bekir gerufen, der drei Jahre zuvor eines Nachmittags zwischen seinen Olivenbäumen auf der felsigen Landzunge tot umgefallen war, wo man ihn abends fand, die Schnauze seines Hundes, der neben dem Meister schlief, auf der Brust? Vor ihrem Großvater hatte Ayfer sich immer gefürchtet, sein strenger Blick hatte ihr ein schlechtes Gewissen eingejagt, auch wenn es dafür keinen Grund gab, sie hatte sich unsicher gefühlt in seiner Nähe, um etwas betrogen, nur um was? Statt sie zu umarmen, wenn er ihr nah sein wollte, hatte er ihren Kopf in beide Hände genommen und gedrückt und ihr dabei, bestimmt aus Versehen, die Ohren zugehalten, weshalb ihr Kopf zu einem Resonanzraum wurde, in dem sie ihr Blut rauschen hörte und die Geräusche der Welt nur noch aus weiter Ferne wahrnahm. Seine Hände, die sogar dann nach Tabak rochen, wenn er sie gerade gewaschen hatte, waren ihr zu rau gewesen, zu schwielig. Seine Stimme aber hatte sie geliebt, vor allem, wenn er sang, was er leider nur tat, wenn er sich in seinem Olivenhain unbeobachtet fühlte, mit dem Hund durch die verwachsenen Bäume schritt und mit seiner Singstimme Erinnerungen heraufbeschwor. Hatte ihn der Herztod wirklich von einer Sekunde auf die andere geholt und aus dem Leben gerissen? Und hatte ihre Großmutter, die dem Tod über Wochen entgegendämmerte, die Zeit bekommen, am Schluss zu erahnen, dass ihre letzte Nacht auf Erden gekommen war, und sich darauf vorzubereiten? Um ihrer Mutter Nuray ihren Platz im Paradies zu sichern, hatte Ayfers Mutter dafür gesorgt, dass die Sterbende das Bekenntnis *La Ilaha Illa Allah* noch im Diesseits ablegte, Ayfer hatte es mit eigenen Ohren gehört, und die Erleichterung in den Gesichtern der Verwandten gesehen. *La Illaha Illa Allah!* Auf den Tag genau eine Woche vor ihrem Tod hatte Nuray ihr einen Rat erteilt, den Ayfer nicht verstand, so oft sie auch darüber nachdachte: »Tu nichts, bevor du es lassen kannst!« Sie hatte nur kurz allein am Bett ihrer Großmutter gesessen, der Abendwind hatte die mit Pfauen bestickten Gardinen ins Sterbezimmer geweht, und Ayfer hatte dem regelmässigen Hämmern gelauscht, das aus dem Nachbargarten zu ihnen herüberklang, wo ein Mann Zaunpfähle einschlug und immer wieder fluchte, weil die Erde so trocken war.

»Träumst du?«, fragte Annika.

»Du nicht?«, gab Ayfer kurz angebunden zurück.

Annika starrte sie herausfordernd an, ihr Vater stand am Fenster und blickte in die Nacht hinaus. Der Widerschein des Feuers flackerte auf seiner Stirn, und Ayfer stellte sich vor, es seien seine Gedanken, die sie sehen könne. Ein Flackern und Flimmern, Auflodern, Erlöschen. Er drehte sich gähnend um. Ist die Vergangenheit ein schöner Ort, fiel Ayfer ein, oder wenigstens ein fröhlicher, ein Ort ausgelassener Feiern?

»Ich leg mich jetzt hin. Wir fahren um Mitternacht weiter. Dann sind wir so gegen neun in Wien. Ihr könnt während der Fahrt schlafen. Aber bleibt beim Laster. Ich will mir keine Sorgen machen müssen wegen euch.«

Annika neigte sich zu Ayfer hinüber, packte sie am Kinn und flüsterte ihr ins Ohr: »Heut Nacht zeig ich dir, was träumen wirklich heißt.«

Fuhren Sattelschlepper oder Lastzüge vorbei, blähte sich die Plane des Anhängers, der neben ihnen stand, mit einem leisen Flappen, das klang, als atme ein großes Wesen im Innern des Anhängers aus. Die Welle, die dann durch den Schriftzug der Transportfirma ging, konnte oft nicht einmal verebben, weil schon der nächste Sattelschlepper vorbeiraste.

Annikas Vater hatte die Gardinen des Fahrerhauses zugezogen, er schlief offensichtlich überall sofort ein, sobald er sich hinlegte. Ayfer und Annika saßen nebeneinander auf den Klappstühlen zwischen den Lastzügen. Das Licht der fauchenden Gaslaterne, die vor ihnen stand, warf einen Halbmond auf den Asphalt, aber ihre Gesichter blieben im Dunkeln.

»Was hättest du lieber«, sagte Annika, »eine Welt ohne Geräusche oder eine Welt ohne Farben?«

Die gleiche Frage hatte Ayfer ihren Freundinnen Ajla und Dasara auch gestellt; die beiden hatten sie angesehen, als habe sie den Verstand verloren und keine Antwort gegeben.

»Weder noch«, sagte Ayfer.

»Ich verzichte lieber auf die Geräusche.«

»Eine Welt ohne Musik?«

»Trotzdem.«

»Ich würde mich umbringen«, sagte Ayfer.

Annika warf ihr einen Blick zu, stand auf und trat an den Rand des Parkfeldes; hinter der angrenzenden einspurigen Autobahnzufahrt rauschte der Verkehr vorbei. Der schwarze Himmel sah aus, als sei er mit einem breiten grauen Pinsel verschmiert worden.

»Braucht man eigentlich einen Migrationshintergrund, damit es einem beschissen gehen darf?«

»Scheißzicke«, machte Ayfer.

»Wissen deine Eltern, dass du zurückkommst?«

»Spinnst du? Mein Vater bringt mich um. Ich hab die Familienehre und den ganzen Scheiß in den Dreck gezogen.«

»Weil du abgehauen bist?«

»Und weil ich den alten Knacker nicht heiraten will.«

»Hör auf damit.«

»Warum hast du mir nichts von deiner Zwillingsschwester erzählt?«

»Geht's dich was an? Und dein Bruder?«

Ayfer hatte den ganzen Tag nicht einmal an ihren Onkel oder ihre Tante gedacht und auch nicht an ihre Eltern und ihren Bruder. Davor war ihr mehrmals eingefallen; aber sie reiste nicht seinetwegen in die Schweiz zurück, das wusste sie jetzt.

»Mein großer Bruder hält zu Vater. Er ist Türke. Aber das versteht ihr nicht.«

»Ihr?«

»Na, ihr Nicht-Türken.«

»Ich traue Männern, die beten, nicht über den Weg. Schon gar nicht, wenn sie dabei knien. An was denken sie dann? Männer sind zu stolz, um zu beten. Türkische Männer sowieso.«

»Was verstehst du von türkischen Männern?«, sagte Ayfer.

»Wer weiß?«

»Ihr versteht uns nicht.«

»Wenn du meinst! Dafür wissen wir, dass Türkenmädchen als Jungfrauen in die Ehe gehen, mit gesenktem Blick in ihren Kopftüchern durch die Welt wandeln, ihren Männern dienen und glücklich und demütig sterben. Saufen und Rauchen tut ihr bestimmt auch nicht, was?«

»Nur Raki und Gras«, sagte Ayfer.

Sie konnte den Geschmack von Raki nicht ausstehen und hatte erst zwei Mal Gras geraucht, mit Davor und seiner Clique, unten an der Suhre, auf einem Fels am Rand des Flüsschens, wo sie die Lagerhallen der Migros sehen konnten, von denen Davor sagte, es seien Hangars für Kampfflugzeuge, die jederzeit startbereit seien, nur wisse das keiner, nur er. Beim ersten Joint hatte Ayfer gar nichts gespürt und trotzdem gelacht und gekreischt wie die anderen. Sie war sogar bis zu den Knien in den kalten Fluss hinausgewatet, ohne die Schuhe oder die neuen Leggins auszuziehen, und hatte herumgeplanscht, als habe sie den Verstand verloren. Beim zweiten Mal war sie vor allem müde geworden, müde und gleichgültig, eine Löwin, die sich in der Abendsonne räkelt, als sei ihr Körper mit Sand gefüllt, mit warmem Sand, der bei jeder Bewegung durch sie hindurchrieselte, Korn um Korn, was sich nicht unangenehm anfühlte, aber seltsam, als kitzle sie sich selbst von innen heraus.

»Türkenmädchen rauchen also ausschließlich Gras«, sagte Annika, »blöd, hab ich nur Haschisch dabei.«

»Haschisch ist meine Leibspeise«, sagte Ayfer, »schließlich glaube ich an Allah.«

Hinter der Lieferantenrampe des Restaurants fiel das Gelände ab und mündete in eine Senke, die nur teilweise vom Licht einer Lampe beleuchtet wurde, die unter dem Dach angebracht war. Ayfer konnte ein Brennnesselmeer und einen baufälligen Bretterverschlag erkennen. Ein Mann in gewürfelter Kochhose stand vor der Rampe, rauchte und sprach in ein Handy, ohne zu bemerken, wie sie in die Senke hinunterstiegen und dem Pfad folgten, der an den Nesseln vorbei hinter den Verschlag führte. Dort standen eine Bank ohne Rückenlehne und ein Blechtisch, von dem die Farbe abgeblättert war. Die Tür des Verschlages hing schief in den Angeln, Ayfer sah, dass der Raum mit aufeinandergestapelten Lastwagenreifen vollgestopft war. Neben der Bank war eine Feuerstelle aus Ziegelsteinen aufgebaut, die wahrscheinlich noch vor kurzem benutzt worden war, denn sie roch nach Rauch und verbranntem Plastik. Vor der Feuerstelle lag ein Stein, rund und glatt wie eine Bowlingkugel. Sie setzten sich und hörten dem Rauschen des Verkehrs zu und der Musik, die aus den offenen Fenstern der Restaurantküche drang.

Ayfer sah schweigend zu, wie Annika ein Blechdöschen aus der Tasche ihrer Jeans zog und auf die Bank legte. Es war angenehm warm. Der Wind, der aufgekommen war, während sie über den Parkplatz gegangen waren, ohne sich um die Sprüche der Fahrer zu kümmern, die vor ihren Lastzügen standen, redeten, Bier tranken und rauchten, der Wind, der Ayfer die Haare in die Stirn wehte, strich durch die Brennnesseln und drückte eine Schneise hinein, die sich sofort wieder schloss. Annika öffnete das Döschen und nahm einen kleinen grünen Klumpen heraus.

»Von einem Freund aus Istanbul«, sagte sie.

»Du hast Freunde in Istanbul?«

»Du nicht?«

Ayfer schüttelte den Kopf und nahm die vier Zigarettenpapierchen, die Annika ihr entgegenstreckte, in die Hand. Sie knisterten. Auf dem Dach des Bretterverschlages lag der Rahmen eines Fahrrades, sah Ayfer jetzt, der Sattel steckte auf einem Metallrohr, das vor der Tür wie eine Kunstinstallation in die Erde gerammt war. Annikas Plastikfeuerzeug brannte erst beim dritten Versuch, sie hielt das Haschisch zwischen Zeigefinger und Daumen über die Flamme, drehte es vorsichtig hin und her und fing an, Bröckchen in den Deckel des Blechdöschens zu bröseln. Da verschwand die Lichtbahn, die einen Teil des Brennnesselmeeres beleuchtet

hatte, und sie saßen im Dunkeln; die Lampe über der Lieferantenrampe war ausgeschaltet worden.

»Wo wohnst du, wenn du zurück bist?«

»Bei Davor natürlich.«

Davor teilte das Zimmer mit seinem jüngeren Bruder und
schlief wie ein Junge in einem Kajütenbett; Ayfer war nur
einmal in der engen, mit Möbeln vollgestellten Wohnung im
achten Stock des Hochhauses am Buhaldenweg gewesen.
Seine Eltern hatten sie herablassend behandelt, kaum mit ihr
geredet und ihr deutlich zu verstehen gegeben, dass sie eine
Muslimin als Freundin für ihren ältesten Sohn nicht akzep-
tierten. Der Geruch des erhitzten Haschischs stieg Ayfer in
die Nase und löste ein unerklärliches Bild in ihr aus: sie fiel
mit ausgestreckten Armen rücklings in ein wogendes Weizenfeld, nackt, mit kurzgeschnittenen Haaren, federleicht.

»Jungs sind Missgeburten«, sagte Annika, nahm zwei
Zigarettenpapierchen, befeuchtete eines mit der Zunge und
klebte sie zusammen.

»Davor ist keine Missgeburt.«

»Garantiert. Du wirst schon sehen. Warum rufst du ihn
eigentlich nicht öfter an?«

»Darum! Wie sind deine Großeltern?«

»Meine Großmutter ist eine böse alte Frau«, sagte Annika
ungerührt, »sie stinkt und beschwert sich den ganzen Tag
über das Wetter oder den Fraß im Altenheim.«

»Und dein Großvater?«

»Der ist zum Glück tot.«

»Und die anderen Großeltern?«, fragte Ayfer.

»Kannst du mich nicht in Ruhe lassen mit deinem Fami-
lienscheiß?«

Der Mann, der aus den Brennnesseln trat, als könnten sie ihm nichts anhaben, war etwa im Alter von Annikas Vater. Er trug eine Lederjacke und gescheckte Tarnhosen wie Davors Kumpel Blagomir, der nicht aufhören konnte, vom Militär zu reden und bei jeder Gelegenheit mit seinen Messern angab. Der Mann hatte sich die Haare nach hinten gekämmt; er roch nach Knoblauch und Bier, wie Ayfer feststellte, als er vor ihnen stehenblieb. Seine Brust war breit, seine linke Hand einbandagiert.

»Do you speak english?«, fragte er mit starkem Akzent.

»Und Sie?«, gab Annika zurück.

»Was ihr raucht da, das ist verboten.«

Sein Deutsch klang, als mache er sich lustig darüber. Die Nägel seiner einbandagierten Hand waren gelb verfärbt, die Fingerglieder beider Hände mit schwarzen Sternchen tätowiert.

»Geht Sie das was an?«

Annika schüttete die abgelösten Haschischbröckchen in die Blechdose, drückte den Deckel darauf und stand auf.

»Bei uns ist das verboten, Schätzchen«, sagte der Mann, gab ihr mit der gesunden Hand einen Stoß vor die Brust und schubste sie auf die Bank zurück.

Das süßliche Parfum des Mannes verursachte Ayfer Brechreiz, sie trat einen Schritt zur Seite, weg von ihm und der Wut, die er plötzlich ausstrahlte. Er beugte sich nach vorn und legte Annika die Hand an die Wange. Annika hat Angst, stellte Ayfer erschrocken fest. Es ist bereits passiert, dachte sie, die Weichen sind gestellt, und jetzt ist es zu spät, aufzuhalten, was in Gang gesetzt worden ist. Aber wann und durch was, durch wen? Wie dunkel es war. Sie spürte, wie sich der

Flaum auf ihrer Wange sträubte. Etwas war anders als eben noch, es lag als Bedrohung in der Luft, und Ayfer konnte es benennen: Verlangen. Gier. Ihre Mutter hatte sie nur ein einziges Mal geschlagen, warum fiel ihr das ausgerechnet jetzt ein, hier, hinter einem Bretterverschlag am Rand eines Brennnesselmeeres, mitten in der Nacht, in der Nähe von Belgrad? Sie hatte damals die Schule geschwänzt, Französisch und Geometrie, um den Nachmittag mit Davor zu verbringen, sie waren mit dem Bus nach Aarau gefahren, hatten im Starbucks *Iced Chai* getrunken und waren der Aare entlang aus der Stadt spaziert, um sich auf dem Uferweg ungestört küssen und anfassen zu können. Sie hatte ihre Mutter so lange belogen, bis der vor Wut die Hand ausgerutscht war. Später hatte Mutter ihren Mann angerufen, der in der Türkei bei seinem Bruder war, und berichtet, was geschehen war. Das Erste, was Ayfer von ihrem Vater nach seiner Rückfahrt bekommen hatte, war eine Tracht Prügel gewesen.

»Zeig mal, was du hast da.«

Der Mann umfasste mit der gesunden Hand Annikas rechte Brust, er wog sie in der Hand, als müsse er erst abschätzen, ob sie ihm gefiel oder nicht. Die einbandagierte Hand hielt er mit abgewinkeltem Arm in die Höhe, sie stand als Barriere zwischen Ayfer und Annika.

»Wer Drogen raucht, kann blasen! Stimmst?«

Er griff Annika zwischen die Beine, lachte und versuchte, sie auf den Hals zu küssen, ein Mann voller Kraft und Verlangen, voller Gier. Annika gab ein Winseln von sich, ein kläglicher Laut, der Ayfer Angst machte und sie daran erinnerte, wie jung sie doch waren, wie unerfahren. Die Ohrfeige ihrer Mutter hatte sie mehr geschmerzt als die Schläge des

Vaters. Was gibt es Liebevolleres als die Berührung einer Mutter, dachte Ayfer, was Entsetzlicheres? Sie bückte sich, packte den runden, erstaunlich schweren Stein, hob ihn in die Höhe und drosch ihn dem Mann, ohne zu zögern, in den Nacken. Es klang, als haue jemand mit einem Hammer auf einen Sack voll Fleisch. Wie laut der Verkehr rauschte, wie warm es war. Das Brennnesselmeer wiegte sich, der Wind, der Wind. Das Stöhnen des Mannes reizte Ayfer zum Lachen, er war schwach, ein Feigling. Sie gab ihm einen Stoß, damit er nicht auf Annika fiel, und dirigierte ihn kopfüber, mit dem Gesicht voran, in die Feuerstelle.

17

Der Mann am Empfang schwitzte, sein Gesicht glänzte, als habe er es mit Olivenöl eingerieben. Roberta stellte ihren Rucksack vor dem Tresen ab, er hob den Kopf und lächelte sie an, einen Zahnstocher im Mundwinkel. Sie hatte erwartet, dass sie die Pension nicht wiedererkennen würde, nun stellte sie erstaunt fest, dass der Empfangsraum aussah wie damals. Die Wände waren tabakbraun gestrichen wie vor fünfundfünfzig Jahren, der Tresen war derselbe, auch die verglaste, hölzerne Kabine mit dem Gästetelefon stand noch in der Ecke. Nichts war verändert worden. In einem Korb auf der Theke lagen rote, auf Hochglanz polierte Äpfel, genau wie damals, daneben war der Ständer mit Ansichtskarten und Reisebroschüren aufgebaut. Nur der Mann an der Rezeption war natürlich ein anderer. Sie vermutete, dass er aus Indien oder Pakistan stammte. Er roch leicht nach Curry, seine schwarzen Haare hatten einen Stich ins Blaue und erinnerten sie an das Gefieder von Raben. Als Kind hatte sie sich solche Haare gewünscht, das hätte sie einzigartig gemacht, ein dunkles Mädchen unter den elf Blondschöpfen der Kienesbergers, ein Kind wie aus dem tiefen Kaukasus, ein Kuckuckskind mit schwarzen Augen. Der Mann nahm den Zahnstocher aus dem Mund und legte ihn neben das Buch, in dem er las; das eine Ende des Hölzchens war zerfasert und sah aus wie ein Pinselchen.

»Haben Sie ein Zimmer frei?«, fragte Roberta.

»Das haben wir«, antwortete der Mann, »ja, das haben wir.«

Er beugte sich über das Buch, als finde sich darin, welches Zimmer er der alten Frau geben sollte, die mit Hund und Rucksack vor seinem Tresen stand. Die Lesebrille, die neben einem altmodischen Taschenrechner lag, ließ er liegen.

»Und Sie haben nichts gegen ihn hier im Zimmer?«, fragte Roberta und strich Prinz, der ruhig neben ihr saß, über die Schnauze.

»Ich habe mich daran gewöhnt, dass die Menschen in Europa ihre Tiere überallhin mitnehmen. Ich glaube sogar, ich weiß, warum das so ist.«

Roberta sah ihn fragend an. Sein Scheitel, bemerkte sie erst jetzt, war mit Schuppen bedeckt, genau wie der Kragen seines Hemdes. Der Ring, den der Mann am linken Ringfinger trug, hatte eine aufgerichtete Klapperschlange im Siegel.

»Weil euer Gott auf einem Esel reitet«, sagte der Mann grinsend, »unsere Götter dagegen reiten auf Löwen. Und Löwen nimmt man nirgendwohin mit! Auch nicht in Hotels!«

Roberta stimmte in sein Lachen ein. Die blitzenden Augen gaben ihm den Ausdruck eines jüngeren Mannes. Prinz spitzte die Ohren und blickte sie fragend an. Sollte sie den Mann nach dem Besitzer der Pension fragen? Amanshauser! In letzter Zeit fielen ihr Namen von Menschen ein, an die sie viele Jahre nicht gedacht hatte. Amanshauser. Der Besitzer hatte ihr damals den ungewöhnlichen Namen seiner Pension erklärt: In der Nacht, nachdem er im Sommer 1956 den Kaufvertrag für das Haus unterzeichnet hatte, war seiner Ehefrau im Traum ein blauer Eber erschienen, der ihr anerbot, er trage sie auf seinem Rücken durch Nacht und Nebel nach Hause.

»Glauben Sie, Hunde haben auch eine Seele?«

»Er hier auf jeden Fall«, sagte Roberta und klopfte mehrmals auf Prinz' Flanke, als brauche sie seine Bestätigung.

»Das ist gut«, sagte der Mann, »Kaffee gibt es umsonst, im Zimmer nebenan, Sie können sich jederzeit bedienen. Dort servieren wir auch das Frühstück, zwischen 7 und 9 Uhr 30. Im Schrank liegen Wolldecken für Ihren Hund.«

Er legte das Meldeformular und einen Kugelschreiber auf die Theke, dann nahm er einen Zimmerschlüssel aus dem Regal. Der Anhänger war ein stilisierter handlicher Eber aus blau lackiertem Holz, wie schon im November 1957. Sie hatte das Formular beinahe fertig ausgefüllt, als ihr bewusst wurde, dass sie den Mädchennamen ihrer Mutter als Familiennamen eingetragen hatte: Lechner. Als Wohnadresse hatte sie die Anschrift ihres Elternhauses aufgeschrieben, das vor über zehn Jahren abgerissen worden war: Offenseestraße 67. Ich bin, dachte sie, ganz offensichtlich auf dem richtigen Weg.

»Darf ich Sie fragen, woher Sie kommen?«, fragte sie den Mann und nahm den Schlüssel in die rechte Hand.

»Meine Frau und ich stammen aus Rajanpur«, sagte der Mann, »aber ich wette, Sie wissen nicht, in welchem Land das liegt!«

»In Indien?«, sagte Roberta.

»Sehen Sie! Indien! Pakistan! Rajanpur liegt in Pakistan und nicht in Indien! Und nun wünsche ich Ihnen und Ihrem Hund mit Seele einen angenehmen Aufenthalt in unserem Eber, der natürlich, unter uns, nicht blau ist.«

»Nicht? Sondern?«

»Aus Gold! Aus purem Gold!«

Der Mann hatte leise gesprochen, als weihe er sie in ein Geheimnis ein. Er lächelte und deutete eine Verbeugung an, dann öffnete er das Buch, das vor ihm lag, steckte sich den Zahnstocher in den Mund, setzte die Lesebrille auf und las weiter.

Ihr Zimmer lag in der zweiten Etage des Seitenflügels, in dem sich auch Leopolds Zimmer befunden hatte, allerdings zwei Stockwerke höher. Ihr Fenster wies auf den Innenhof hinaus, dort stand ein einzelner hoher Baum, der sich im Wind bewegte. Im Haus gegenüber standen zwei junge Frauen auf einem Balkon und rauchten. Der Digitalwecker, der neben dem schmalen Einzelbett stand, ging eine Stunde nach, in der Schublade des Nachttisches lagen eine Bibel und ein mit Plastikfolie geschütztes Informationsblatt, auf dem Adressen von Restaurants und Fachgeschäften sowie Telefonnummern von Ärzten und Apotheken aufgelistet waren. Sie öffnete den Schrank, nahm die Wolldecken aus dem obersten Regal und legte sie neben dem Bett auf den Boden. Prinz zögerte, ohne sie anzusehen, dann legte er sich auf die Decken und fing an, sich die Vorderpfoten zu lecken. Die gerahmte Reproduktion, die über dem Bett an der Wand hing, zeigte eine menschenleere Gebirgslandschaft im Winter. Roberta drehte die Heizung auf, hängte ihre Jacke in den Schrank, setzte sich aufs Bett und löste die Schnürsenkel ihrer Wanderstiefel. Im Profil der Sohlen klebten Grashalme und Erdbatzen vom Campingplatz am Walensee; sie stellte die Schuhe neben den Schrank. Sie fror, die Füße und Waden taten ihr weh, dabei war sie heute nur ein kurzes Stück gegangen. Im Bad drehte sie das Warmwasser auf und zog an der Kordel der Heizsonne. Es war dunkel in dem fensterlosen kleinen Raum, aber sie machte kein Licht und spürte schon bald die angenehme Wärme der Heizsonne auf ihrem Gesicht. Sie stand für eine Weile im Schein der rotglühenden Spirale und ließ heißes Wasser über ihre Hände rinnen, obwohl es sie fast verbrühte.

Auch 1957 hatte sie sich zuerst im Bad ihres Zimmers verkrochen, weil sie sich nicht traute, zu Leopolds Zimmer hochzugehen und ihn mit ihrem unangekündigten Besuch zu überraschen, noch nicht. Sie hatte geduscht – erst viel zu heiß, dann eiskalt – und sich danach sorgfältig geschminkt und frisiert. Darüber, was sie anziehen sollte, hatte sie sich lange den Kopf zerbrochen; entschieden hatte sie sich für ein Deuxpièce in einem hellen Grau, das silbern schimmerte und dessen enggeschnittener Jupe knapp über den Knie endete, hautfarbene Seidenstrümpfe, eine rote Bluse und weiße Riemchensandalen mit Absatz, in denen sie nicht weit würde gehen können. Als sie sich endlich im Spiegel betrachtet hatte, der an der Innenseite der Schranktür hing, war ihr eingefallen, dass Leopold die Pension vielleicht verlassen hatte, um irgendwo etwas zu essen, seit sie ihr Zimmer bezogen hatte. Sie war die drei Treppen zu seinem Zimmer gelaufen und hatte erst wieder zu Atem kommen müssen, als sie vor seiner Tür stand. Das Flurlicht war mit einem scharfen Klicken ausgegangen, und sie hatte in der Dunkelheit auf die unterschiedlichen Geräusche geachtet, die aus den verschiedenen Zimmern zu hören gewesen waren. Unter den Zimmertüren waren schmale Lichtbalken zu sehen gewesen, die ein regelmäßiges Muster auf den Steinboden des Flures zeichneten. Wie die Landepiste für ein Flugzeug, das erwartet wird, hatte sie gedacht, dabei hat Leopold keine Ahnung, dass ich hier stehe! Sie hatte Musik gehört, eindeutig aus einem anderen Zimmer, Männerhusten, Rauschen von Wasser, Schritte und Lachen im Stiegenhaus. Hinter Leopolds Tür hatten sich ein Mann und eine Frau unterhalten, aufgekratzt, fröhlich. Hatte er ihr geschrieben, in seinem Zimmer stehe ein Fernseher? Bestimmt hörte er Radio. Sie hatte sich nicht die Zeit gegeben, herauszuhören, ob die Männerstimme, die der Frau lachend ins Wort fiel, nicht doch seine Stimme war. Sie hatte sich geräuspert und dann entschieden gegen die Tür geklopft. Sein Gesicht hatte alles verraten, sofort, sie hatte gar nicht gewusst, dass sie ihn so gut kannte, um alles, wirklich alles in seinem Ausdruck ablesen zu können, sie kannten sich doch noch nicht so lange, er war überrascht gewesen, das auch, aber in erster Linie war er ertappt worden, sein Gesicht hatte seinen Verrat preisgegeben. Die blonde Frau, die von hinten an ihn herantrat und ihm eine Hand mit lackierten Fingernägeln auf die Brust legte, trug BH, Strümpfe und Strumpfgürtel, ihr Haar war zerzaust. Roberta war bereits auf der Treppe gewesen, als sie hörte, wie seine Zimmertür ins Schloss fiel. Die Frau war ihr nachgelaufen, in Strümpfen, er nicht, das war die schlimmste Demütigung gewesen, die Frau! Auf der Treppe hatte sie Roberta eingeholt und ihr erklärt, sie sei seit einem halben Jahr mit Leopold verlobt, im März werde sie ihn heiraten, hier in Innsbruck. Roberta war sofort in ein anderes Hotel umgezogen, am nächsten Tag war sie in die Schweiz weitergereist.

Prinz lag zusammengerollt auf seinen Decken und schlief. In einigen Fenstern des gegenüberliegenden Hauses brannte Licht; Roberta sah die zwei Frauen an einem Küchentisch sitzen und in Zeitungen blättern, im Küchenfenster darüber starrte ein Mann ins Leere, ein Weinglas vor sich. Sie genügen sich selbst nicht, dachte Roberta und ließ sich auf den einzigen Stuhl des Zimmers sinken, oder sie haben, was für ein Elend, genug von sich selbst. Dem bin ich entgangen, weil ich mich auf den Weg gemacht habe. Roberta geriet außer Atem, so mühselig und anstrengend war es, die Socken auszuziehen. Ihre Füße waren weiß und aufgeschwollen, die Fersen gerötet. Früher war sie auf ihre Füße und Zehen stolz gewesen, nun schämte sie sich für sie. Die Zehen waren unförmig; die Nägel, gelb verfärbt und verwachsen, erinnerten sie an Vogelklauen, an Papageienschnäbel. Sie nahm eine Magnesiumtablette und zwei Kalziumkapseln, zog sich bis auf die Stützstrumpfhosen aus, verkroch sich im Bett und fing an, sich ihre schmerzenden Beine zu massieren. Die auskühlende Heizsonne tickte, sonst war es sehr still in der Pension. Der Lichtbalken unter der Tür zum Gang ließ sie an die Stimme ihres Stiefvaters Johann in der Küche im unteren Stock denken und an die Atemgeräusche ihrer vier Schwestern, mit denen sie die Kammer unter dem Satteldach geteilt hatte. Das Prasseln der Regentropfen auf den Ziegeln über ihrem Kopf hatte sie geliebt. Wie viele der Zimmer im

»Blauen Eber« wohl belegt waren? Leopold hatte damals ein großes Zimmer mit einem Erker bewohnt, der auf die Adamgasse hinausging. »Es ist, als sitze ich in einer Glaskanzel im Himmelzelt, wenn ich abends nach der Uni am Erkertisch sitze, studiere und an Dich denke, mein Augenstern, ach könnte ich doch fliegen, fliegen zu Dir, mein Herz«, hatte Leopold in seinem zweiten Brief an sie geschrieben. Roberta zog die Decke bis unters Kinn, beide Hände auf dem schlaffen Päckchen ihres Bauches, und nickte ein.

18

Nuray beugte sich über sie, wachsblass und jung und schön, Ayfer zu küssen und damit zu erlösen, zu holen, Ayfer, die im letzten Augenblick den Kopf zur Seite drehte, und dem Kuss entging, da sie die Eiseskälte spürte, die ihr die Großmutter mit zartem Fauchen einhauchen wollte. *Kedi uzanamayan ete, kokmus dermis.* Die Stimme der Großmutter ist ein Hauch, mehr nicht, eine Ahnung, »die Katze, die an das Fleisch nicht herankommt, sagt, es sei verdorben«.

Ayfer öffnete die Augen. Annikas Gesicht schwebte so dicht über ihr, dass sich ihre Nasen um ein Haar berührten. Annika legte ihr den Zeigefinger auf die Lippen, sie war hellwach. Der Finger roch nach Seife. Das Bild der toten, in den *Kefen* gewickelten Großmutter war Ayfer monatelang jeden Tag erschienen, Nuray hatte in der Stube gelegen, gewaschen von der eigenen Tochter, von Ayfers Mutter, verknotet im weißen Tuch, eine Figur aus der Dunkelheit böser Träume. Das ist sie nicht, nein, das kann, das darf sie nicht sein, meine Großmutter, hatte Ayfer gedacht und war aus dem Haus gerannt, hinaus in die Hitze eines Tages, der aussah wie der Tag davor, und, wie sie bald begriff, der Tag danach. Weder an das Totengebet noch an das Totenmahl hatte sie eine Erinnerung, nichts, kein Bild und keinen Geruch, kein Wort, es war, als hätte beides niemals stattgefunden, nur dass sie und die Trauergäste drei Tage lang *lokma* gegessen hatten, Krapfen, und *kadayif,* Süßgebäck. Das Bild der toten, ins Leichentuch gewickelten Großmutter erschien ihr bis heute. Jetzt gab es ein neues Bild, das sie bedrängte, das sie störte, dem sie nicht würde entgehen können. Sie hatte einem Mann einen Stein, einen glatten, schweren Stein ins Genick gehauen, mit ganzer Kraft. Vielleicht hatte sie einen Mann getötet. Zum Krüppel gemacht, zum Behinderten. War er gefunden worden? War er tot? Lag er im Krankenhaus oder hinter dem Bretterverschlag in der kalten Asche? Er hatte gestöhnt, als sie weggelaufen waren, ohne sich zu bewegen, sie hatte sich den Stein von Annika aus der Hand nehmen lassen, die ihn schwungvoll im Brennnesselmeer versenkte. Hatte der Mann geblutet? War der Stein voll Blut gewesen?

Annika presste Ayfer den Zeigefinger auf die Lippen, dann zog sie ihn zurück und setzte sich rittlings auf sie. Ihre Stirn glänzte, die Haut an ihren Beinen war heiß und feucht vor Schweiß.

»Du hast mir das Leben gerettet«, flüsterte sie und drückte Ayfer einen Kuss knapp neben den Mund, »danke.«

»Meinst du, er ist tot?«

»Und wenn schon!«

Ayfer wand sich hin und her, um Annika abzuschütteln, die sich dagegen wehrte, nach einer Weile aber nachgab, von ihr rutschte und sich neben sie legte, dicht genug, damit sie sich berührten. Sie waren vor fast fünf Stunden losgefahren, drei Lastzüge gleichzeitig, Fahrer, die Annikas Vater nicht kannte, ein Konvoi, der zusammen durch die serbische Nacht fuhr. Oder waren sie schon in Ungarn? Das Geräusch des Motors beruhigte Ayfer, es würde ihr fehlen, genau wie die Erschütterungen und die Tatsache, dass Annikas Vater am Steuer saß und sie sicher durch die unbekannte Landschaft fuhr.

»Was wollte der Scheißkerl?«

»Was wohl?«, gab Annika zurück, ohne ihre Stimme zu dämpfen.

Sie hörten das Zischen des hydraulischen Fahrersessels, Annikas Vater machte das Radio noch eine Spur leiser, eine Dose knackte, er schluckte. Ayfer lehnte sich aus der Schlafkoje und sah durch die Frontscheibe das Schild einer Ausfahrt vorbeiflitzen: Szeged.

»Wach?«, fragte Annikas Vater.

Seine Stimme klang brüchig, er hatte lange nicht geredet. Er hatte keine Ahnung, was ihnen zugestoßen war, was sie getan hatten. Mittlerweile waren sie weit von der Raststätte entfernt, vom Tatort. Ayfer sah den Mann vor sich, er lag Kopf voran in der Feuerstelle, ein Bündel Knochen, zusammengehalten von Lederjacke und Tarnhose, ein Toter mit eingeschlagenem Hinterkopf. Du hast ihn im Genick getroffen, sagte sie sich, nicht am Kopf, im Genick, das Schwein. Hatte der Mann Kinder? Eine Frau? Lebten seine Eltern noch?

»Sind wir schon in Ungarn?«, fragte Ayfer.

»Sind wir, ja. In zwei Stunden fahren wir an Budapest vorbei.«

»Ich schlafe noch«, sagte Annika und kniff Ayfer in die Wange.

»Das ist gut, Anni. Leg dich auch noch ein wenig hin, Ayfer. Es ist noch früh.«

Sie ließ sich auf die Matratze sinken, brachte es aber nicht fertig, die Augen zu schließen.

»Willst du wissen, wie der Energiedrink in Ungarn heißt?«, flüsterte Annika.

Ayfer gab keine Antwort. Die Landschaft, die vor den Fenstern vorbeizog, war grau, das diesige Licht gab noch keine Details preis, kein Haus, keinen Baum, die Landschaft war ein Raum ohne Grenzen, ohne Ende, eine Bühne für ein finsteres Stück, ein Raum, in dem man sich verlor, sobald man die Obhut der Autobahn verließ, die sicher auf ein Ziel hinführte.

»Semtex!«

»Und?«

»Das ist ein Sprengstoff«, flüsterte Annika, »komm, schlaf, es nützt nix, wenn du dran denkst.«

»Sobald ich die Augen zumache, seh ich ihn«, flüsterte Ayfer, »er ist bestimmt tot.«

»Vielleicht ist er tot, ja. Ein Scheißkerl weniger. Sei stolz drauf.«

»Du bist krank.«

»Ich bin krank! Und ich bin deine Freundin. Vergiss das nicht! Jetzt schlaf!«

Ayfer ließ den Kopf gehorsam aufs Kissen sinken und legte sich die Hand vor die Augen. Annika drückte sich an sie, ließ sie aber los, als sie Ayfers angespannten Körper und ihre Ablehnung spürte. Ihre Füße berührten sich, ihre Hüften ebenfalls.

»Hast du schon mal an einem Männerhut gerochen, innen drin, meine ich, am Hutband oder wie das heißt?«

Annikas Flüsteratem roch nach dem Red Bull, das sie sich vor der Abfahrt geteilt hatten. Ayfer schüttelte den Kopf.

»Das war das Einzige, was mir an Großvater gefallen hat. Der Geruch in seinem Hut. Nach Abenteuer, nach Urwald und Wüste. Dabei ist er nie aus Linz hinausgekommen, sein ganzes Leben nicht.«

Ayfers Großvater Bekir hatte nie Hüte getragen, sondern schwarze Wollmützen; einmal hatte sie tatsächlich heimlich daran gerochen, sie hatte die Mütze umgedreht und ihre Nase in die Wolle gedrückt, aber der Geruch hatte sie weder erstaunt noch verblüfft. Tabak, Erde und Hund.

Annikas Vater drehte das Radio lauter, sein hydraulischer Sessel zischte, schnaufte, ächzte. Die ungarischen Stimmen und das Motorengeräusch schläferten Ayfer so weit ein, dass sie sich entspannen konnte. Annikas Vater hatte damit angefangen, die Nationalitäten der Wagen zu murmeln, von denen sie überholt wurden. »Bulgarien. Bosnien. Griechenland. Mazedonien. Italien. Griechenland. Türkei. Deutschland. Polen. Ungarn. Österreich.« Eine endlose Litanei, die ihn beruhigte, wie ihr Annika erklärt hatte. »Manchmal macht er es sogar zu Hause, wenn er am Küchentisch sitzt, plötzlich fängt er damit an, dann sitzt er wieder hinter dem Steuer und fährt.« Es war schwierig, das Geräusch des eigenen Atems zu ignorieren. Die Hornsignale der Lastzüge klangen wie Schiffssirenen durch die Morgendämmerung, ein trauriges, sehnsüchtiges Tuten, Wehklagen. Die meisten Lastwagen hatten Reihen von Halogenscheinwerfern auf den Fahrerhäusern, Lichterketten, die um die Frontscheiben liefen. Ayfer dachte an Davor, sah seine Augen vor sich, seine Oberarme, auf die er stolz war, sie sah ihren Bruder, ihre Mutter, Bild um Bild, während Regen über das Dach ihres Fahrerhauses klopfte und die Reifen mit einem Mal hell sirrten, weil die Fahrbahn nass war und die Brems- und Rücklichter überholender Autos spiegelte, wie sie nach einem Kontrollblick feststellte, bevor sie erneut wegdämmerte und sich auf die Suche nach ihrer Familie machte, schläfrig und unstet und gleichwohl entflammt für das bislang größte Werk ihrer Einbildungskraft und ihrer Wünsche: ihre Familie. Nach Nurays Tod hatte Ayfer das Schlafzimmer ihrer Großeltern, ihr Sterbezimmer, nicht mehr betreten; einmal hatte sie die Tür aufgestoßen, war aber auf der Schwelle stehengeblieben, weil sie die Stille, die den Raum beherrschte, erschreckte. Auch der Geruch, der ihr in die Nase gestiegen war, war ihr unangenehm gewesen. Das Zimmer ist tot, hatte sie gedacht, tot wie Nuray, ich darf es auf gar keinen Fall betreten, weil es mir die Luft aus dem Leib saugen wird, das Blut, das Leben. Ich werde zur Larve, vertrocknen werde ich, verkümmern. Sie hatte sich den Raum angesehen, als sei es wichtig, sich jedes Detail einzuprägen, weil es ihr später einmal helfen würde, wenn sie an der Reihe war, diese Welt zu verlassen. Das Ehebett war nicht bezogen gewesen, die blau gewürfelte Matratze hatte einen großen Fleck gehabt. Die Dielenbretter hatten geglänzt, als seien sie mit flüssigem Honig bestrichen, auf der Wand hinter dem Bett war ein Sonnenmal erschienen, eine zitternde Raute, die sich langsam seitwärts verschob und schließlich genauso erlosch wie der sandfarbene Lichtquader auf dem Schrank. Da hatte Ayfer die Tür ins Schloss gedrückt und war leise und mit angehaltenem Atem durch den Flur gegangen und aus dem Haus in die warme Abendsonne hinausgetreten und auf dem knirschenden Kies des Vorplatzes zur Schaukel hinübergelaufen, die ihr Großvater vor vielen Jahren für sie in den Apfelbaum gehängt hatte. Sie hatte sich darauf gesetzt, das erste Mal seit langer Zeit, und angefangen zu schaukeln, hoch und höher, bis sie jauchzend durch die Luft flog und über die Büsche weg aufs Meer hinausblickte. Am nächsten Tag waren sie zurück in die Schweiz gereist, lang vor Ende der vierzigtägigen Trauerzeit. Ihr Vater hatte damals noch bei Chocolat Frey am Band gearbeitet, ihre Mutter war kurz zuvor von einem Reinigungsunternehmen in Buchs eingestellt worden, das einem Türken gehörte, der auch aus Amasra stammte und für den sie an zwei, manchmal drei Abenden Büros und Arztpraxen putzte. Und Ayfer schwebte hin und her, der Ast, an dem die Schaukel hing, ächzte, sie flog, flog und blieb doch an Ort und Stelle, ein Mädchen im Garten ihrer türkischen Großeltern, jauchzend und doch zu Tode betrübt, flog und flog, mitten in die Regenwand, die sich vom Schwarzen Meer her aufs Land zuschob.

Der Regen klopfte auf das Dach des Fahrerhauses, fein, aber beharrlich, als werde mit winzigen Hämmern gearbeitet, Pling, Pling, Pling, Dellchen um Dellchen, auf der Fahrt an die Oberfläche, ins Licht.

»Aufwachen«, sagte Annika und rüttelte an ihrem Arm, »wir sind bald in Wien, wach auf!«

19

Lichtblitze sprangen im Takt der schlagenden Achsen über Scheiben und Gesichter, der Zug rumpelte über Stellweichen und warf die Fahrgäste, die wie Roberta und ihr Hund noch keinen Platz gefunden hatten, gegen Armstützen und Lehnen der Sessel, an denen sie vorbeigingen.

Die Gesichter der sitzenden Fahrgäste waren abweisend, feindselig. Sie starrten in Magazine, ohne zu lesen, blickten angespannt in die vorbeifliegende Landschaft hinaus oder wühlten in Reisetaschen. Auf einigen Sitzen standen Handtaschen, auf anderen lagen Bücher oder Zeitungen; vor einigen dieser Plätze blieb Roberta stehen, als müsse sie Atem schöpfen und nicht etwa als stumme Aufforderung, den Sitzplatz frei zu machen, dann ging sie weiter. Die Gurte ihres Rucksacks knarrten leise. In der Glastür am Ende des Waggons sah sie sich plötzlich gespiegelt, eine alte Frau in einer Gore-Tex-Jacke, einen Rucksack auf dem Rücken, wie ihn sonst nur Bergsteiger oder Tramper tragen, eine weißhaarige alte Frau in Wanderstiefeln und Kordhosen, die an kurzer Leine einen Hund mit sich führte, da glitt die Glastür zur Seite.

Der nächste Wagen, durch den sie ging, war besetzt von einer lauten Reisegruppe; die Männer und Frauen trugen Schweizerfähnchen als Anstecker und ließen Schnapsfläschchen herumgehen, mit denen sie sich zuprosteten. In der Mitte des Wagens veränderte sich das Fahrgeräusch, es wurde heller, fast schrill. Roberta hob den Blick und sah, dass der Zug durch Schallschutzwände raste wie durch einen Tunnel. Eine Frau in ihrem Alter saß inmitten der Reisegruppe, als gehöre sie nicht dazu. Die Hände im Schoß, drehte sie gedankenverloren an einem Goldring an ihrem Ringfinger. Prinz zog Roberta weiter, er mochte laute Menschen nicht.

Dass sie in der ersten Klasse standen, wurde Roberta erst bewusst, als ihr die Stille auffiel. Selbst das Fahrgeräusch schien abgedämpft, als gleite der Zug in zugeschneiten Schienen durch eine Welt ohne Ton, ohne Klang. War es nicht höchste Zeit, das erste Mal in ihrem Leben Erste Klasse zu fahren? Auch hier waren die meisten Sitzplätze belegt, aber schließlich bemerkte sie eine etwa fünfzigjährige Frau, die allein an einem Vierertisch saß, einen aufgeklappten Laptop vor sich. Die Frau blickte einen Lidschlag lang hoch, als Roberta vor ihr stehenblieb, nickte und schob einen schwarzen Füller, zwei Handys und eine Mappe voller Papiere beiseite, um auf dem Tisch Platz zu schaffen. Roberta hängte ihre Jacke auf, schob den Rucksack in den Stauraum zwischen den Sitzreihen und wartete, bis sich Prinz unter dem Tisch hingelegt hatte. Dann setzte sie sich der Frau schräg versetzt gegenüber, den Rücken zur Fahrtrichtung. Die Frau trug ein nachtblaues Kostüm, in ihren rot getönten Haaren steckte eine Sonnenbrille. Sie hatte Schatten unter den geschminkten Augen, Andeutungen von Tränensäcken. Wirkte sie traurig oder bitter?

Roberta setzte dazu an, die Frau anzusprechen, als eines der Handys zirpte und sich ruckelnd über die Tischplatte bewegte. Die Frau machte eine unwirsche Kopfbewegung, dann nahm sie das Gerät doch in die Hand und meldete sich. Ihre Stimme klang rau, bestimmt war sie Raucherin. Man hört ihr an, dass sie es gewohnt ist, Anweisungen zu erteilen, dachte Roberta.

»Im Zug«, sagte die Frau, »wo sonst? Weil er nie Zeit hat,

darum. Ist besser so, doch, glaub mir, ist besser so. Ende des Monats zieht er aus.«

Die Frau schraubte die Schutzkappe vom Füller und klopfte damit gegen den Rand des Tisches, während sie zuhörte. Prinz drängte sich an Robertas Bein, und sie beugte sich unter den Tisch, um ihn zu streicheln. Die Frau trug vorn abgerundete schwarze Pumps mit flachen Absätzen und Riemchen über dem Spann. Schuhe, wie sie Flamencotänzerinnen tragen, dachte Roberta, das passt nicht zu ihr. Der Stoff ihres Kostüms glänzte ein wenig an den Schenkeln. Roberta setzte sich wieder aufrecht hin, die Frau verabschiedete sich kurz angebunden und ließ das Handy in die Handtasche gleiten, die auf dem Sitz neben ihr stand. Sie fuhren langsam durch einen Bahnhof, vorbei an Wartenden mit müden Gesichtern; auf den mit Vogelkot gesprenkelten Eisenträgern des Perrondaches saßen Tauben.

»Ich hoffe, mein Hund stört Sie nicht?«

»Wir leben in einem Land, in dem Hunde in Zügen erlaubt sind, nicht? Sie haben ja bestimmt für ihn bezahlt?«

Roberta legte ihre Hände auf den Tisch, um sich aufzustützen und aufzustehen, da räusperte sich die Frau, und Roberta blieb sitzen.

»Darf ich fragen, wohin Sie fahren?«

»Nach Hause«, sagte Roberta, »und Sie?«

»Salzburg. Vorstandssitzung. Ich fliege nicht gerne. Dabei hab ich in London eine Zweitwohnung, stellen Sie sich vor!«

»Ich bin noch nie erste Klasse gefahren«, sagte Roberta, ohne nachzudenken.

Die Frau sah sie erstaunt an, dann schraubte sie den Füller zu und ließ ihn ebenfalls in die Handtasche gleiten.

»Und ich kann mich gar nicht mehr erinnern, wann ich das letzte Mal zweite gefahren bin, sehen Sie.«

Die Frau lächelte, betrachtete für einen Augenblick ihr Spiegelbild in der Zugscheibe und griff sich mit spitzen Fingern in die Haare.

»Ich will Sie nicht von der Arbeit abhalten.«

»Die Arbeit, ja, ja. Und Sie? Sie sind wohl im ...«

Die Frau ließ den Satz unvollendet in der Luft hängen und tippte auf eine Taste ihres Laptops. Der Bildschirm wurde heller und warf einen kalten blauen Schimmer auf ihr Gesicht.

»Im Ruhestand?«, sagte Roberta. »Nein, ich besitze ein Hundeheim. Mit über vierzig Hunden.«

»In Ihrem Alter? Ist das nicht anstrengend?«

»Doch.«

Das Erstaunen im Gesicht der Frau war nicht gespielt. Ihr Mund stand leicht offen, und Roberta bemerkte, dass sie Lippenstift an den Schneidezähnen hatte.

»Sie haben Lippenstift an den Zähnen.«

Die Frau schloss den Mund, ihre Augen wurden schmal, sie schluckte hart. Die senkrechten Fältchen auf der Oberlippe gaben ihrem Gesicht einen unerbittlichen Zug. Roberta spürte Mitleid und griff unter dem Tisch nach Prinz. Sein Fell fühlte sich borstig an, er japste leise unter ihrer Berührung.

»Lippenstift. Wenn's weiter nichts ist«, sagte die Frau.

Sie nahm ein Papiertaschentuch aus ihrer Handtasche und wischte sich damit über die Zähne, den Kopf abgewandt, als schäme sie sich. Dann lachte sie theatralisch auf, rückte den Laptop zurecht und warf Roberta einen kühlen Blick zu. Vor den Fenstern neigten sich Büsche im Fahrtwind des Zuges, ein Spatzenschwarm stob in die Höhe, als werde er vom Luftzug mitgerissen.

»Ich wünsche Ihnen jedenfalls eine gute Heimreise«, sagte die Frau und taxierte Roberta, als wolle sie abschätzen, wie sie den Wunsch aufnahm.

»Danke«, sagte Roberta, »viel Erfolg bei Ihrer Sitzung.«

Die Nasenflügel der Frau weiteten sich, so tief atmete sie aus, während sie anfing, schnell und routiniert zu tippen, den Blick in die Ferne gerichtet, die Schultern gestrafft, als warte sie auf ein Lob.

Auf einer abfallenden Wiese an der Bahnlinie stand eine einzelne Birke, deren Stamm fast schmerzhaft leuchtete. Blätter schwebten durch die Luft und fingen wie irr an zu tanzen, sobald sie in den Sog des Schnellzuges gerieten. Roberta machte die Augen zu und überließ sich dem leisen Schüttern des Zuges.

20

Meter um Meter durch den Regen, im Schritttempo vorbei an grauen, rußgeschwärzten Fassaden, an Schaufenstern, Ladenzeilen und Garagen, Lagerhallen und Kinderspielplätzen, hoch über dem Asphalt, über Gehsteige, auf denen Fußgänger mit aufgespannten Schirmen unterwegs waren. Ein Fahrradkurier zwängte sich an ihnen vorbei, knallte schimpfend die Faust auf das Beifahrerfenster und schreckte Ayfer, die schlecht geschlafen hatte und Wien, mit der Wange gegen die Scheibe gelehnt, an sich vorbeiziehen ließ, aus ihrem Dämmer. Annikas Vater kümmerte sich nicht um den Kurier, der sich aus dem Sattel hob und mit erhobener Faust drohte, bevor er mit seinem großen signalgelben Rucksack vom Margaretengürtel in eine Seitenstraße abbog.

»Was war denn das für ein Arschloch«, sagte Annika und lehnte sich aus der oberen Schlafkoje.

»Die haben Stress«, sagte ihr Vater ruhig, »lass ihn.«

Auf dem Gumpendorfer Gürtel war der Verkehr noch dichter, sie kamen noch langsamer voran, fuhren an, rollten ein Stückchen, hielten an, warteten und fuhren wieder, ein endloses Bremsen und Losfahren. Die Blätter der Scheibenwischer waren riesige schwarze Insekten, fand Ayfer, die rasch und entschlossen über die gewölbte, im oberen Fünftel getönte Frontscheibe krochen, das Regenwasser mit einem Schaben zur Seite fegten und sofort zurückkrochen, um gleich darauf aufs Neue über das Glas zu fegen, zielstrebige, unermüdliche Roboterinsekten.

»Du könntest doch vorerst bei uns bleiben«, sagte Annikas Vater.

Sie standen an einer Ampel, und er blickte aus dem Fenster, ohne Ayfer anzusehen, seine Stimme war leise und klang beiläufig, als habe er die Einladung gar nicht ausgesprochen. Und doch konnte Ayfer sie nicht ignorieren, sie verlangte nach einer Antwort, einer dankbaren Antwort.

»Sicher kommt sie mit zu uns«, sagte Annika.

Hatte Annika nicht eben noch gedöst, die Stöpsel ihres iPods im Ohr? Jetzt lag sie nicht mehr, jetzt saß sie auf der Matratze und ließ die Beine baumeln, die Handflächen dem Himmel zugewandt. Das Glöckchen am Silberkettchen um ihren Fußknöchel klingelte. Frau Pfarrer, ging Ayfer durch den Kopf, die zur Messe läutet und keine Ausrede duldet.

»Meine Eltern«, sagte Ayfer vage.

»Deine Eltern wissen doch gar nicht, wo du bist!«

»Eben«, sagte Ayfer, »sie machen sich bestimmt Sorgen.«

»Da hat sie recht, Anni.«

Ein Hund saß auf dem Gehsteig und sah Ayfer nachdenklich an; sein Fell war nass und zerzaust. Er wartete wohl auf die alte Frau, die an einem Rollator über den Fußgängerstreifen ging und dabei mit dem Schirm kämpfte, den ihr der Wind fast aus der Hand riss.

»Schlaf dich eine Nacht so richtig aus bei uns«, sagte Annikas Vater, »ich koch was Schönes für uns, und morgen fährst du weiter in die Schweiz.«

»Mein Bett ist weich und warm«, sagte Annika und strich ihr mit der Wade über die Wange.

In meinem Leben ist bis vor drei Wochen nichts passiert, dachte Ayfer, nun geschieht alles auf einmal. Davor muss mir helfen, sagte sie sich, er wird mir helfen. Und meine Eltern können mich nicht verstoßen, das dürfen sie nicht, nicht, weil ich zu ihnen zurückkehren will und lieber in der Schweiz lebe als in der Türkei. Sie sah noch einmal, wie sie den Stein ergriff und hochhob, wie sie Schwung holte und, ohne zu zögern, zuschlug. Kopf voran lag der Mann in der kalten Asche, tot oder nach Atem schnappend und bloß für eine Weile außer Gefecht. Es liegt in deiner Hand, du triffst die Entscheidung, du hast dich auf den Weg gemacht, geh ihn weiter. Die Erkenntnis war simpel und von erschreckender Klarheit. Geh! Du musst gehen! Ayfer sah Annika an, weil sie hoffte, Annika könne in ihren Augen erkennen, warum sie sich entzog, warum sie gehen musste, wenn sie sich diesen Moment wieder und wieder durch den Kopf gehen ließ. Was Ayfer in Annikas Blick las, erschreckte sie. Es war der Blick eines Menschen, der weiß, er ist allein. Bin ich auf einen Schlag erwachsen geworden, fragte sich Ayfer, jetzt, da ich erkannt habe, was ihr Blick bedeutet? Sie schnappte ihre Tasche, stieß die Tür auf und sprang aus dem Laster auf den Gehsteig hinunter.

Erst als sich der Zug in Bewegung setzte, glaubte sie, dass sie es geschafft hatte. Weder Annika noch ihr Vater war ihr nachgelaufen. Sie war über den Fußgängerstreifen gerannt, als die Ampel bereits auf Orange gesprungen war, vorbei an der alten Frau am Rollator, links in die Sechshauser Straße eingebogen und gleich darauf in eine Gasse nach rechts. Langsamer gegangen war sie erst, nachdem sie die dichtbefahrene Mariahilfer Straße überquert hatte. Wien roch anders als Suhr, als Sile, war ihr aufgefallen, abgestanden und ungelüftet wie ein alter Mantel, der Jahre in einem feuchten Kellerverlies gelegen hat. Auf der Strecke von der Mariahilfer Straße zum Westbahnhof war sie mehrmals aufgefordert worden, Geld zu spenden, man hatte sie um Zigaretten gebeten, um einen Euro für die Tram, einen Kuss. Ein Mann, der sie gefragt hatte, ob sie mit ihm mitgehe, er müsse ihr etwas sehr Interessantes zeigen, war ihr, mit sich selber redend, nachgegangen und dann plötzlich verschwunden. Vor einer Bäckerei hatte es nach verbrannter Milch gerochen, vor einem Wohnhaus nach Heizöl. Ayfer hatte immer wieder die Straßenseite gewechselt und sich in Hauseingänge und Toreinfahrten gestellt und abgewartet, ob Annika oder ihr Vater an ihr vorbeiging.

Der Schnellzug, in dem sie nun saß, fuhr bis Zürich, aber ihr Geld hatte nur für eine Fahrkarte nach Linz gereicht; die restliche Strecke musste sie schwarz reisen. Der Schaffner kontrollierte ihre Fahrkarte hoffentlich vor Linz, sie durfte ihm nicht auffallen, er musste ihr Gesicht sofort vergessen. Danach würde sie sich bemühen, auszusehen wie eine junge Frau, die ein gültiges Billet bis Zürich hatte. Sie würde mit ihrem Sitzplatz verschmelzen, würde sich in Luft auflösen. Bis auf eine Nonne, die sie freundlich begrüsst und sich dann in einen dicken Roman vertieft hatte, war das Abteil leer. Das Alter der Nonne konnte sie nicht abschätzen, ihr Gesicht und ihre Augen wirkten jung, doch sie hatte die Hände einer alten Frau. Sie trug blickdichte Strumpfhosen und Turnschuhe. Ayfer hatte ihre Tasche auf den Knien und hielt sie umklammert wie die alten Frauen, über die sie sich mit Dasara und Ajla in der Schweiz lustig machte. Entspann dich, sagte sie sich, du bist im Zug in die Schweiz, du hast vielleicht einen Mann erschlagen, aber es wird dich niemand dafür anklagen, denn es hat euch niemand gesehen. Sie fuhren durch Wiens Vororte, Bäume wischten vorbei, Zäune, in deren Maschen sich Abfall verfangen hatte, Gärten. Auf einem menschenleeren Bahnsteig stand ein verlassener Kinderwagen, in einer Wiese vor einem herrschaftlichen Haus lag ein roter Ball. Die Nonne kicherte, räusperte sich, sah sie verlegen an und senkte den Blick sofort zurück in ihr Buch. Ayfer stand auf, warf ihre Tasche ins Gepäckfach, setzte sich wieder hin und schloss die Augen, auf der Suche nach Davors Gesicht, seiner Stimme und seinen Berührungen, denen man anmerkte, dass er noch nicht viele Mädchen angefasst hatte, auch wenn er das Gegenteil behauptete und mit seinen Erfahrungen prahlte. Sie war müde, einfach nur müde und sank langsam in das dunkle Gebiet, in dem er lächelnd auf sie wartete, er und andere. Ihr Mund fühlte sich taub an, aber sie brauchte nicht zu reden, ihre Augen waren geschlossen, trotzdem sah sie alles, sah sie ihn, groß und schlaksig, in sie verliebt. Du darfst mir die Fahne nähen, befahl sie, stand aufrecht vor ihm, stolz, nicht unnahbar, stolz, und legte ihm gütig die Hand auf den Scheitel, warf den Kopf in den Nacken und atmete den Himmel leer.

Ayfer öffnete die Augen und setzte sich aufrecht hin. Sie hasste es, an öffentlichen Orten einzuschlafen, weil sie dann immer ihren Vater vor sich sah, der in jedem Zug, jedem Bus und in jedem Wartezimmer, selbst im Kino und an Besuchstagen in der Schule einschlief und mit seinem offenen Mund, aus dem Speichelfäden hingen, aussah wie ein Idiot. Die Nonne warf ihr einen prüfenden Blick zu; sie hatte das Buch zugeklappt und auf das Tischchen unter dem Fenster gelegt. Der Zug fuhr jetzt schneller, die Achsen schlugen einen hektischen Takt, und Ayfer stellte sich vor, die Lok zerschneide die Landschaft wie eine böse scharfe Klinge, die alles niedermähte, was sich ihr in den Weg stellte.

»Hast du gewusst, dass es das alles erst seit 1946 gibt?«

Die Nonne hatte sich nach vorn geneigt; ihre Stimme war sanft, hatte aber einen unangenehmen Klang. Sie zwinkerte, beide Hände auf den Knien, und hielt die Augen geschlossen, als wolle sie betrachtet werden, betrachtet und beurteilt. An ihrer Schläfe schimmerten blaue Äderchen.

»Was alles?«

»Na da! Alles eben.«

Die Nonne öffnete die Augen und deutete aus dem Fenster. Ihre Hände waren klein und sehr weiß, Hände aus Papier. Sie leckte sich über die Lippen und scharrte mit den Turnschuhen über den Boden.

»Vorher gab es nichts, nichts. Auch uns nicht, keinen von uns. Nur die Falschen, die Unechten, die gab es damals schon. Einer von denen hat das alles regiert. Glaubst du an Gott?«

Ayfer nickte. Glaubte sie an Gott? Bestimmt nicht an denselben wie die Nonne, die sie mit zusammengekniffenen Augen ansah. Ihr Gesicht wirkte plötzlich verächtlich und ablehnend. Davor behauptete, jeder Mensch besitze irgendwann nur noch einen einzigen Gesichtsausdruck, der verrate, was er für einen Charakter habe. Das enttäuschte Gesicht. Das wütende Gesicht. Das ängstliche Gesicht. Das zufriedene Gesicht, das traurige, das glückliche, das verbitterte Gesicht. Auf Ayfers Frage, was ihr Gesichtsausdruck über ihren Charakter verrate, hatte er gelacht, sie sei viel zu jung, um das sagen zu können. »Wenn du mit mir zusammen bist, bist du ›das glückliche Gesicht‹. Aber wart's ab, bis du alt bist, dann sehen wir weiter.« Der Gesichtsausdruck der Nonne verriet, dass sie einsam war, verloren.

»Was wisst ihr schon über Glauben!«, zischte sie und ließ sich auf ihren Platz zurücksinken. »Nichts, rein gar nichts! Bist du Türkin?«

»Mein Herz schlägt ganz ruhig«, sagte Ayfer, ohne nachzudenken.

Die Nonne riss die Augen auf, erstaunt und erschrocken, dann hob sie die rechte Hand, als kapituliere sie, nahm das Buch, schlug es auf und las weiter.

Der Zug wurde langsamer, schließlich hielt er auf offener

Strecke an. Vor ihrem Fenster stand eine Platane in einer ungemähten Wiese, sonst war weit und breit kein anderer Baum zu sehen. Abgesehen von Birken sind Platanen die einzigen Bäume, die ich erkenne, dachte Ayfer, und auch das nur, weil ich einen Vortrag über eine Baumart halten musste. Sie hatte sich damals für die Platane entschieden, weil ihre Großmutter ihr erzählt hatte, Platanen seien ihre Lieblingsbäume, seit Bekir sie unter einer geküsst hatte, das erste Mal, am Rand von Amasra, in einem Abendlicht, das sie niemals vergessen werde. Jetzt ist Nuray tot, dachte Ayfer, und ich will, dass Davor mich unter einer Platane küsst, von der die Rinde blättert, als befreie sie sich von einem Kostüm, abends, wenn das Licht schmeichelhaft ist und seine Augen mir keine Angst einjagen. An dem Tag, an dem Nuray ihr von ihrem ersten Kuss erzählte, hatte sie Ayfer einen Rat erteilt, an den sie sich seither hielt: »Hüte dich vor Geheimnissen«, hatte Großmutter ihr geraten, »denn in jedem Geheimnis steckt etwas, das erzählt werden will, Ayfer. Dann bekommst du Schwierigkeiten.«

Der Zug setzte sich in Bewegung, die Platane verschwand aus ihrem Blickfeld. Die Nonne hob immer wieder den Blick aus dem Buch und sah sie prüfend an, als gehe eine Gefahr von ihr aus. Ihre Lippen wirkten spröde, ihr Mund hatte einen harten und unerbittlichen Zug. Das ist es, wovor ich mich fürchte, dachte Ayfer, dass ich auch einen bösen Altweibermund bekomme, einen Mund wie ein Schnabel, ein kleines tiefes Loch, aus dem giftiges Gas strömt. Sie bemerkte den Schaffner erst, als er die Schiebetür mit entschlossenem Ruck aufzog und beschwingt ins Abteil trat. Die Nonne reichte ihm ihre Fahrkarte mit demütig gesenktem

Blick, das Buch als Schutzschild vor der Brust. Bevor der Mann Ayfers Fahrkarte entgegennahm, schob er sich die Schaffnermütze aus der Stirn, indem er mit dem Zeigefinger gegen den speckig glänzenden Schild stieß.

»In Linz beginnt's«, sagte er aufgekratzt, stempelte die Fahrkarte und reichte sie Ayfer zurück.

»Wie bitte?«

»Das sagt man so. In Linz beginnt's.«

Ayfer nickte und verfluchte sich, dass sie dem Mann eine Frage gestellt hatte; jetzt würde er sich daran erinnern, dass sie nur bis Linz gelöst hatte, sobald er sie das nächste Mal sah. Er nickte ihr zu, trat auf den Gang hinaus und schob die Tür zu.

»Linz gibt es gar nicht«, sagte die Nonne und schlug ihr Buch auf, »das darfst du mir ruhig glauben, Mädchen, Linz ist seine Erfindung, genau wie der ganze Rest da draußen auch.«

An jenem Nachmittag, an dem sie die Schule geschwänzt hatte, waren sie auf dem Rückweg in einen Platzregen geraten und Hand in Hand über die Kettenbrücke in die Altstadt von Aarau hinübergerannt. Nach ein paar Metern hatte sie plötzlich eine Strähne von Davors Haaren im Mund gehabt, so nah waren sie nebeneinanderher gelaufen. Die Strähne hatte nach Gel geschmeckt. »Hast du gewusst, dass ich den Regen stoppen kann?«, hatte Davor gerufen und sich mit ausgebreiteten Armen in den warmen Regen gestellt. Er hatte den Kopf in den Nacken gelegt, die Arme wie Schwingen auf und nieder bewegt, und gerufen: »Es reicht! Hör auf! Hör jetzt auf!« Zwei Minuten später hatte es aufgehört zu regnen. »Wohin soll ich dich küssen?«, hatte sie ihn gefragt und umarmt. »Auf den Kehlkopf«, hatte er geantwortet, seine Stimme hatte Gänsehaut auf ihre Unterarme gezaubert, »oder in den Nacken. Beiß zu, los, Ayfer, beiß zu!«

»Es sind nicht zwölf«, sagte die Nonne, »es sind dreizehn. Das hast du nicht gewusst, was?«

»Dreizehn ist meine Lieblingszahl«, sagte Ayfer.

»Ich hab drei Lieblingszahlen.«

Kurz nach dem Halt in Linz hatte ein jüngeres Paar die Abteiltür geöffnet, sich nach einem Blick auf die Nonne, die sie böse anfunkelte, aber anders entschieden und war schnell weitergegangen. Ayfer hatte die Abteiltür zugeschoben, ohne sich um das Flüstern der Nonne zu kümmern, die aufgestanden war und sich erst wieder hingesetzt hatte, als sie begriff, keine Aufmerksamkeit zu bekommen.

»Achtundachtzig. Zweihundertelf. Und Null.«

»Null ist keine Zahl.«

»O doch, mein Kind. Null ist eine Zahl.«

Ayfer schwieg. Die Nonne hatte begonnen, mit ihrem Oberkörper vor- und zurückzuschaukeln und dabei zu nicken.

»Alles passiert immer und immer wieder. Bis man tot ist. Früher hört das nicht auf. Aber ich glaub an den Himmel, nicht?«

Es war besser, das Abteil zu wechseln; der Schaffner würde sich auch wegen der Nonne an sie erinnern und folglich daran, dass sie nur bis Linz gelöst hatte. In Linz beginnt's! Ayfer stand auf, nahm ihre Tasche vom Gepäckfach und öffnete die Schiebetür.

»Ich wünsche dir ein glückliches und erfülltes Leben«, sagte die Nonne.

»Das wünsche ich Ihnen auch«, sagte Ayfer und trat auf den Gang hinaus.

In den meisten Abteilen, an denen sie vorbeiging, hoben Fahrgäste, die mit dem Gleichgewicht kämpften, weil der Zug über Weichen ruckte, Taschen und Koffer aus den Gepäckfächern. Vor den Fenstern glitten Häuserreihen vorbei, und als Ayfer das Ende des Waggons erreichte, sah sie die Festung, die sie aus dem Geografieunterricht in der Schule kannte, auf dem Burghügel über Salzburg thronen. Sie drängte sich an einem älteren Paar vorbei, das mit zwei Hartschalenkoffern vor der Tür stand; der Mann versuchte, etwas auf einem Blatt Papier zu entziffern, das er mit ausgestrecktem Arm so weit wie möglich von sich hielt. Die Frau warf Ayfer einen verzweifelten Blick zu, ging einen Schritt hinter ihr her und berührte sie sanft am Rücken.

»Er hat wieder seine Lesebrille vergessen«, sagte sie. »Bitte helfen Sie uns!«

Ayfer blieb stehen, nahm dem Mann den Computerausdruck aus der Hand und sah erstaunt, dass er eine Brille aufhatte. Seine Stirn war nass vor Schweiß, seine Hand zitterte.

»Das ist die andere«, sagte die Frau, »die andere Brille, meine ich. Bitte, wir müssen umsteigen.«

»Wie spät ist es denn?«, fragte Ayfer.

Die Frau packte das linke Handgelenk ihres Mannes und hielt Ayfer seine Armbanduhr vor die Nase. 14 Uhr 02. Der Handrücken war voller Altersflecken; der alte Mann hatte bis jetzt kein Wort gesagt. Das Paar fuhr nach Bad Ischl weiter, sah Ayfer auf dem ausgedruckten Fahrplan, ihr Anschlusszug ging erst in zwanzig Minuten.

»Sie haben viel Zeit«, sagte sie, »fast zwanzig Minuten. Ihr Zug fährt auf Gleis 7.«

»Genau wie ich gesagt habe«, sagte der Mann.

»Das hast du nicht, nein, Andreas, das hast du nicht«, sagte die Frau kalt und nahm Ayfer den Ausdruck ab, ohne sich zu bedanken.

Dann bückte sie sich und ergriff den kleineren der Koffer. Sie hatte den gleichen harten, verkniffenen Mund wie die Nonne. Der Mund meiner Großmutter ist bis zuletzt weich geblieben, weich und rund und voller Leben, selbst auf dem Totenbett. Ayfer ging durch den Durchgang in den nächsten Waggon und sah den Schaffner auf sie zukommen. Sein Blick verriet, er hatte sie erkannt. Sie drehte um und ging schnell zurück, vorbei an den beiden Alten, die steif nebeneinander standen und ihr unbeteiligt nachsahen. Mittlerweile waren aus allen Abteilen Leute mit ihrem Gepäck auf den engen Gang hinausgetreten. Ayfer murmelte Entschuldigungen, während sie sich durch den Waggon drängte. Der Schaffner folgte ihr, eine Hand in die Höhe haltend, als wolle er sich zu Wort melden. Der Zug hielt an, Fahrgäste gegeneinander werfend, die sich an Koffergriffe klammerten, als gebe ihnen das Halt. Die Tür schob sich zischend auf, es roch nach Eisen wie auf jedem Bahnhof. Die Luft war kühl und frisch, das Licht klar, als sei es gereinigt worden. Ayfer sprang als Dritte aus dem Zug und fing sofort an zu laufen. Auf der Treppe duftete es nach Pommes. In der Unterführung stand ein Bettler, eine leuchtend rote Blume in der Hand. Er strahlte sie an, als habe er sie erwartet.

21

Auf der Sitzbank neben der Treppe zur Unterführung lag eine Reihe zerknüllter Papiertaschentücher, eines neben dem anderen. Roberta hätte sich auf dem Bahnsteig gern die Beine vertreten, aber die Fahrgäste, die wie sie in Salzburg ausgestiegen waren, strebten dichtgedrängt die Treppe hinunter, und es blieb ihr nichts anderes übrig, als mitzugehen, von allen Seiten geschoben, bedrängt und geschubst. In der Unterführung stand ein Mann in zerlumpten Kleidern, eine rote Schnittblume in der Hand wie ein Geschenk, das er weitergeben würde, sobald er wusste, an wen.

Erst vor dem Bahnhof, der umgebaut wurde, weshalb sie durch enge Passagen und lange Durchgänge geleitet wurden, konnte sie sich aus der Menge befreien und endlich stehenbleiben. Prinz hockte neben ihr auf dem Pflaster und sah sie an, wie er es in den letzten Tagen oft getan hatte: aufmerksam und zugleich nachdenklich, als wisse er mehr, als ein Tier wissen kann. Zweiundsiebzig Jahre, ein Wimpernschlag, dachte sie und betrachtete den Festungsberg mit der Hohensalzburg am anderen Ufer der Salzach, zweiundsiebzig Jahre, ein Wimpernschlag, mehr nicht, ein stiller, aus der Zeit gefallener Nachmittag, schon ist es vorbei, ein Menschenleben. Kaum ist es hell geworden, dämmert es schon wieder und wird finster. Als sie Salzburg das erste Mal besucht hatte, mit der Abschlussklasse der Volksschule Ebensee, nach dem Ende der amerikanischen Besatzung im Herbst 1955, war sie fünfzehn Jahre alt gewesen. Ihr Lehrer hatte einen jungen Mann engagiert, einen Studenten der Geschichte, der sie nicht nur durch die Altstadt und die Burg führte, sondern ihnen auch die neuen Viertel zeigte, die nach der Zerstörung durch die Amerikaner 1944 und 1945 wiederaufgebaut worden waren, und den Stahlbetonbau am Hanuschplatz, den man »Mississippidampfer« nannte. Als der junge Mann vor Mozarts Geburtshaus in der Getreidegasse vor die Klasse getreten war, um sich vorzustellen, hatte Roberta gewusst, dass sie zum ersten Mal in ihrem Leben verliebt war. Gleichzeitig fiel ihr der Satz ein, den ihr die Mutter als Lebensweisheit mit auf den Weg gegeben hatte: »Die Liebe macht das Leben leichter, zugleich aber auch schwerer.« Zu Mozart und seiner Musik hatte Leopold damals kein Wort verloren, das hatte er ihrem Lehrer überlassen; als sie aus dem Geburtshaus des Komponisten getreten und zum Hagenauerplatz gegangen waren, hatte er die Führung übernommen. Roberta war nicht die Einzige gewesen, die sich in den hochaufgeschossenen Jungen mit dem kastanienbraunen Haarschopf an der Schwelle zum Mann verliebt hatte. Er verwandelte eine Schar albern kichernder Schulmädchen in junge Frauen, die sich mit gestrafften Schultern bemühten, reif und doch jung zu erscheinen. Er machte aus Freundinnen Rivalinnen, die unerbittlich um seine Gunst buhlten. Leopolds Blick erinnerte Roberta daran, dass der Krieg vorbei war und dass sie das Leben in vollen Zügen genießen wollte, gleichzeitig verrieten seine Augen eine Verletzlichkeit, die ihr unerklärlicherweise Angst einjagte. Es war aufregend, aber auch gefährlich, Leopold zu nahe zu kommen, wie sie erstaunt begriff. Gefährlich! Sie konnte verbrennen in der Hitze, die er ausstrahlte. Alles an ihm hatte ihr gefallen, an jenem Tag im Herbst 1955, sogar seine kleinen schiefen Zähne, auch wenn sie ihn attraktiver fand, wenn er den Mund nicht öffnete.

Und am Ende der Führung durch Salzburg war sie ihm natürlich doch zu nahe gekommen, sie gingen durch die Festungsgasse vom Festungshügel in die Altstadt hinunter und fanden sich plötzlich ein Stück hinter den anderen, sie zwei allein auf dem steilen Kopfsteinpflaster. Da hatte sie alle Vorsicht vergessen und nach seinem Arm gegriffen, den er ihr anbot, sie hatte sich an ihn geschmiegt und mit ihm verabredet, am nächsten Tag schon, im Café Zauner in Bad Ischl. Eine Woche später hatte sie mit Leopold geschlafen, im Haus seiner Eltern, dessen Garten an die Ischl grenzte, in der Nähe der Kaiservilla, in seinem Jungenzimmer unter dem Dach, mit seiner Sammlung von Schneckenhäusern auf dem Fenstersims. Leopolds Mutter hatte im Garten Unkraut gejätet, fröhlich trällernd, während Roberta ihre Unschuld verlor, Leopolds Beteuerungen im Ohr, es sei auch für ihn das erste Mal.

Und jetzt war sie wieder in Salzburg, siebenundfünfzig Jahre später. Roberta trat an die gedeckte Bushaltestelle und blieb vor dem ausgehängten Fahrplan stehen. Auf der Sitzbank lag eine Zeitung, die sich im Wind bewegte. Die Schrift des Fahrplanes war so klein, dass sie die Lesebrille brauchte. Sie ließ den Rucksack vom Rücken gleiten und stellte ihn auf den Boden, zog den Reißverschluss des Seitenfaches auf und wollte das Brillenetui herausnehmen, da hupte ein Lastwagen, tief und laut, ein Klang aus einer anderen Welt. Prinz machte vor Schreck einen Satz zurück und zerrte sie an der Leine hinter sich her aus dem Haltestellenhäuschen. Sie stolperte über ihren Rucksack, und er kippte auf den Gehsteig. Hätte sie die Leine nicht losgelassen, wäre sie wohl selber hingefallen, so ging sie nur in die Knie, als sei sie plötzlich sehr, sehr müde. Um wieder zu Atem zu kommen, stützte sie sich mit beiden Händen auf dem Asphalt ab. Prinz blieb stehen, laut hechelnd, mit schräg gelegtem Kopf, und wartete ebenfalls ab. Würde sie ihn ausschimpfen?

»Kommen Sie, ich helfe Ihnen.«

Eine junge schwarzhaarige Frau ging vor ihrem Rucksack in die Knie und stellte ihn auf, dann griff sie Roberta unter die Arme und half ihr auf die Beine. Roberta atmete tief durch, die Arme in den Hüften aufgestützt. Jetzt bin ich also auch zu einer dieser alten Frauen geworden, die im Weg stehen und Löcher in die Luft starren wie eine, die am helllichten Tag träumt oder den Verstand verloren hat, weil sie sich immerzu an früher erinnert, dachte sie und wollte sich bei der Frau bedanken, doch die war bereits weitergegangen, ohne sich nach ihr umzudrehen. Roberta ging zu ihrem Rucksack hinüber, nahm die Lesebrille heraus und trat an den Fahrplan. Ihr Bus nach St. Gilgen ging um 15 Uhr 20; es blieb ihnen etwas mehr als eine Stunde Zeit, um sich die Orte ihrer Vergangenheit noch einmal anzusehen. Nicht die Zeit macht uns alt, sondern die Erinnerung an unsere Jugend! Der Gedanke stand vor ihr wie der Unbekannte, der aus der Dunkelheit vor einem auftaucht und von dem man nicht weiß, will er uns erschrecken oder erfreuen? Sie schwang sich den Rucksack auf den Rücken, ergriff Prinz' Leine und ging los.

Auf der Rainerstraße wandten sie sich nach links, Richtung Salzach. Waren sie damals auch diese Strecke gegangen? Hatte es die Rainerstraße 1955 überhaupt gegeben? Flieger der US-Armee hatten Teile der Stadt doch in Schutt und Asche gebombt. Hör auf, an früher zu denken! befahl sie sich.

Du bist jetzt hier, jetzt! Die Zeit, dich in der Rückschau an diesen Augenblick zu erinnern, in dem du mit deinem Hund in Salzburg auf der Rainerstraße Richtung Altstadt gehst, diese Zeit wird dir nicht gegeben sein!

Am Ufer der Salzach angekommen, gingen sie auf dem Elisabethenquai flussaufwärts; Roberta hatte sich den Weg am Computer der Bibliothek des Altenheimes auf Google-Maps herausgesucht. Beim Sacher-Hotel würden sie den Fluss auf dem Makartsteg überqueren und in die Altstadt gelangen. Eine blasse Sonne stand am Himmel, von den Bergen pfiff ein kalter, böiger Wind durch das Becken, in dem die Stadt lag. Es riecht nach Schnee, dachte sie und vergrub die linke Hand in der Tasche ihrer Jacke. Prinz sah sich immer wieder nach ihr um und ging, als wolle er den Boden mit seinen Pfoten so kurz wie möglich berühren. Ein sicheres Zeichen, dass er ebenfalls fror. Sie waren eben am Müllner Steig vorbeigegangen, da kam ein Mann auf sie zu, verwahrlost und in ihrem Alter. Er trug einen wadenlangen schwarzen Mantel, Cordhosen und eine Wollmütze, um seine Schuhe hatte er Lumpen gewickelt und mit Packschnur festgebunden. War es der Mann aus der Bahnhofsunterführung, der Mann mit der Schnittblume? Der Einkaufswagen, den er vor sich herschob, war mit verschnürten Abfallsäcken, Taschen und Tüten vollgestopft. Roberta versuchte an dem Mann vorbeizugehen, aber er versperrte ihr den Weg, und es blieb ihr nichts anderes übrig, als stehenzubleiben.

»Noch eine«, sagte der Mann.

»Was?«

Sein Gesicht war wettergegerbt, der Bart, der ihm bis zur

Brust reichte, grau und verfilzt. Der runden Nickelbrille fehlte ein Glas, er hatte einen Zigarillo im Mundwinkel, der nicht brannte.

»Noch eine, die auf dem Rückweg ist.«

Seine Nase war unförmig wie eine Wurzel, sein rechtes Auge blutunterlaufen, bestimmt war ein Äderchen geplatzt.

»Auf dem Rückweg?«

»Auf dem Rückweg, genau.«

Er trug Wollhandschuhe mit abgeschnittenen Fingern; der Mittelfinger seiner linken Hand fehlte, die Nägel der anderen Finger waren schwarz vor Dreck.

»Das ist gut. Aber passen Sie auf Ihren Hund auf.«

Roberta nickte. War sie wirklich auf dem Rückweg? Und wo hörte er auf, dieser Rückweg, wo endete er?

»Ich pass ganz bestimmt auf ihn auf.«

»Auf sich müssen's nicht mehr aufpassen. Weil's eh schon zu spät ist.«

»Wollen Sie mir sagen, dass ich sterbe?«

»Wir sterben alle. Irgendwann. Aber Schüsseln mit Sprung halten am längsten. Haben Sie schon gefunden, was sie verloren haben?«

»Wie bitte?«

»Vielleicht suchen Sie nach dem Falschen. Da. Das ist für Sie.«

Er griff in seine Manteltasche und drückte ihr einen schwarzen Stein in die Hand. Der Stein war glatt und warm und hatte die Form einer stumpfen Pfeilspitze.

»Ein Pfand«, sagte der Mann.

»Ein Pfand? Für was denn?«

»Das werden Sie schon sehen.«

»Das kann ich nicht annehmen.«

»Sie können nicht, aber Sie müssen.«

War das tröstlich oder bedrohlich? Der Mann kam um seinen Einkaufswagen herum und drückte sie an sich. Er roch nach Schnaps, aus seinen Ohren wuchsen Haarbüschel. Roberta erduldete die Umarmung mit hängenden Armen. Als er sie wieder frei gab, ließ sie den Rucksack vom Rücken gleiten und öffnete das Seitenfach.

Sie wollte, sie musste ihm Geld geben, wollte das Pfand kaufen. Aber ihr Portemonnaie war verschwunden. Hatte sie es ihm Zug verloren? Die junge Frau fiel ihr ein, die ihr auf die Beine geholfen hatte, aber den Gedanken, sie könnte sie bestohlen haben, ließ Roberta nicht zu. Bestimmt hatte sie den Geldbeutel in Innsbruck verloren, als sie die Fahrkarte gekauft hatte. Ist es nicht ein Glück, dachte sie, bewahre ich meine Kreditkarte nicht im Geldbeutel auf? Sie würde auf dem Weg zum Bahnhof einen Geldautomaten finden und genügend Geld für die nächsten Tage ziehen.

»Ich nehm eh kein Geld.«

»Ich will das nicht«, sagte sie und versuchte, dem Mann den Stein in die Hand zu drücken.

»Sie wollen ihn nicht, aber Sie brauchen ihn. Glauben Sie mir. Ob es Ihnen passt oder nicht. Sie brauchen ihn.«

»Einen Stein? Wo ist er überhaupt her?«

»Vom Himmel gefallen.«

»Und wo?«

»Die Erinnerung ist ein Hund, der sich hinlegt, wo er will«, sagte der Mann und kicherte.

Der Stein passte genau in ihre Hand; er fühlte sich an, als brauche sie bloß stark genug zu drücken, um ihn in die Form zu bringen, die sie sich wünschte. Sie steckte ihn in die linke Hosentasche; so würde sie ihn als Rechtshänderin nicht so oft anfassen.

Der Mann lächelte, als lese er ihre Überlegungen, dann packte er die Griffe seines Einkaufswagens, die mit Isolierband umwickelt waren, deutete eine Verbeugung an und ließ sie stehen.

22

Ayfer ging bis ans Ende des Bahnsteiges, dort war sie allein, und wählte seine Nummer. Die Luft war unangenehm kalt, aber das Handy fühlte sich warm an. Sie nahm sich vor, nicht auf seine Mailbox zu sprechen; wenn er sich nicht meldete, sollte er zumindest mit der Ungewissheit leben, wo sie war. Er sollte sich Sorgen machen um sie. Die Randsteine des Bahnsteiges waren rostrot verfärbt, zwischen dem Gleisstrang lag eine zerfetzte Babywindel.

»Wo bist du, Ayfer?«

Seine Stimme klang nicht wütend, sondern unsicher und ängstlich. Er macht sich also wirklich Sorgen um mich, dachte Ayfer.

»Auf dem Weg zu dir bin ich«, sagte sie.

»Ich hab tausendmal bei dir angerufen!«

»Ich seh auf dem Display, wie oft du angerufen hast!«

»Deine Eltern waren bei mir. Dein Vater ist völlig durchgedreht.«

»Sind sie in Suhr?«

»Der Arsch behauptet, ich bin schuld, dass du bei deinem Onkel abgehauen bist!«

»Sie sind beide in Suhr? Suchen sie nicht nach mir?«

»Deine ganze verdammte türkische Sippschaft sucht nach dir! Bist du noch dort? In der Türkei?«

»Haben sie die Polizei alarmiert?«

»Wo bist du?«

»Sucht die Polizei nach mir?«

Davor lachte. Ayfer stellte sich vor, wie er am Fenster seines Zimmers im achten Stock stand und über die Wiese an der Wynenmatte zum Wald hinübersah, in dem sie mit seinen Kumpels ein Feuer gemacht und Würste gebraten hatten.

»Polizei? Seid ihr Türken oder schwule Schweizer? Polizei!«

»Liebst du mich?«

Sie erschrak selbst über ihre Frage und ging ein paar Schritt auf und ab. Auf dem nächsten Bahnsteig stand eine Reisegruppe, Männer in Trachtenjacken, die Hüte mit Gamsbärten trugen und sich um eine Frau in einem Lodenmantel scharten, die ihnen offensichtlich etwas erklärte.

»Mega«, sagte Davor leise.

»Mega«, wiederholte Ayfer.

Er liebt mich mega. Ein Zug raste durch den Bahnhof, drei Gleise von ihr entfernt, trotzdem war es unmöglich, etwas zu verstehen. Sie sah Gesichter vorbeiwischen, Farbschlieren, Menschen mit Träumen, mit Ängsten. Die Gleise sangen, die Achsen ratterten. Sie spürte den Fahrtwind des Schnellzuges wie eine Berührung auf ihrem Gesicht und streckte das Handy in die Höhe. Er sollte hören, was sie hörte. Sie hatte das Wort schon immer gehasst. Mega. Seine Stimme quäkte aus dem Handy, und für den Bruchteil einer Sekunde stellte sie sich vor, ihn nie wiederzusehen. Sie hatte ihn gar nie kennengelernt, es gab ihn nicht, für andere Mädchen schon, für Mädchen, die sich an ihn drängten, wenn er telefonierte, und schrill lachten, für die gab es ihn, aber nicht für sie. Dann drückte sie das Handy an ihr Ohr.

»Wo bist du, Scheiß?«

»Ich komm um 21 Uhr 20 in Zürich an. Du musst mich abholen.«

»Heute? In Zürich? Und wo, Ayfer, wo!«

»Am Bahnhof, wo sonst, Garmschmal.«

Sie unterbrach die Verbindung, ohne seine Antwort abzuwarten. Es lag an ihm, sie abzuholen, sie hatte keine Lust, ihn dazu zu überreden. Auf der Treppe in die Unterführung hörte sie, wie eine SMS hereinkam. Sie schaltete das Handy aus, ohne nachzusehen, ob die Nachricht von ihm war. Der Mann mit der Blume stand immer noch in der Unterführung. Als er sie sah, trat er auf sie zu und überreichte ihr die rote Blume. Sein Gesicht zeigte keine Regung, Ayfer dachte an eine Maske, die etwas darstellte, das sie aber nicht verstand. Die Blume war aus Plastik. Der Mann deutete eine Verbeugung an, drehte sich um und ging weg.

Der Geldbeutel der alten Frau hatte vor dem umgekippten Rucksack auf dem Gehsteig gelegen, sie hatte ihn, ohne nachzudenken und ohne zu zögern, eingesteckt. Dann hatte sie den Rucksack aufgerichtet und der Alten aufgeholfen. Der Hund hatte sie angesehen, als wisse er Bescheid. Ich musste es tun, ich will nach Hause. Ayfer verbot es sich, an ihre Großmutter zu denken und daran, was sie zu ihrem Diebstahl gesagt hätte. »Kommen Sie, ich helfe Ihnen.« Wie verlogen du bist! Die Frau war leicht gewesen, drahtig, ein Teenager wie ich. »Kommen Sie, ich bestehle Sie.« Sie hatte der Frau aufgeholfen und war weggegangen, ohne sich umzusehen, und hatte sich auf der Bahnhofstoilette in eine Kabine geschlossen, um den Geldbeutel zu durchsuchen. Die Scheibe hoch über ihr, schlieriges Milchglas, war aus Gold gewesen, so hell hatte die Sonne gestrahlt, als sie die Euroscheine zählte. Drei Fünfziger, vier Zwanziger, vier Zehner und ein Hunderter. Dreihundertsiebzig Euro. Die Münzen waren aus der Schweiz. Dreizehn Franken und vierzig Rappen. Warum versetzte es ihr einen Stich, dass die Frau, der sie das Geld gestohlen hatte, ebenfalls aus der Schweiz kam? Sie hieß Roberta Kienesberger, wie auf dem Ausweis ihrer Krankenkasse stand. Geboren am 25. Mai 1940. Zweiundsiebzig Jahre alt. Ayfer fand Visitenkarten einer Schreinerei, einer Pizzeria in Lenzburg und eines Hundeheimes in Birrwil, einen AHV-Ausweis, eine Halbtaxkarte der SBB, aber kein einziges Foto, kein Bild, keine Adresse, keine Kreditkarten. Lenzburg! Die Frau kam also wahrscheinlich nicht nur aus der Schweiz wie Ayfer, sie wohnte vielleicht sogar in ihrer Nähe. Sie fand nur etwas Persönliches, ein vierblättriges Kleeblatt, das zwischen den Visitenkarten lag. Der Geldbeutel war aus braunem, abgeschabtem Leder, roch muffig und sah aus, als gehörte er einem Mann. Einem alten Mann.

Ayfer versuchte sich vorzustellen, wie die alte Frau lebte und warum sie hier in Salzburg mit Rucksack und Hund unterwegs war. War sie verheiratet, hatte sie Kinder? Was hatte sie gearbeitet? War ihr Mann vor kurzem gestorben, und ihr Leben war auseinandergebrochen? War sie glücklich, war sie verzweifelt? Oder hatte sie eine unheilbare Krankheit, Krebs, wie ihre Großmutter, und war auf ihrer allerletzten Reise? Wohin war sie unterwegs? Oder lebte sie in Salzburg? War sie aufgeschmissen ohne das Geld, das sie ihr gestohlen hatte? Ayfer sah die Frau mit Namen Roberta Kienesberger in einer leeren Küche sitzen, eine Tasse Tee vor sich; der Hund hockte neben ihr, seine Schnauze lag auf ihren Oberschenkeln. Eine Wanduhr tickte viel zu laut. Die Küche war winzig und dunkel. Auf der Küchenzeile lagen ein glänzender Apfel und ein Messer. Das Tischtuch war aus Wachstuch, grün-blau, und wenn Roberta Kienesberger ihre Hände, die flach vor ihr lagen, nach einer Ewigkeit, die keine drei Minuten gedauert hatte, hochhob, blieben sie auf dem Tuch kleben und lösten sich mit einem Schmatzen. Ayfer sah die alte Frau in einem Ehebett liegen, alleine, auf dem Flur brannte Licht, der Hund lag neben ihr in einem Korb, der knarrte, wenn er sich im Schlaf bewegte; die alte Frau lag auf dem Rücken, starr und mit geöffneten Augen, als habe sie fürchterliche Angst, und manchmal, manchmal räusperte sie sich und hob den Kopf, als habe sie etwas gehört.

Ayfer war über eine halbe Stunde in der Kabine sitzen geblieben, die Knie an die Brust gezogen, gebadet von einem goldenen Licht, das sie beinahe mit dem Diebstahl und sich selbst versöhnte, um sich das Leben der alten Frau auszumalen und sich damit selbst aus dem Weg zu gehen. Andere Frauen hatten die Bahnhofstoilette betreten, waren gekommen und gegangen. Eine Frau hatte laut geweint, eine andere hatte gelacht, eine Dritte ununterbrochen geredet, leise, aber eindringlich, als müsse sie jemanden überzeugen, bestimmt in ein Handy, denn die Frau war allein gewesen, in einer Sprache, die Ayfer nicht kannte. Dann war Ayfer plötzlich aufgestanden, erwacht aus Träumen, die sie nicht über ihre Schuld hinwegtrösten konnten. »Kommen Sie, ich helfe Ihnen.« Sie hatte das Geld eingesteckt, auch die Münzen, bis auf vier Euro und fünfzig Cent, die sie auf dem Boden auslegte, als mache das den Diebstahl ungeschehen. Sie war auf den Toilettensitz gestiegen und hatte Roberta Kienesbergers Geldbeutel im Spülkasten versenkt.

Der Zug fuhr pünktlich um 16 Uhr 02 in Salzburg ab. Ayfer hatte das erste Mal in ihrem Leben eine Fahrkarte für die 1. Klasse gelöst. Sie legte die rote Plastikblume auf das Tischchen unter dem Fenster und ließ sich in das Polster zurücksinken, verblüfft über die Ruhe, die in dem Großraumwagen herrschte, beruhigt vom weichen Teppich unter ihren Füßen, vom Rauschen des Zuges, der rasch Fahrt aufnahm, beruhigt von der Landschaft, die an ihr vorbeigezogen wurde, ohne dass es sie etwas anging, müde und beruhigt vom Rascheln der Zeitung, die der Mann las, der drei Reihen von ihr entfernt saß und ihr ab und zu einen gütigen, fürsorglichen Blick zuwarf, als passe er auf sie auf und wolle ihr sagen: Schlaf, Kind, du bist in Sicherheit, schlaf, du hast es verdient.

23

Schnell, als wolle sie es vermeiden, gesehen zu werden, ging Roberta von der Busstation Billroth auf der Hauptstraße Richtung See. Der Ortsteil schien unbewohnt, ausgestorben.

Im Vorgarten eines Hauses hingen mehrere Meisenkugeln vom letzten Winter in den Zweigen, eines der blauen Netzchen war zerfetzt, bestimmt von den Schnäbeln der hungrigen Vögel; hinter einer Hecke wisperte ein Rasensprenger, dabei würde es bald regnen. Sie begegnete keinem Menschen. Der Mann, der im Bus schräg vor ihr gesessen hatte, war eingeschlafen, sobald sie in Salzburg losgefahren waren; den Kopf ans Fenster gelehnt, hatte er mit offenem Mund geschnarcht. Hinter dem Fahrer hatte eine jüngere Frau Platz genommen, die Hut und Tracht trug und einen Aktenkoffer mit Zahlenschloss auf den Knien hatte. Der Mann in der nächsten Reihe, der sich immer wieder zärtlich durch seine blonden Locken fuhr, war in Fuschl am See ausgestiegen. Sonst war der Bus leer gewesen. Der Fahrer, bei dem Roberta die Fahrkarte löste, hatte sich nur für Prinz interessiert, nicht für sie. Sie war eine alte Frau mit Hund und Rucksack, die Wanderstiefel trug. Das mochte komisch sein oder seltsam, interessant war es offenbar nicht. In Koppl bei Salzburg war ein Junge eingestiegen, sieben oder acht Jahre alt, und hatte sich auf der anderen Seite des Mittelganges in die gleiche Reihe gesetzt wie sie. An seinem Schulrucksack hingen ein Plüschäffchen, ein Ritter aus Plastik, der ein Schwert in die Höhe streckte, und ein Wimpel, von dem sie nicht wusste, gehörte er zu einer Nation oder zu einem Sportverein? Weil der Junge seinen Rucksack nicht abnahm, war ihm nichts anderes übriggeblieben, als sich auf die vorderste Kante des Sitzes zu setzen und mit beiden Händen an der Vorderlehne abzustützen.

»Meine Lieblingstiere sind Meerschweinchen.«

Roberta hatte den Jungen freundlich angelächelt, aber

nichts gesagt. Sie machte sich nichts aus Meerschweinchen, sollte sie das dem Kind etwa mitteilen? Er hatte sie aufmerksam gemustert und dann, offenbar hatte er Atem geschöpft, mit Fragen bombardiert, ohne sich um Antworten zu kümmern. Ist das dein Hund? Wie heißt dein Hund? Hast du einen Mann? Wie viele Söhne hast du? Bist du alt? Magst du Karotten? Erdäpfel? Warum gibt es Hunde? Stirbst du vor deinem Hund, oder stirbt er vor dir? Dann hatte er sich von einer Sekunde zur nächsten von ihr abgewandt und mit seinem Gameboy beschäftigt, ohne sie noch eines Blickes zu würdigen. Am Busbahnhof in St. Gilgen war sie vom Bus 150 in den Bus 356 umgestiegen und die kurze Strecke bis St. Gilgen Billroth gefahren.

Roberta bog auf einen geteerten Weg, der durch eine gemähte, sanft abfallende Wiese führte. Auf einer Koppel stand ein Pferd, ohne sich zu rühren; nur der Dampf, der aus den Nüstern stieg, verriet, dass es keine Statue war. Es fing an zu regnen, Prinz hechelte, sie hörte ihren eigenen Atem, fühlte sich müde und erschlagen. Beine und Rücken taten ihr weh, sie hatte Seitenstechen und Schmerzen in beiden Knien. Sie war verloren, fast allein. Trotzdem wünschte sie sich an keinen anderen Ort. Es war richtig, dass sie hier war, auf diesem Teerweg, der in einen Feldweg am Seeufer mündete, in Regen und Wind, den Spiegel des Wassers unter sich. Ich möchte an den Ort zurückkehren, von dem ich stamme, dachte sie, es wird mir helfen, mit dem Leben abzuschließen. Wann hatte sie angefangen, den Wind zu fürchten? Der Schatten des bewaldeten Hügelzuges, an dessen Fuß der Weg langlief, zerfloss im trüben Tageslicht konturlos im See. Als Kind war sie an der Hand ihres Stiefvaters Johann über krachendes Eis gegangen, nicht weit von hier, über einen gefrorenen Tümpel mitten im Wald, in dem sein Bruder, der aus dem Krieg zurückgekehrt war wie er, Holz schlug. Sie spürte die schwielige Hand, die nach Holz und Harz gerochen hatte, als gehe er wie damals neben ihr Richtung St. Gilgen, zwischen den Zähnen die Pfeife mit dem Tabak, den er aus der Kriegsgefangenschaft mitgebracht hatte. Seit wann ging ihr die Kälte durch und durch? Sie hatte sich vor dem dunklen Wasser unter dem krachenden Eis gefürchtet, im blauen Schneelicht jenes längst vergangenen Tages, und sich dennoch sicher gefühlt, beschützt von einem Mann, der nicht ihr Vater war. Ist man einsam, fragte sie sich, wenn man alleine ist mit seinen Erinnerungen, oder bedeutet es, dass man alt ist, an der Schwelle zum Tod? Für einen jungen Menschen klingen meine Erinnerungen wie eine Erzählung aus einer untergegangenen Zeit, ein Märchen, das war ihr bewusst.

Der Weg führte durch eine begraste Senke, in der Silberpappeln standen, als seien sie Teil einer stummen Versammlung. Auf der Steigung, die aus der Senke führte, geriet Roberta außer Atem und musste stehenbleiben. Es war jetzt heller geworden, der Regen hatte aufgehört. Die Schnittflächen des Holzes, das gestapelt in einem gedeckten Verschlag am Waldrand lag, leuchtete gelb. Hinter dem Verschlag stand eine Hütte, notdürftig aus Holzlatten zusammengezimmert und mit Teerpappe gedeckt. Sie ging keuchend weiter, ihren Hund an der Leine, der ebenfalls erschöpft wirkte. Ihre linke Hand suchte immer wieder den Stein in ihrer Hosentasche, der sich glatt und warm anfühlte. Da und dort fielen Sonnenstrahlen durch das Blätterdach und schufen helle Inseln auf dem dunklen Waldboden. Sie sah Spinnennetze glitzern, zwischen Stämmen aufgespannt und in einem Wind schaukelnd, den sie nicht spürte, aber auf der Oberfläche des Sees erkannte; es war, als liefe ein Kräuseln durch die Bucht, ein Schauer, ähnlich der Gänsehaut, die sich auf ihrem Rücken ausbreitete, sobald Leopold sie an den Waden berührt hatte. Ein Mann ruderte, mit dem Rücken zur Fahrtrichtung, dicht dem Ufer entlang. Wann hat mich das letzte Mal jemand an den Waden berührt, abgesehen von Arzthelferinnen, Therapeuten oder meinem Hausarzt? Weiter draußen war der See glasklar und unbewegt. Über den Bergen am anderen Ufer brodelte Gewölk, als junge Frau war sie dort am Zwölferhorn gewandert und plötzlich in einem Meer von Edelweiß gelandet, in einem Sommerlicht, klar und durchsichtig wie im Traum vom Glück. Zwölferhorn! Schon wieder ein Wort, das sie jahrzehntelang nicht gedacht oder ausgesprochen hatte und das ihr nun wieder einfiel. Auf weiter entfernten, höheren Bergen, von Gerölladern durchzogen, lag Schnee. Obwohl die Landstraße nach St. Wolfgang auf der anderen Seeseite verlief, konnte sie das Rauschen des Verkehrs hören, ohne die Autos zu sehen. Für einen Augenblick dachte sie daran, das Zelt gleich hier aufzubauen und sich hinzulegen und auszuruhen, dann tätschelte sie Prinz den Schädel und ging weiter. Ihr Sohn kam ihr in den Sinn, sie sah ihn vor sich, er lächelte, er war jung, ein Kind, das sich freut, weil seine Mutter neben ihm am Frühstückstisch sitzt und ihm den warmen Kakao zubereitet, ohne den er sich nicht vorstellen kann, die Elternwohnung Richtung Schulhaus zu verlassen. Ich werde ihn nie mehr wiedersehen! Die Gewissheit jagte ihr keinen Schrecken mehr ein, sie hatte sich damit abgefunden, sie selbst hatte dafür gesorgt, dass es so war. Die Kunst des Gehens besteht darin, vor Einbruch der Dunkelheit zurück zu sein. Wo hatte sie das gelesen? Aus all den Büchern, die sie in die Regale zurückgeräumt und in denen sie gedankenverloren geblättert hatte, waren offenbar doch Sätze in ihr hängengeblieben, Sätze, die nun wie blinde Passagiere irgendwo verborgen in ihrem Inneren mitreisten und sich in unerwarteten Augenblicken zeigten. Sie versuchte, an gar nichts zu denken und einfach nur zu gehen, immerhin hatte sie ein Ziel, doch es war, als habe die Erinnerung an ihren Sohn als Schuljunge eine Tür aufgestoßen, die sie nicht wieder zu schließen vermochte. Sie sah ihren früheren Mann Herbert vor sich, er stand in Socken am Fußende des Bettes auf dem braunen, flauschigen Vorleger, den sie verabscheute, und versuchte, ungeschickt mit dem Gleichgewicht kämpfend, in die Unterhose zu steigen. Er saß auf dem Sofa, müde und niedergeschlagen von einer Arbeit, die ihm nicht gefiel, und sah sie dankbar an, weil sie ihm ein Bier aus dem Kühlschrank holte, ohne ihn mit Fragen zu belästigen. Er lag in seinem kippbaren Ledersessel vor dem Fernseher und schlief, das Kinn auf die Brust gesunken, mit offenem Mund, geballter Faust und unschuldigem Kindergesicht. Roberta sah den Kalender mit den Landschaftsfotos vor sich, den sie Jahr für Jahr an die Tür des Besenschrankes ihrer früheren Küche gehängt und vor dem sie so oft gestanden hatte, mit verschränkten Armen träumend. Sah den Fensterrahmen in ihrem Schlafzimmer, von dem die Farbe blätterte, weshalb immer wieder neue Umrisse und Formen entstanden, in die sich Dinge hineinlesen ließen, Tiere und Gesichter, Häuser und Bäume, Fratzen, Wörter.

Roberta blieb stehen und atmete tief durch. Der Weg führte dicht dem Ufer des Wolfgangsees entlang und immer wieder durch Waldstücke, in denen das Licht dämmriggrün war, als befinde sie sich unter Wasser. Manchmal glitten irrlichternde Sonnenreflexe über die Oberfläche des Sees, angefacht vom Wind, der stärker geworden war und Tannen und Föhren in Schaukelbewegungen brachte. Ein Vogel ließ sich von einem Ast fallen wie eine überreife Frucht, fing sich dicht vor dem Boden ab und stieg in den Himmel. Der Ruderer war verschwunden, dafür sah sie das Dreieck eines Segelschiffes, das in St. Wolfgang auslief und Fahrt aufnahm. Die Farbe des Wassers hatte sich verdunkelt, es war unergründlich und wolkig, als sei ein großes Tintenfass hineingekippt worden. Roberta machte ein hohles Kreuz, um das Gewicht des Rucksackes zu verlagern. Mir blüht noch etwas, dachte sie, zum Glück. Ein Reiher stand wie ein eingerammter Pfahl im Schilf. Auf den Ufersteinen lag Schwemmholz, knochenweiß gebleicht, der Weg war mit Tannenzapfen bedeckt, die unter ihren Schritten krachten und knirschten. Die Unterlage war Prinz unangenehm, er tänzelte wie ein Rennpferd neben ihr her und sah sie strafend an, als sei sie schuld an seinen schmerzenden Pfoten.

»Wir sind bald da«, sagte sie zu ihm.

Roberta hatte sich vorgenommen, das letzte Stück auf ihrem Weg nach Hause zu Fuß zurückzulegen, drei, höchstens vier Tagesmärsche, dann waren sie in Ebensee. Ich darf mich nicht beeilen, dachte sie, oder nein, falsch, ich *will* mich nicht beeilen. Fünfundfünfzig Jahre. Die Gore-Tex-Jacke kam ihr plötzlich wie eine Rüstung vor, schwer wie ein Kettenhemd. Vor was willst du dich denn schützen, du Närrin!

Für das, was dich erwartet, die Begegnung mit deiner eigenen Vergangenheit, mit deiner eigenen Herkunft, gibt es keinen Schutz.

Der Waldweg mündete in einen breiten, bekiesten Uferweg, der über eine Wiesenterrasse führte. Dort stand, neben anderen Gebäuden, das Gasthaus Fürberg, in dem ihre Schwester Fanny ihre zweite Hochzeit gefeiert hatte. Auf dem Steg, an dem die Kursschiffe anlegten, hockten Möwen, die sich schreiend in die Luft erhoben, als sie und Prinz den Rand der Wiese erreichten. Die Vögel kreisten eine Weile über der Anlegestelle, bevor sie sich auf der Rückenlehne einer Sitzbank am andern Ende der Wiese niederließen. Die Sonnenschirme des Gastgartens waren zusammengebunden, die Stühle verräumt, das Gasthaus hatte Ruhetag. Im Grasstreifen, der den Kiesweg vom Ufer abgrenzte, lag ein einzelner Herrenschuh mit verschimmeltem Oberleder. Das Licht, das sich über Wiese und Baumwipfel legte, war ohne Glanz, der Parkplatz des Gasthauses leer.

Wird Zeit, das Zelt aufzubauen, dachte Roberta, ich bin müde, ich will mich hinlegen und die Augen schließen, meinen Hund neben mir. Zu der Hochzeit ihrer Schwester waren sie mit zwei ausrangierten Postautos von St. Wolfgang, wo die standesamtliche Trauung stattfand, ins Fürberg gefahren worden, deshalb wusste sie, dass es ein kurzes Stück vom Gasthaus entfernt ein Seebad mit Liegewiese gab, das Waldbad Fürberg. Am Rand dieser Wiese wollte sie das Zelt aufbauen, im Schutz der Bäume, wo man es zwar vom Wasser aus sehen konnte, nicht aber von der Waldstraße, die über Ried am See nach St. Wolfgang führte.

ZU HAUSE

1

Die Sonne stand erst nach Mittag hoch genug, um über die Dächer der Lagerschuppen und Gebäudetrakte mit den Werkstätten zu fallen und wenigstens etwas Licht in den Wohnwagen zu bringen. Ayfer lag auf dem Bett, Sonne auf der Stirn, die Augen geschlossen. Seit sie in dem Wohnwagen war, stand die Zeit still. Sie hatte sich den ganzen Morgen beherrscht und weder Ajla noch Dasara angerufen. Gleich nach dem Aufwachen hatte sie daran gedacht, mit ihrer Mutter am Telefon zu reden, keine zwei Kilometer von ihr entfernt, um ihr zu sagen, dass sie sich keine Sorgen um sie zu machen brauche. Aber dann war sie unsicher geworden, ob sich ihre Mutter überhaupt um sie sorgte; immerhin hatte sie Schande über ihre Familie gebracht.

Es war Davors Idee gewesen, dass Ayfer im Wohnwagen seines Onkels blieb, der auf dem heruntergekommenen Industrieareal nebenher als Hausmeister arbeitete. Das Dach des Wohnwagens war mit einer grünen Plastikplane abgedeckt, und er sah aus, als trage er eine Duschhaube, fand Ayfer. Er stand inmitten von Zirkuswagen, die hier überwinterten, am Maschenzaun, der das Areal begrenzte und hinter dem ein Spazierweg entlanglief, der am Schwimmbad vorbei zur Suhre hinabführte. Es gab weder fließend Wasser noch Strom, aber Kerzen und eine Gaslaterne; Davor hatte versprochen, Wasser in Flaschen mitzubringen, damit sie sich waschen und die Zähne putzen konnte. Aus dem Kippfenster über dem Gasherd und der kleinen Spüle blickte sie zwischen zwei Zirkuswagen hindurch auf die grau gestrichene Wellblechwand einer Lagerhalle, in der ein Geschäft für Bambusmöbel und eine Eventfirma untergebracht waren, sonst versperrten die Zirkuswagen, von denen sie umstellt war, die Sicht. Nur wenn sie auf dem Bett lag, konnte sie einen Streifen Himmel und die Äste des Laubbaumes sehen, die die ganze Nacht auf ihr Dach geklopft hatten. Davors Onkel hatte ihr erlaubt, die chemische Toilette und den Herd zu benutzen; verlassen durfte sie ihr Versteck erst nach 18 Uhr, dann war die Chance gering, dass jemand sie sah. Das weitläufige Industrieareal mit den Hallen und Hangars, Durchgängen, Zufahrten und Betonrampen, leerstehenden Schuppen und baufälligen Gebäuden war ihr unheimlich. Viele Scheiben waren eingeschlagen, Ziegelwände und Schiebetore mit Tags und gesprayten Botschaften übersät. Durch den aufgeplatzten Asphalt wuchs Unkraut, überall lagen verrostete Maschinenteile, standen ausgeschlachtete Autowracks. Auf einem Abstellplatz am Bach waren zerlegte Baukräne gelagert, rote und grüne Monster, die sie an vorsintflutliche Eisensaurier erinnerten, die sich hier nur ausruhten, bevor sie in den nächsten Krieg zogen. Ein Fußgängersteg überquerte den Bach direkt über dem Wehr, darum rauschte er wie ein Fluss, wenn man darüber ging; auf der anderen Seite führte der Weg auf die Hühnerwadelgasse, auf der man in wenigen Minuten bei McDonalds am Kreisel vor Möbel Pfister war. Dort hatte Davor letzte Nacht Cheeseburger und Pommes für sie geholt. Er hatte sie mit seinem Onkel am Bahnhof in Zürich erwartet, am Ende des Bahnsteigs. Ayfer hatte nicht gleich begriffen, dass er nicht ihretwegen aufgeregt war, sondern aus lauter Angst, ihr Vater oder einer ihrer Onkel sei auch in Zürich, um sie in Empfang zu nehmen. Sie waren mit dem Auto des Onkels auf Neben- und Landstraßen nach Suhr gefahren, als werde die Autobahn von ihrer Familie überwacht.

Ayfer fror. Sie kroch unter die Decke, nahm die rote Plastikblume in die Hand und sah aus dem verdreckten Fenster hinter dem Bett. Der Himmel war grau wie das Licht im Wohnwagen. Spaziergänger auf dem Weg hinter dem Zaun gingen so dicht an ihr vorbei, dass sie jedes Wort verstehen konnte, das sie sagten. Ein Mann hatte sie früh mit seinem Lachen geweckt, scharf und jäh wie der Schrei eines aufgestörten Vogels. Sie ließ den Blick langsam durch den Raum wandern. Der Teppich war voller Flecken, die Wände abgenutzt und gelb von all den Zigarren, die Davors Onkel hier geraucht hatte. In der Ecke über der Spüle hatte sich Schimmel an der Decke ausgebreitet, ein schimmernder Fleck, der zu wachsen schien, je länger sie ihn anstarrte. Davor hatte ihr erzählt, sein Onkel brauche den Wohnwagen, um sich mit seinen Geliebten zu treffen, von denen seine Frau natürlich nichts wusste. Nachts hatte Ayfer sich gefürchtet, kaum war sie allein gewesen, gefürchtet vor den ungewohnten Geräuschen, dem Klopfen und Kratzen auf dem Dach über ihrem Kopf und der undurchdringlichen Dunkelheit zwischen den Zirkuswagen, die sie vor neugierigen Blicken schützten, aber auch alles Licht aus- und sie einsperrten. Ein Hund hatte geheult, irgendwo in der Nähe, in den Büschen am Zaun hatte es geraschelt, geraschelt, geraschelt. Und trotzdem war sie irgendwann eingeschlafen, müde von ihrer Reise, die sie nie hatte antreten wollen. Warum haben sie mich in die Türkei geschickt? Jetzt bleibt ihnen die Verachtung der weit verzweigten türkischen Familie, die Ächtung ihrer eigenen Sippe nicht erspart. Das Wiedersehen mit Davor war anders gewesen, als sie erwartet hatte. Weil sie durch die Reise verändert war? Was bedeutet er mir überhaupt? Sie fand ihn angeberisch und selbstverliebt, grob, laut. Sie hatten sich lange geküsst, auf dem Bett liegend, die Decke ans Fußende gestrampelt, obwohl ihr kalt war, aber schließlich hatte sie seine aufdringlichen Hände weggeschoben und war aufgestanden. Seine Angst vor ihrem Vater hatte sie geärgert, es ging schließlich um sie, um ihre Angst, nicht um ihn. An Lebensmittel für sie hatte er auch nicht gedacht; er wollte ihr heute Abend nach der Schule nicht nur Wasser, sondern auch Chips, Brot, Käse, Oliven und einen Döner mitbringen.

Ayfer hatte Hunger, aber es war zu gefährlich, ausgerechnet in der Mittagszeit bei McDonalds oder in der Migros einzukaufen. Sie durfte sich nicht sehen lassen. Sie war auf der Flucht, verschwunden irgendwo in der Türkei und noch nicht wieder aufgetaucht. Anfangs hatte sie Musik auf ihrem iPod gehört, aber bald befürchtet, deswegen das Geräusch zu verpassen, das ihr verriet, wenn sich jemand dem Wohnwagen näherte.

Eine Frau rauchte jede Stunde eine Zigarette vor der Wellblechhalle, sie stand genau in dem Ausschnitt, den Ayfer sehen konnte; sie legte den Kopf in den Nacken, wenn sie inhalierte, und machte ein Gesicht, als habe sie Schmerzen, wenn sie den Rauch ausblies. Außerdem strich sie sich immer wieder mit der flachen Hand über die Hüfte und zupfte am

Stoff ihres engen Rockes herum. Wahrscheinlich fand sie sich zu dick. Arbeitete sie im Geschäft für Bambusmöbel? Organisierte sie Events mit Zirkuswagen? Ayfer drehte sich auf die Seite und zog die Beine an die Brust. Die Plastikblume roch nach nichts, nicht einmal nach Plastik. Die Gardine vor dem Fenster hatte einen Riss, an der Schrankwand klebte ein Werbebutton von einem Campingplatz in Split.

Ich bin noch nie so lang allein gewesen wie in den letzten Tagen, ging Ayfer durch den Kopf, es gefällt mir nicht, meine Gedanken drehen sich im Kreis, ich fühle mich verunsichert, durchsichtig. Am Anfang der Reise hatte sie an Davor gedacht, jetzt dachte sie an den Mann, den sie vielleicht totgeschlagen hatte. Auch Annika fiel ihr immer wieder ein und die Vorwürfe, die sie sich machte, weil sie weggelaufen war, ohne sich zu verabschieden. Ich hab keine Telefonnummer von ihr und keine Adresse, ich kenne nicht einmal ihren Nachnamen. Ich weiß nur, sie lebt mit ihrem Vater in Wien, und sie hat mir geholfen. Ayfer sah sich in der Schlafkoje des Lastwagens neben Annika liegen und ihrer Ankunft in der Schweiz entgegenfiebern. Und jetzt bin ich hier und weiß nicht, wie es weitergehen soll. Doch, dachte sie plötzlich, ich weiß es.

Sie stand schnell auf, ging zum Esstisch hinüber, nahm ihr Handy und wählte die Nummer ihrer Eltern, ohne sich die Zeit zu geben, darüber nachzudenken, ob es richtig oder falsch war. Wenn Vater abhebt, lege ich auf, auch mit meinem älteren Bruder Nadir werde ich nicht reden, denn das hat keinen Sinn, aber Mutter, Mutter wird mich verstehen, ihr kann ich sagen, wo ich bin, ich muss es ihr sagen. Es klingelte zwei Mal, ihr Telefon stand im Gang der Wohnung, drei

Mal, auf einer Kommode direkt unter einem Spiegel, darum benutzte sie das Telefon ihrer Eltern nicht gern, weil sie sich unweigerlich beim Telefonieren betrachtete, vier Mal, und sah, was sie für ein Gesicht schnitt, während sie redete, auch wenn sie sich immer wieder vornahm, nicht hinzusehen.

»Boskül.«

Ihre Mutter meldete sich mit der unsicheren Stimme, die Ayfer nicht ausstehen konnte, das Zitterstimmchen, an dem ihr Vater schuld war, wie sie wusste. Sie drückte die Augen zu, als wische sie damit das Bild beiseite, das sie im Kopf hatte, das Bild ihrer Mutter, verhärmt und geduckt. Sie hat mir nicht geholfen! Sie setzte sich an den Tisch und sah aus dem Kippfenster des Wohnwagens.

»Ich bin's, Mama, deine Ayfer.«

Sie hörte ihre Mutter scharf einatmen. Wie nah sie sich doch waren und wie fremd! Für einen Augenblick fühlte sie sich älter als ihre Mutter, reifer. Die Tischplatte war mit hellen Ringen übersät, darauf gestempelt von Gläsern und Flaschen. Die Fliegenklatsche, die neben der Tür hing, hatte sie übersehen. Das Schweigen war einfacher zu ertragen, als sie befürchtet hatte. Weinte ihre Mutter? Ayfers Gelassenheit dauerte keine fünf Sekunden; sie hörte ihre Mutter atmen, das machte ihr Angst.

»Mir geht es gut«, sagte Ayfer, »aber du fehlst mir.«

Seltsamerweise war der Anblick der rauchenden Frau vor der Halle aus Wellblech beruhigend; die Glut der Zigarette schrieb eine rote, kaum erkennbare Linie in die Luft. War ihre Mutter so verloren, wie Ayfer befürchtete? Freundinnen und Freunde sucht man sich aus, Eltern und Geschwister nicht. Und trotzdem sind sie ein Teil von mir, dachte Ayfer.

»Alle reden über uns. So darfst du uns nicht behandeln.«

»Ich gehöre nicht in die Türkei.«

»Haben wir dich großgezogen, dass du uns beschämst?«

»Du willst doch auch nicht da hin, Mama.«

»Wie sollen wir den Leuten in die Augen schauen? Du musst im Haus eingesperrt werden, bis der Tod dich abberuft oder bis Gott dir einen Ausweg schafft.«

»Wie du redest, *ana*.«

»So steht es im Koran.«

»Seit wann liest du im Koran?«

»Züchte eine Krähe, und sie wird dir die Augen aushacken. Weißt du, wer das immer gesagt hat?«

Die Frau ging sogar leicht in die Knie, wenn sie inhalierte, war das neu? Sie trug schwarze Stöckelschuhe. Oder ist es mir bis jetzt nicht aufgefallen? Im Geist stand Ayfer auf und trat einen Schritt zur Seite, als sehe sie sich von außen zu. Natürlich erinnerte sie sich an den Satz ihrer Großmutter. Sie hatte als Kind nicht verstanden, was eine Krähe mit Menschen zu tun hatte. Nun war sie diese Krähe. Als sie wieder aus dem Fenster schaute, war die Raucherin verschwunden.

»Willst du, dass ich so werde wie du?«, fragte Ayfer.

»Allahtandami korkmadin? Hast du denn gar keine Angst vor Gott?«

»Nein. Mama, nicht mehr.«

»Du bist nicht meine Ayfer«, sagte ihre Mutter und legte auf.

2

Das Zimmer in der Pension Kirchschlager war klein, Toilette und Bad befanden sich am Gang, aber Roberta gefiel die Kammer mit der abgeschrägten Decke, weil der Blick aus dem Fenster, vor dem ein Tischchen stand, sie an den Blick aus dem Zimmer ihrer Kindheit erinnerte, keine fünfhundert Meter von der Pension entfernt.

Sie hatte das Zimmer mit den drei Schwestern geteilt, die noch zu Haus bei den Eltern wohnten, Resi, die älteste, war damals bereits in Linz gewesen; drei der sechs Brüder schliefen Wand an Wand mit ihnen, die älteren drei waren im Krieg, einer an der Westfront, zwei in Russland, an der Ostfront wie der Vater, was sie, klein wie sie gewesen war, nicht verstanden hatte. Dass keiner von ihnen zurückkehren sollte, hatten sie damals nicht gewusst, befürchtet schon, aber nicht gewusst, und darum hatten sie jede Nacht für sie gebetet. Karl und Robert, die ältesten, fielen im Sommer 1943 im Donezbecken, Josef, der jüngere, am 6. Juni 1944 in der Normandie, am Tag der Invasion der Alliierten. Auch ihr leiblicher Vater Robert war »in Russland geblieben«, wie es die Mutter ausdrückte, gefallen 1944 mit 29, am Ufer der Dwina, da war Roberta vier Jahre alt gewesen. Die einzigen Erinnerungen, die sie an ihn hatte, stammten von den zwei Fotos, die sie von ihm gesehen hatte: Auf einem stand er vor seiner Werkstatt, die er sich im Holzschuppen eingerichtet hatte, sein Oberkörper war nackt, er trug die Drillichhosen, die er auch zur Arbeit in der Saline anhatte, war barfuß und stemmte ein Hirschgeweih in die Höhe, aus dem er die Jacken- und Jankerknöpfe schnitzte, für die er weit herum gerühmt wurde.

Auf der anderen Fotografie trug er die Wehrmachtsuniform, sie war bei einem der seltenen Fronturlaube gemacht worden, er lehnte rauchend am Bretterzaun, der den Garten abgrenzte, und wirkte traurig und abwesend, dünn war er geworden im Vergleich zum anderen Bild, ein Schatten des Mannes, der das Leben früher an den Hörnern gepackt und dabei laut gelacht hatte, wie die Mutter behauptete.

Jetzt bin ich am Ziel meiner Reise angelangt, dachte Roberta, und was mache ich? Ich sitze am Fenster, wie ich am Fenster der Bibliothek im Altenheim gesessen habe, und starre in meine Vergangenheit zurück, als bringe dies die Stunden und Tage zurück. Und das tat es in gewisser Weise ja tatsächlich. Sie lag wieder in ihrem Kinderbett und starrte an die Decke, an der die Schatten tanzten, während sie und die Schwestern besprachen, was sie den Tag über erlebt hatten und damit auch gegen den Hunger anredeten, der sie plagte, über den sie aber nie redeten. Im Alter wurden die Erinnerungen zu Gefährten, ja zu Liebhabern, die dafür sorgten, dass sich die Nackenhaare sträubten, zu geflüsterten Liebkosungen, wenn man nachts nicht schlafen konnte, zu Regentropfen auf der erhitzten Haut, zu einem Blick, einem Lachen, einem Wort, das den Tag erst zu einem geglückten Tag machte. Der Geschmack des Brotes aus Sauerteig, das die Mutter buk. Das Kleid, das sie am ersten Schultag trug, die Schleife im Haar, die nach Lavendel duftete. Die Radiomusik aus dem offenen Fenster im Haus der Großeltern, Gustav Mahler, wenn sie sie sonntags zu Kaffee und Kuchen besuchten, drüben in der Plankau, am Ufer der Traun. Die weißen Masken der Schwesterngesichter, die über den Bettdecken schwebten, wenn sie in der Dunkelheit zusammen in ihrem Zimmer lagen. Die fleckige Mutterhand. Der Schnurrbart des Stiefvaters, der zitterte, wenn er sich freute. Das Schnobbern ihres Pferdes, sein Schweif, der über ihren Rücken peitschte. Der Geruch der warmen Kuhfladen im Gras, die Bremsenschwärme. Sie kniete wieder am Fenster ihres Kinderzimmers und sah über ihre Wiese hinweg zur bewaldeten Kuppe hinüber, auf deren Ebene sich das KZ befand, von dem keiner redete und von dem doch alle wussten, auch wenn sie es nach dem Krieg abstritten und leugneten. Die meisten Österreicher wollten nichts mehr davon wissen, dass sie die neuen Herren aus dem Reich 1938 begeistert empfangen hatten. Und Roberta? Sie war tatsächlich zu jung gewesen, um Bescheid zu wissen, sie hatte nur gespürt, dass ihr die bewaldete Kuppe Angst machte, als wohne ein Wesen zwischen den finsteren Stämmen, ein Monster, das es verstand zu schweigen, sich zu verbergen und in aller Stille sein Unwesen zu treiben. Als Teenager hatte sie sich nach endlosen Diskussionen in der Schule um Schuld und Ohnmacht geweigert, die KZ-Ebene zu betreten, sie hatte sich für die Generation ihrer Eltern geschämt, die sich zu Opfern stilisierte, bis sie begriff, dass ihr schlechtes Gewissen keinem half, nur ihr. Danach hatte sie die Gedenkstätte eine Weile lang jeden Tag besucht; sie war über die hellen Kieswege spaziert und hatte den Vögeln zugesehen, die auf den Wipfeln umstehender Tannen und Föhren saßen, und hatte gewusst, es war kein Selbstmitleid, das sie aufwühlte, sondern Mitleid, Mitgefühl und Wut auf eine Generation, die sich hinter einer Lüge verbarg und damit lebte.

Roberta stand auf und blickte in den Garten der Pension hinunter. In der Nacht würde das Zimmer noch kleiner werden, das wusste sie, eine Nussschale, die sie barg und schützte. Sie hatte das Bedürfnis, ein Stück zu gehen. Nach einer endlosen, schlaflosen Nacht im Zelt am Ufer des Wolfgangsees war sie nicht wie geplant zu Fuß in ihren Geburtsort zurückgegangen, sie hatte in St. Wolfgang ein Taxi bis nach Bad Ischl genommen und war von dort mit dem Zug nach Ebensee gefahren. Nur das letzte Stück vom Bahnhof unten am Traunsee nach Roith, den Ortsteil ihrer Kindheit, hatte sie zu Fuß zurückgelegt, vorbei an Häusern, die sie kannte, an Vorgärten, an die sie sich erinnerte, an Mauern lang, an denen sie schon vor sechzig Jahren langgegangen war. Der Himmel war schieferblau gewesen, das Licht hart. Jeden schadhaften Dachziegel hatte es erbarmungslos offenbart, jeden Riss im Asphalt, jedes Büschel Unkraut. Roberta hatte sich als Fremde gefühlt auf ihrem Weg zurück in die eigene Vergangenheit, und doch hatte sie gewusst, es war richtig, hier zu sein, es musste sein, sie brauchte nur etwas Zeit, um die Wirklichkeit an ihre Erinnerungen anzupassen. Gib dich frei, hatte sie sich gesagt, gib dich frei und komm an!

Du hast die Augen deines Vaters Robert! Wie oft hatte Mutter ihr das zugeflüstert, »du hast die Augen deines Vaters Robert!«, wenn ihr neuer, ihr zweiter Mann Johann nicht in der Nähe war, der, anders als Robertas leiblicher Vater, aus Russland zurückgekehrt war, nach drei Jahren Kriegsgefangenschaft in einem Lager bei Saporoshje, wo er in der Sperrholzfabrik gearbeitet und den Furnierleim gefressen hatte, um nicht zu verhungern. Ihr Stiefvater, den sie geliebt hatte und dem sie vertraute wegen seiner Gelassenheit, die von einer Trauer grundiert war, über deren Gründe er nicht zu reden brauchte. In *seinen* Augen hatte sie als Mädchen die weite russische Steppe gesehen, eine Hitze, die in Wellen aus Feldern aufstieg, verharschten Schnee, der meterhoch lag, unter dessen Last Bäume krachend in die Knie gingen und Pferde und Soldaten krepierten. Sie mochte die Augen ihres Vaters Robert haben, wer weiß, aber sie hatte immer sehen wollen, was ihr Stiefvater Johann gesehen hatte, dieser von den Toten zurückgekehrte schmale, gebückte Mann mit der leisen Stimme und den warmen Händen.

Roberta nahm den schwarzen Stein des Stadtstreichers, er lag auf Emmas Mandala, an dem sie mit ihrem Kugelschreiber weitergemalt hatte, und schob ihn in die rechte Hosentasche. Ihre Hand hatte sich an die Form des Steines gewöhnt, nachts hatte sie ihn von einer Hand in die andere gewechselt und war doch nicht eingeschlafen. Sie hatte mehr als zwei Stunden gebraucht, um den dritten Tag des Romanes »Frost« zu lesen, elf Seiten, am Fenstertischchen sitzend, zwischen ihrer Vergangenheit und der Welt des Buches hin und herreisend, elf Seiten, auf denen sie sechs Worte fand, die sie auf ihre Liste gesetzt hatte. Ich werde, nahm sie sich vor, das ganze Buch lesen, Satz um Satz, und meine Liste von Worten wird mehrere Seiten füllen.

Dahinrudern
Lichtblicke
Charakterstärke
Milchführer
Kostbarkeiten
Raubtiertatzen

Sie hatte jetzt fast den halben Nachmittag am Fenster verbracht; Prinz lag auf seiner Decke am Fußende des Bettes und schlief, sie musste über ihn steigen, um zur Tür zu gelangen. Er erwachte, hob den Kopf, sah sie gähnend an und sprang auf die Beine. Sie nahm die Leine, die sie über den Türgriff gehängt hatte, und klinkte sie an seinem Halsband ein. Frau Kirchschlager hatte Prinz in ihrer Pension erlaubt, weil Roberta mit ihrer vor drei Jahren verstorbenen Mutter Maria zur Schule gegangen war, wie sie herausfanden, als die Wirtin Robertas Pass studiert und sie nach ihrer Verbindung zu Ebensee gefragt hatte.

Im Treppenhaus roch es nach Kaffee, Roberta hörte Radiomusik aus der Küche. Prinz ging so dicht neben ihr die Stufen hinab, dass sie sich bei jedem Schritt berührten. An der Garderobe im Flur waren Windblusen in Leuchtfarben und ein Wetterfleck aufgehängt, wie ihn Robertas Stiefvater bei Regen getragen hatte, wenn er mit dem Rad zur Arbeit in den Ort hinuntergefahren war. Sie blickte durch die offene Tür in das Zimmer, in dem Frau Kirchschlager das Frühstück für ihre Gäste auftrug. Das Zimmer war frisch gestrichen, das hatte ihr die Wirtin berichtet, Tische und Stühle waren neu. Roberta sah, dass die Sitzflächen der Stühle mit Plastikschutzfolien überzogen waren, an der Kredenz lehnte ein Besen. Sie trat vor die Küchentür und lauschte, ob Frau Kirchschlager sich mit jemandem unterhielt, aber sie hörte nur Musik und das Gurgeln der Kaffemaschine und klopfte an die Tür. Die Wirtin öffnete nach so kurzer Zeit, als habe sie auf sie gewartet. Sie hatte sich eine Schürze umgebunden; auf dem Tisch war ein Teig ausgewallt, das mehlbestäubte Wallholz lag neben einer Backform für Gugelhopf auf der Küchenzeile.

»Das Einzige, was ich backen kann«, sagte Frau Kirchschlager. »Eine Tasse Kaffee?«

Roberta schüttelte den Kopf und erklärte der Wirtin, sie müsse sich die Beine vertreten und ihr Hund Prinz brauche Bewegung. Frau Kirchschlager nickte und nahm das Wallholz in die Hand. Über dem Küchentisch hing eine gerahmte Schwarz-Weiß-Fotografie, auf der eine Familie zu sehen war, Kinder und Enkelkinder, die sich um ein altes Paar versammelt hatten, das in ihrer Mitte auf zwei Stühlen Hand in Hand nebeneinander saß.

»Ist das hier Maria?«, fragte Roberta und zeigte auf die Frau in ihrem Alter.

»Das ist Mama, genau. Da war sie noch gesund.«

»Und Ihr Vater?«

»Wohnt im Heim, unten in der Lamba. Ziehen Sie wieder zurück nach Ebensee?«

»Genau, das hab ich im Sinn«, antwortete Roberta.

»Und die Schweiz?«

»Die wird's auch ohne uns geben. Ich such eine kleine Wohnung für mich und den hier.«

Sie tätschelte Prinz' Kopf, und er fing an, mit dem Schwanz zu wedeln und leise zu winseln.

»Da will tatsächlich einer raus«, sagte Frau Kirchschlager.

Die Fotografie war am Ufer eines Sees aufgenommen worden; auch von Robertas Familie gab es ein Bild, auf dem sie alle, die noch am Leben gewesen waren, versammelt vor einem See standen, die Eltern in der Mitte. Roberta erinnerte sich an die Augen ihres Stiefvaters, verschattet vom Blick zurück ins kalte Russland, in dem seine Brüder gefallen waren, erstarrt in der Druckwelle einer Panzergranate.

»Ist das nicht der Langbathsee?«

»Doch. Der Vordere. Zum Hinteren hätte Mama es leider

schon nicht mehr geschafft. Schad, was mit Ihrem Elternhaus passiert ist.«

»Meine Geschwister wollten das Land verkaufen. Mir wär's auch lieber, das Haus würd noch stehen.«

Das Zweifamilienhaus, das auf ihrem ehemaligen Land hätte gebaut werden sollen, war nie fertig geworden, in der oberen Etage fehlten die Fenster, die Balkone waren ohne Geländer, das Grundstück verwahrlost und voller Bauschutt. Die Wohnung im unteren Stock war zwar offenbar fertig, doch sie stand ebenfalls leer.

»Schad, wirklich sehr schad«, sagte Frau Kirchschlager, »heut Abend haben Sie das Haus übrigens ganz für sich, wir sind in Gmunden eingeladen und kommen spät zurück.«

Roberta versicherte der Wirtin, dass sie den Hausschlüssel dabei hatte, dann verabschiedete sie sich und trat aus dem Haus.

Die Luft war kalt, dunkle Wolken hingen tief und bedeckten den Gipfel des Feuerkogels, auf dem sie als Kind so oft Skilaufen gewesen war. Sie hätte den Geruch, der in der Luft hing und sie an ihre Kindheit erinnerte, nicht benennen können, aber sie spürte, wie ihr Schritt leicht wurde. Der Steinbruch über dem See war finster und abweisend, das diffuse Licht sorgte dafür, dass die Felsterrassen wie eine gemalte Kulisse wirkten, die aufgebaut worden war, um der Landschaft das Liebliche auszutreiben. Die fünf gigantischen Granittreppen – sie sahen aus, als würden sie von Geröllströmen gespeist, die aus dem ewigen Eis abflossen und im Dunst verschwanden – schienen direkt aus den Wolken ans Seeufer zu führen. Dort sprühten Lichtreflexe.

Sie gingen seewärts, entfernten sich vom Garten ihrer Kindheit. Roberta wollte nicht vor dem unvollendeten Neubau stehen und zusehen, wie Fetzen von Zementsäcken im Wind tanzten, während sie sich an ihr Elternhaus mit seinen Schuppen und den Gartenzaun erinnerte, an ihren Thron, auf dem sie gesessen hatte, ruhig und selbstvergessen schaukelnd, obwohl sie es nicht erwarten konnte, bis Michael endlich aus dem Haus seiner Eltern trat und sich neben sie auf den Zaun setzte, um sie anzuhimmeln. Was wohl aus mir geworden wäre, wenn ich mich auf ihn eingelassen hätte, wenn ich ihn geheiratet hätte? Auch sein Elternhaus war längst abgerissen und durch ein Fertigbauhaus mit Wintergarten ersetzt worden. Michael war vor acht Jahren an einem Herzinfarkt gestorben, im Urlaub auf Madeira mit seiner Frau, am Strand vor dem Hotel.

Die Straßen, durch die sie gingen, waren menschenleer, die meisten Häuser, an denen sie vorbeikamen, waren in einem schlechten Zustand. Anders als St. Wolfgang, Bad Ischl und die anderen Touristenorte des Salzkammergutes wirkte Ebensee heruntergekommen, beinahe schäbig, doch genau das hatte Roberta immer gefallen. Bad Ischl war eine Inszenierung, Ebensee Wirklichkeit. Selbst in der Fußgängerpassage, die parallel zur Hauptstraße durch den Ortskern führte, begegnete ihnen niemand – auf der Brücke über den Langbathbach hatte sie plötzlich das Gefühl, Schnee liege in der Luft, obwohl es dafür viel zu früh war. Ihr Stiefvater hatte ihr als Kind beigebracht, auf Wetterzeichen zu achten und sowohl in den Wolken als auch in der Oberfläche des Sees und den Rauchfahnen zu lesen, die aus den Kaminen der Häuser stiegen. Zeigten die Blätter der Büsche in der Plankau an der Traun auf einmal ihre silbrigglänzenden Unterseiten als flirrende, aus tausend Teilchen bestehende Fläche, drohte Regen. Aufgefächerte, in die Länge gezogene schieferfarbene Wolkenbänder über dem Höllengebirge kündeten Schnee an. War die Felsbarriere des Toten Gebirges nicht von einer Unwetterfront zu unterscheiden, verhieß das den Dauerregen, der für Tage den Talkessel verdüsterte und die Menschen in die Schwermut trieb. Ihr Stiefvater hatte selbst in den unterschiedlichen Gerüchen, die der Wind vom Seebecken her übers Land trug, Wetterumschwünge vorausgesagt. Manchmal hatte er eine Handvoll frischer Sägespäne in den Wind gestreut, beobachtet, wie sie fielen, und danach auf die halbe Stunde genau einen Wolkenbruch prophezeit.

Sie folgten dem Lauf des Baches Richtung Kohlstatt auf dem Fußweg, der mitten durch die Häuschen führte, die in den steilen Hang der Klamm erbaut worden waren. In den aschgrauen Schatten hinter den Häusern schwärmten Dohlen. Das war der Teil Ebensees, der Roberta schon als Kind am besten gefallen hatte; das Viertel wirkte noch immer dörflich und wie aus einer längst vergangenen Epoche. Irgendwo in der Nähe klirrten Hammerschläge, hier wusste Roberta auch, nach was es roch: nach Feuer und Kohlestaub. Vor einem lindgrün gestrichenen Haus mit spitzem Dach stand ein Auto mit offenem Kofferraum. Auf dem Beifahrersitz saß ein Mädchen, eine Frau um die Fünfzig trug eben eine Schachtel voller Lebensmittel aus dem Haus und stellte sie in den Kofferraum.

»Darf ich ihn streicheln?«

Das Mädchen sprang aus dem Auto und ging neben Prinz in die Knie, um ihn zu streicheln, ohne auf die Erlaubnis zu warten. Die Mutter, die Roberta mit hochgezogenen Brauen ansah, drückte den Deckel des Kofferraumes so behutsam ins Schloss, als wolle sie Prinz nicht erschrecken.

»Es wird schneien«, sagte die Frau.

»Das hab ich eben auch gedacht. Und das im September! Wissen Sie, ob ein Bus an den Langbathsee fährt?«

Die Frau schüttelte den Kopf und öffnete die Tür hinter dem Fahrersitz. Das Mädchen hatte beide Hände auf Prinz' Schädel gelegt, blickte ihn neugierig an und kicherte.

»Aber Sie können gern mit uns mitfahren. Ich bring meinem Vater Lebensmittel. Er wohnt in der Kreh draußen, das ist nicht weit vom vorderen See, ich bring Sie hin.«

»Au ja!«, rief das Mädchen und sprang auf die Beine.

Es nahm Roberta die Leine aus der Hand, führte Prinz an die offene Hintertür des Autos, stieg ein und klopfte mit der flachen Hand aufs Polster. Prinz sah Roberta fragend an, ohne sich von der Stelle zu rühren.

»Steigen Sie ein, kommen Sie«, sagte die Frau, legte ihr die Hand auf den Arm und setzte sich ans Steuer, »ist eh kein Umweg.«

Roberta schnalzte mit der Zunge, und Prinz sprang auf den Rücksitz. Sie machte die Tür hinter ihm zu, ging um den Wagen herum und setzte sich auf den Beifahrersitz.

3

Es war schon dunkel, als er endlich gegen die Tür des Wohnwagens klopfte, lang-kurz-kurz-kurz-lang, er klopfte zaghaft, als traue er sich nicht. Ayfer war eingenickt, die Plastikblume in der Hand. Es war kalt im Wohnwagen, auch der muffige

Geruch fiel ihr wieder auf, der sie letzte Nacht geekelt, an den sie sich aber bereits gewöhnt hatte. Sie stand auf und öffnete die Tür. Davor drängte sich an ihr vorbei, zog sofort die Tür hinter sich zu und stellte eine Papiertüte auf den Tisch. Der Geruch des warmen Essens erinnerte Ayfer an ihren Hunger; sie setzte sich, nahm den Döner aus der Tüte und biss gierig hinein. Sie hatte Teelichter und die Gaslaterne angezündet. Ihr leises Fauchen gab ihr seltsamerweise ein behagliches Gefühl.

»Du musst weg hier«, sagte er, »mein Onkel.«

Davor blieb vor der Tür stehen, als wolle er ihr nicht zu nahe kommen. Er trug die weißen Turnschuhe, die ihr nicht gefielen, weil sie viel zu stark glänzten.

»Dein Bruder hat mich erwischt. Sie wissen, dass du hier bist hier. Hast du sie angerufen?«

Ayfer nickte. In der Türkei hatte sie versucht, sein Gesicht vor sich zu sehen, hatte sich vorgestellt, seine Hände auf dem Rücken zu spüren, wenn er sie umarmte, seine Kraft zu fühlen, seinen Geruch aufzusaugen, als brauche sie ihn, um leben zu können. Jetzt stand er vor ihr, und sie wollte nicht, dass er näher kam. Er sollte weggehen, sie brauchte ihn nicht, sie hatte sich getäuscht, getäuscht nicht nur in ihm, sondern genauso in ihr selbst. Nachmittags hatte sie mit Dasara und Ajla telefoniert, bis die Wertkarte des Handys leer gewesen war. Sie hatte beiden erzählt, dass sie in der Schweiz war, aber nicht verraten, wo sie sich versteckte.

»Ob du angerufen hast?«

»Geht's dich was an?«

Ihre Stimme klang kälter, als sie beabsichtigt hatte; er sah sie erstaunt an, setzte sich ihr gegenüber an den Tisch und legte seine rechte Hand neben ihre linke, berührte sie aber nicht. Sie aß, ohne ihn zu beachten, Fett tropfte aus dem Döner, Mayosauce, und sie nahm eine Serviette aus der Tüte und wischte die Tischplatte sauber. Dann strich sie ihm mit dem Zeigefinger über den Handrücken.

»Hast du ihn nicht mitgebracht?«

»Mitgebracht? Wen?«, fragte er und lachte unsicher.

»Nadir! Meinen großen Bruder.«

»Spinnst du! Er hat mich vor Haustür erwischt.«

»Und was hast du ihm erzählt?«

»Dass ich nichts von dir gehört hab, seit du in der Türkei bist.«

»Das hat er dir geglaubt?«

Davor zuckte mit der Schulter und räusperte sich. Wie jung er aussah, wie unsicher.

»Er hat mich gehen lassen. Ich hab eine Stunde in der Wohnung gewartet, drum bin ich spät. Ich bin durch den Keller raus und hab einen Riesenumweg gemacht.«

»Ist er dir nicht gefolgt?«

»Bin ich garschmal oder was!«

»Hat er dir geglaubt?«

»Nie im Leben.«

»Und wo ist er jetzt?«

»Woher soll ich wissen!«

Davor stand auf, wütend und unruhig. Sie zerknüllte die Serviette und warf sie in die Tüte. Ihr war übel, sie hatte zu schnell gegessen.

»Du musst mir das Handy zurückgeben«, sagte er, »es gehört meinem Onkel.«

»Ist eh leer.«

»Ich hab 40 Franken geladen! Du hast mich nie angerufen.«

»Ha, ha! Hast du keine Freunde?«

Das Gerät war feucht und warm. Sie legte es nicht in seine ausgestreckte Hand, sondern auf den Tisch, und er ließ es einen Moment liegen, bevor er es einsteckte. Erkennt er den Triumph in meinen Augen, oder sieht er wirklich nur sich selbst? Und warum bin ich nicht traurig?

»Weißt du, wie schwierig es war, das Scheißding zu dir in die Türkei zu kriegen?«

Jetzt war er wirklich wütend. Sie hatte erlebt, wie er von einer Sekunde auf die andere die Beherrschung verlor und sein Verhalten urplötzlich zu seinen Augen passte. Gemein und rücksichtslos.

»Danke«, sagte sie und blieb sitzen, »auch fürs Essen und so.«

»Wo willst du hin jetzt?«

»Mein Problem«, sagte sie.

»Meld dich bei ihnen, Mann. Die verzeihen dir. Ist doch nicht so schlimm. Was hast du schon gemacht? Du bist abgehauen dort, das ist alles.«

»Das ist alles«, wiederholte sie und stand auf.

»Die Nacht kannst du noch bleiben. Wenn du willst.«

Er schämt sich vor mir, dachte Ayfer, weil ihm alles zu viel geworden ist, er schämt sich, weil er mich im Stich lässt, aufgibt. Das machte es für sie noch einfacher, loszulassen. Er war kein Kämpfer, wie er vorgab, er war ein Typ mit einem großen Maul, mehr nicht, genau wie die meisten. Und was bist du, Ayfer? fragte sie sich. Wer? Die Genugtuung, zu betteln, er solle bleiben und sie nicht allein lassen, gestattete sie ihm nicht. War er ihrer Kälte gewachsen, konnte er damit umgehen, dass sie ihn gehen ließ? Es war ihm unmöglich, zu glauben, er habe ihr das Herz gebrochen, nicht bei ihrer Reaktion.

»Besser, du gehst«, sagte sie, »nicht, dass er dich hier findet, bei mir.«

»Ich muss sowieso. Wir haben Besuch. Von zu Hause.«

Die Zwiebeln des Döner stießen ihr auf. Sie schob die Papiertüte über den Tisch, weg von sich. Die Äste des Baumes klopften auf das Dach des Wohnwagens wie letzte Nacht, sie hob nicht wie er den Kopf deswegen. Sie sah die Angst in seinem unruhigen Blick, ein Flattern in den Augen. Zitterten seine Hände?

»Das sind die Bäume«, sagte sie, »was heißt von zu Hause?«

»Aus Kroatien. Familie. Tante und so. Nichten oder wie das heißt. Du weißt schon.«

»Morgen bin ich weg.«

»Aber du meldest dich. Ich will wissen, wo du bist. Garschmal?«

Sie nickte, brachte es aber noch immer nicht fertig, aufzustehen; sie war größer als er, das wollte sie ihm ersparen. Ich trau ihm nicht, das hatte sie gedacht, als sie sich das erste Mal begegnet waren, ich trau ihm nicht. Und doch hast du dich in ihn verliebt. Oder vielleicht deswegen? Du bist nicht wegen ihm hierher zurückgekehrt.

»Ich bin nicht wegen dir zurückgekommen«, sagte sie und stand jetzt doch auf.

»Dann ist gut«, sagte er grob, drehte sich um und ging.

Sie blieb mit geschlossenen Augen stehen und lauschte dem Klopfen und Schurren der Äste auf dem Dach, das sie mit einem Mal besänftigte. Du bist nicht allein, dachte sie beruhigt. Sie war weder traurig noch verzweifelt, war das nicht erstaunlich, sie war bloß müde, unsäglich müde. Wie widerlich der Dönergeruch doch war! Sie stieß das Klappfenster über der Spüle auf und sog die frische Luft ein, die in den Wohnwagen strömte. Mit geblähten Nüstern, dachte sie und lachte, wie ein Pferd. Da-vor, Da-vor, Da-vor, Da-vor, sie sagte den Namen schnell hintereinanderweg, bis sie außer Atem war und der Name wie ein Witz klang, Werbung für etwas, das sie ganz gewiss nicht brauchte.

Sie stand auf, öffnete die Schublade unter der Spüle und nahm die Schere heraus, die dort lag. *Sie fiel mit ausgestreckten Armen rücklings in ein wogendes Weizenfeld, nackt mit kurzgeschorenen Haaren, federleicht.* Wann hatte sie das geträumt? Bevor sie dem Mann den Stein in den Nacken gehauen hatte. Im Bad des Wohnwagens war es so dunkel, dass sie in dem kleinen Spiegel nur den Umriss ihres Kopfes sehen konnte. Sie packte mit der linken Hand ein Büschel ihrer Haare und schnitt es mit der Schere ab, dicht über der Kopfhaut, ohne daran zu denken, dass sie sich geschworen hatte, ihre langen Haare niemals zu schneiden. Sie drückte das Kinn auf die Brust und schnitt die Haare am Hinterkopf, dann wechselte sie die Schere in die linke Hand. Sie schnitt so, dass die Büschel in das winzige Waschbecken des Bades fielen. Es war besser, dass sie sich nicht im Spiegel sehen konnte. Wie leicht es war, einen Schwur zu brechen! Sie spürte die kalten Scherblätter auf der Kopfhaut, die Daumen taten ihr weh. Als sie fertig war, warf sie die Schere in die Schublade und wühlte mit beiden Händen in ihren abgeschnittenen Haaren, die das Becken bis zum Rand füllten. Rabenschwarz. Wie leicht sie waren! Ein Berg Haare. Federleicht! Sie strich sich über den Kopf, erstaunt, was für eine Form sie fühlte. Sie kam sich nackt vor und ungeschützt, gleichzeitig spürte sie eine unbändige Kraft in sich und hätte sich jetzt gern vor ihre Eltern und ihren älteren Bruder gestellt: Seht her, von jetzt an bin ich die, die hier vor euch steht!

Sie legte sich aufs Bett, rücklings, zitternd vor Tatendrang, nahm die rote Plastikblume und warf sie quer durch den Wohnwagen. Bubi Garschmal hockt auf dem Sofa neben seinen Scheißverwandten aus Kroatien, lügt ihnen ins Gesicht und spielt ihnen den selbständigen, verantwortungsvollen Jungen vor, der fast schon erwachsen ist, fast, ich liege hier und spüre zum ersten Mal in meinem Leben, wie sich mein Kopf *wirklich* anfühlt. Ich geh zu meinen Eltern, ja, ich geh zu ihnen, bitte sie um Verzeihung dafür, dass ich ihre Ehre beschmutzt habe, und verlange, dass sie sehen, wer ich bin. Dass sie akzeptieren, wer ich bin. Ich will, dass sie mir verzeihen, gleich, glcich steh ich auf und geh zu ihnen, und ich will, dass sie mich sehen, gleich steh ich auf und geh zu ihnen, geh heim, Ayfer, sie müssen dir verzeihen, gleich.

Ich bin doch ihr Mädchen.

4

Das Geräusch der Hammerschläge schwirrte über den geriffelten See und verlor sich als schwaches Echo zwischen den Baumstämmen. Beim Jagdschloss am Ende des Vorderen Langbathsees schlug wohl jemand Zaunpfähle in den weichen Sumpfgrund.

Die Frau hatte Roberta wie versprochen an den See gebracht; als sie an der Kreh vorbeigefahren waren, hatte sie auf ein Holzhaus mit blinden Fenstern gedeutet, das inmitten einer hochstehenden Wiese am Waldrand stand. Dort wohnte ihr Vater, nicht länger fähig, das Haus zu verlassen, aber nicht bereit, ins Altenheim umzuziehen. Die Frau hatte einen Blick in den Rückspiegel geworfen, bevor sie zugab, ihren Vater zu verstehen. Ihre Tochter hatte still hinter ihnen gesessen und Prinz gestreichelt, der in die vorbeiziehende Landschaft hinaussah, wie er es immer tat, wenn er in einem Auto saß.

Das Gasthaus beim Seeparkplatz war geschlossen; einige Fenster des Erdgeschosses waren mit Brettern vernagelt, einige waren zerschlagen. Auf der Terrasse war ein Motorblock auf eine Holzpalette gewuchtet worden, schwarz und ölverschmiert. Als Kind hatte Roberta hier Eis gegessen und Limonade getrunken; die Zeit glitt rückwärts, während sie mit Prinz auf den bekiesten Weg trat, der durch den grünen Dom des Waldes um den See herumführte. Der Parkplatz war bis auf zwei Autos leer, irgendwo im Wald möhnte immer wieder eine Motorsäge auf. 1949 war Roberta das erste Mal in Wien gewesen – warum fiel ihr das ausgerechnet jetzt ein, auf diesem Waldweg? –, sie, ihre Schwester Fanny und der Stiefvater. Sie konnte sich nicht erinnern, warum Mutter nicht mitgefahren war, wahrscheinlich hatte sie im Bett gelegen, wie so oft in den Jahren nach dem Krieg, deprimiert und lebensmüde. Sie hatten in einem Hotel im 7. Bezirk übernachtet, in einem Dreibettzimmer mit Lavabo, dessen Fenster auf eine Brandmauer hinausging, weil der Stiefvater unbedingt den Artisten sehen wollte, der abends auf einem Seil in vierzig Metern Höhe über den Donaukanal schritt, seine Tochter auf den Schultern. Eisemann, sie erinnerte sich sogar an den Namen des Mannes, Josef Eisemann, die sechzehnjährige Tochter hatte Rosa geheißen. Lichterketten waren über den Kanal gespannt gewesen, eine Musikkapelle hatte gespielt, und dann war der Artist vor ihren Augen in den Tod gestürzt, wenige Meter vor dem Ziel, zusammen mit seiner Tochter. Den Aufschrei, der durch die Tausenden von Zuschauer gegangen war, hatte Roberta lange Zeit nicht aus ihrem Kopf bekommen, genau wie das Licht der Scheinwerfer, das auf einen Schlag erlosch, und die Kapelle, die nach einer Schrecksekunde verstummt war.

Die Bergwand, die über dem Hinteren Langbathsee in den Himmel wuchs, war schwarz bis auf die Gerölladern, die im schwefelgelben Licht hell aufleuchteten. Die Wolke, die darüber stand, sah aus wie ein Mantelrochen, der seiner eigenen Zeitrechnung gehorchte und sich unendlich langsam bewegte. Ihr Schatten kroch über Schründe, Grate und Felslehnen. Die Frau hatte ihr anerboten, sie in eineinhalb Stunden auf dem Parkplatz abzuholen, dann fuhr sie zurück nach Ebensee, aber Roberta hatte behauptet, sie werde von ihrem Sohn abgeholt. Die Frau hatte ihr keine Fragen gestellt und auch kaum etwas gesagt, sondern ruhig auf die Straße gesehen, als lausche sie etwas nach, das nur sie hörte. Von meinem Sohn, dachte Roberta, ausgerechnet. Warum war er ihr eingefallen? Sie dachte doch nicht wirklich an ihn? Oder etwa doch? Ein Baum, der fällt, macht kein Geräusch, es sei denn, es ist jemand da, der ihn fallen hört. Woher kamen diese Gedanken, fragte sie sich und spürte den Windstoß, der Schauer über das Wasser des Sees trieb, kalt auf dem Gesicht. Das Glücksgefühl, das sie durchströmt hatte, als sie den

Artisten in seinem weißen Anzug mit seiner Tochter auf der Schulter auf dem Seil gesehen hatte, hoch über dem dunklen Fluss, im Glanz der Lichterketten, war ihr nach dem Sturz so peinlich gewesen, dass sie sich unmöglich gegen den Weinkrampf hatte wehren können. Es würde, jetzt war sie sich sicher, noch heute Nacht schneien. Ihr Sohn, seltsam! Auch an ihren ehemaligen Ehemann Herbert dachte sie und an die zwei anderen Männer, die in ihrem Leben eine Rolle gespielt hatten, an Leopold, an Hausmann.

Sie hatte Herbert in Zürich kennengelernt, ein halbes Jahr nach ihrer Ankunft in der Schweiz; er stand vor einem Dancing am Bellevue, sie ging mit ihrer Freundin Dagmar, die wie sie aus Österreich in die Schweiz gekommen war, um Arbeit zu finden, an ihm vorbei, und er sprach sie an und lud sie ein, mit ihr tanzen zu gehen. »Ich tanze nie«, hatte sie geantwortet, »wenn mir jemand dabei zusieht.« »Dann seh ich in die andere Richtung«, hatte er gesagt und sie: »Und was ist mit den anderen Leuten, die sehen mich doch trotzdem?« Er hatte sie auf ihrem Spaziergang begleitet, dem See entlang zum Zürichhorn, durch die seidenweiche Luft einer milden Vorsommernacht, in der die Verheißung eines sorglosen Lebens über ihnen schwebte. Am anderen Ufer blinkten Lichter, Herbert roch gut, fiel ihr nicht ins Wort und hielt sich auf eine Weise zurück, die Roberta als angenehm empfand. Am folgenden Wochenende lud er sie zum Essen ein, in einer italienischen Trattoria im Niederdorf, danach hatten sie sich in einem Dancing am Limmatquai an ein Zweiertischchen am Rand der Tanzfläche gesetzt, Hand in Hand, und kein einziges Mal getanzt. Dass sie, abgesehen von ihrer Abneigung gegen das Tanzen in der Öffentlichkeit, nicht viele

Gemeinsamkeiten hatten, war ihnen erst nach der Hochzeit bewusst geworden. War sie ihm auch so unbegreiflich fremd geblieben in den Jahren ihrer Ehe? Ich weiß nicht, was für ein Mensch Herbert gewesen ist, dachte Roberta, ich kenne weder seine Ängste noch seine Träume. Ich weiß, was er gerne aß, dass er Weißbier und Hagebuttentee nicht ausstehen konnte, Ferien am Meer und Städtereisen langweilig, Kino und Bücher überflüssig fand und gern Karten spielte. Aber wer er war, weiß ich nicht. Und er wusste nicht, wer ich bin. Hatte es ihn je interessiert? Wer dich nicht kennt, kann dich nicht verraten. Hatte er das zu ihr gesagt? Hatte sie es irgendwo gelesen? Wenn sie miteinander geschlafen hatten, war ein Ausdruck in seinen Augen gewesen, als sei er den Tränen nahe, die Melancholie am Grund des Glücks. Oder hatte Herbert etwas gewusst, für das sie nicht den Blick besaß? Nicht einmal in den Momenten der Nähe hatte sie ihn gekannt. Und er sie genauso wenig: Ihre Erregung hatte ihn erschreckt, er hatte sie angesehen, als habe sie Schmerzen, als tue er ihr weh, selbst in der allerletzten Sekunde, bevor die Farben aufleuchteten und helles Licht durch den schmalen Durchgang strömte und sie momentlang blind machte.

In einem Stand Birken auf einem überspülten Grasstreifen waren zwei Bäume mit dünnen Stämmen umgesunken; sie lagen halb im Wasser, bewegt von einem Wellenschlag, den Roberta sonst gar nicht wahrnahm. Die Blättchen der anderen Birken standen festgefroren in einem Himmel, der die Farbe geronnener Milch angenommen hatte. Kalt sprang Wind aus der Klamm über den Wald, rauschte durch die Kronen, ging über den See und jagte Schatten über seinen blanken Spiegel. Das Gesicht, das Leopold geschnitten hatte, als die andere Frau hinter ihn trat und ihm besitzergreifend die Hand auf die Brust legte, sein Gesicht hatte sie lange nicht vergessen können, seine Enttäuschung über sich selbst und die blitzschnelle Erkenntnis, was ihm nun an Leidenschaft und Hingabe entging und was er alles verspielt hatte, sein jämmerliches Selbstmitleid, das sie letztlich mit seinem Verrat versöhnt hatte.

Prinz zerrte ungeduldig an der Leine, er wollte Auslauf, und Roberta gab nach und ließ ihn frei. Sie klinkte die Leine aus und hängte sie sich über die Achsel. Prinz sprang zwei Mal um sie herum, ohne zu bellen, dann jagte er ein Stück vor ihr her über den Waldweg und verschwand zwischen den Bäumen, die Schnauze dicht am Boden, als habe er Witterung aufgenommen. War es ein Fehler, dass sie ihn freigelassen hatte, es war immerhin verboten? Sie hörte, wie er durch Strauchwerk und Unterholz brach, Zweige knackten unter seinen Pfoten, er war zu laut, um für Wild eine Gefahr darzustellen. Hausmann hatte sich von ihr abgewandt, als sie ihm erklärte, sie sei froh, wenn er sich nicht von seiner Frau Elisabeth scheiden lasse, froh und dankbar, denn sie habe nicht die geringste Lust, den Alltag mit ihm zu verbringen. Der Weg, voller Schlaglöcher, führte in einer sanften Kurve um eine Bucht, in der die Bäume bis dicht ans Wasser standen. Roberta hatte eben die Steigung hinter sich gebracht, die aus der Bucht führte, da hörte sie Prinz bellen, hoch und in kurzen Stößen, wie er es machte, wenn er aufgeregt war und sich fürchtete. Roberta ließ den Blick durch die Baumstämme springen, hin und her, sah aber nicht ihn, sondern den Blitz eines Mündungsfeuers. Den Knall des Schusses hörte sie erst Sekundenbruchteile später, er peitschte über das

Wasser, sie sah das Geräusch als Bild, ein glänzendes Projektil, das rund um den See schoss, dem Saum des Waldes lang, Echo um Echo auslösend, bis es bei ihr angekommen war und sie als Gewissheit, dass jemand auf ihren Hund geschossen hatte, mitten in die Brust traf. Was war es gewesen, was zwischen den Bäumen aufgeblitzt war? Eine Armbanduhr? Ein Siegelring? Der vernickelte Lauf eines Gewehres? Sie stolperte vom Weg in den Wald hinein und fing an, bergan zu laufen.

Prinz lag neben einem Baumstrunk, der eine Kappe aus Moos trug. Er lag auf der Seite, Hals und Flanke voller Blut, die Schnauze aufgerissen vor Schmerzen, die er bestimmt nicht mehr spürte, mit entblößten Fängen. Es roch nach Harz. Prinz hatte bereits aufgehört zu atmen. Er war tot. Ihr Hund war tot. Er lag in jener Einsamkeit, die den Toten vorbehalten ist. Die Kugel des Mannes, der mit hoch erhobenem Haupt auf sie zukam, hatte ihn wohl sofort getötet und ihm unter dem Hals ein großes Loch in die Brust geschlagen.

Roberta ging neben Prinz zu Boden, in ihren Ohren rauschte Blut, sie heulte auf, fuhr ihm mit beiden Händen durchs Fell und zog seinen Kopf auf ihre Oberschenkel. Prinz war warm, warm und schwer, ihr wurde schlecht vom Geruch seines Blutes.

»Ich könnte Sie anzeigen, das wissen Sie!«

Die Stimme des Mannes war sanft, er war daran gewöhnt, Befehle zu erteilen. Er sah von oben auf sie herab; das Lächeln, das um seinen Mund mit dem Schnurrbärtchen spielte, brachte Roberta so auf, dass sie sich nur mit Mühe zurückhalten konnte, nicht mit Fäusten auf ihn loszugehen. Er war nicht wesentlich jünger als sie; die Ledergamaschen, die er trug, glänzten, bestimmt waren sie neu.

»Sie haben meinen Hund erschossen!«

»Sie haben ihn frei lassen. Das dürfen's nicht!«

»Sie haben ihn getötet.«

»In meinem Wald wird nicht gewildert!«

»Mein Hund wildert nicht. Sie haben ihn erschossen!«

Der Mann lachte trocken auf und trat einen Schritt auf sie zu. Er hatte die österreichische Fahne als Anstecker am Rever seines grünen Jankers.

»Ach geh! Ist doch bloß ein Hund. Kaufen's sich halt einen neuen. Einen jüngeren.«

Der verächtliche Tonfall passte zur unbewegten Miene des Mannes. Er hatte sich das Gewehr an einem Lederriemen über die Achsel gehängt und einen Zigarillo angesteckt. Er inhalierte, hustete, drückte kurz die Augen zu und ließ den Rauch durch die Nasenlöcher ausströmen. Er tippte mit dem Zeigefinger an die Krempe seines Jägerhutes, drehte sich um und ging weg. Auf einer Tanne saßen Krähen, vorwurfsvoll schweigende, glänzende Achate, von denen sich Roberta beobachtet fühlte, beobachtet und verhöhnt.

»Scheißköter, räudiger.«

Er hatte es leise gesagt, aber doch laut genug, dass sie es hören musste. Roberta bettete Prinz auf den weichen Waldboden, sah den Stein, der neben ihr lag, dunkelgrau, fast schwarz, packte ihn und stand auf. Der Mann hörte sie, kurz bevor sie ihn einholte, er stand bei einer Tanne, von der sich die Rinde löste; er drehte unmerklich den Kopf, als genüge es, aus den Augenwinkeln zu sehen, was in seinem Rücken vor sich ging. Sie blieb stehen, holte tief Luft und hob den

Stein hoch über ihren Kopf. Ich weiß genau, was ich tue, dachte sie, dann schlug sie dem Mann den Stein mit voller Wucht auf den Schädel.

Es gab ein Knacken, als habe sie die Schale einer zu trockenen Baumnuss geöffnet. Der Mann, der ihren Hund erschossen hatte, ging mit einem erstaunten Stöhnen in die Knie, bevor er vornüber auf sein Gesicht fiel. Roberta blieb reglos stehen, ohne sich um ihn zu kümmern. Sie fühlte nichts für ihn, nur Hass, nichts sonst. Sie ließ den Stein auf seine linke Wade fallen und lief zu Prinz zurück.

Es hatte leicht angefangen zu schneien, als sie sich schließlich erhob. Sie musste sich gleich wieder hinsetzen, weil ihr schwarz wurde vor Augen, weil ihre Beine nachgaben. Wie lange hatte sie die Zeit vergessen? Sie fror. Es war dunkel geworden, das Dämmerlicht zwischen den Bäumen verwandelte das eben noch lichte grüne Gewölbe des Waldes in eine bedrohliche Kammer, in der Schatten Theater spielten, aus Ästen Arme wurden, die nach ihr griffen, aus Baumverwachsungen und Wurzeln Köpfe, aus Stämmen Männer ohne Gesichter. Prinz fühlte sich kalt an.

Sie ging zu dem Mann hinüber, kauerte sich neben ihm hin und drehte ihn auf den Rücken. Er war tot. Sie hatte ihn erschlagen. Es dauerte nicht lang, und sein Gesicht, der grüne Janker und die braunen Hosen mit der grün abgesetzten Seitennaht waren mit Schnee bedeckt, als sei er bestäubt. Die Hirschhornknöpfe seines Jankers sahen aus wie die, die ihr Vater geschnitzt hatte. Sie blieb neben dem Toten kauern, bis es ganz dunkel war. Sie empfand keinerlei Mitgefühl für ihn, er hatte den Tod verdient. Er hatte eine Narbe auf der Wange, das war selbst durch den Schnee zu erkennen. In seinen Wimpern und in den Borsten seines Schnurrbartes hingen Eiskristalle. Das Blut, das sich auf dem Waldboden um seinen eingeschlagenen Kopf ausgebreitet hatte, glänzte und wirkte schwarz im milchigen Licht. Er stank nach Tabak.

Der Uferweg lag verlassen unter ihr, eine dunkle Grenzlinie zwischen dem winterlichen Wald und dem See, der aussah wie mit flüssigem Blei ausgegossen. Das Massiv des Höllengebirges erinnerte sie in diesem Licht an einen gewaltigen Wirbelknochen, ein gebleichtes Skelett. Wie kalt es plötzlich war! In der verschneiten Stille klang ihr Atem erschreckend laut, das Geräusch ihrer Schritte musste bis ans andere Ufer zu hören sein. Wie friedlich die Welt doch aussah, jetzt, da dünner Schnee sie bedeckte. Ich lebe noch, hörte Roberta sich flüstern. Hinter ihr rauschte Wind in Kiefern und Tannen, Schneestaub wolkte nieder, vom Wind von den Ästen geweht, und hüllte sie momentlang ein. Prinz war zu schwer für sie, trotzdem nahm sie ihn auf den Arm und trug ihn, Schritt für Schritt, auf eine Lichtung hinüber, von der man durch die Bäume auf den See blicken konnte. Das Geräusch eines Automotors strich dem Ufer entlang, schlug aus Felswänden zurück, schreckte Vögel auf, die mit rauschenden Flügeln aus Nadelkronen hochstiegen und abzogen. Schnell wurde das Motorengeräusch leiser; die Stille danach war greifbar wie ihre weißen Atemwolken, die vor ihr standen. Ich lebe noch, diesmal sagte sie es laut, sah, dass der Wind auch am anderen Ufer langgezogene Schneefahnen von Bäumen wehte und die gezackte Linie der Wipfel in Unruhe versetzte. Es schneite wieder, ganz leicht, als stelle sie es sich nur vor. Über dem Kamin des Jagdschlosses stand eine zerrissene helle Rauchfahne, zum Einhorn gedrechselt. Sie legte den Kopf in den Nacken und hob ihr Gesicht in die Flocken, die sie zart berührten, welch Trost. Der Flockenwirbel hob sie aus der Gegenwart, und sie ging noch einmal mit Leopold durch das Ried unten am Traunsee, über klirrendes Schilf, im Frost zu Glas geworden, so dicht neben ihm, dass sie seinen Atem hörte und sein Kichern, weil ihn die Flocken kitzelten, die auf seinem Gesicht landeten. Erst am Ufer nahm er ihre Hand und hob sie an seine Brust, als wolle er ihr zeigen, wie kraftvoll sein Herz schlug, »für dich, nur für dich«, sagte er und zog sie an sich und hob sie hoch, mitten in den Flockentaumel und wirbelte sie durch die Luft wie ein Kind.

Sie weigerte sich, Prinz zu Boden und in den kalten Schnee gleiten zu lassen. Sie blieb stehen und hielt ihn umklammert, bis sie wieder bei Atem war. Dann ging sie die letzten Meter zu den drei Birken hinüber, die am Rand der Lichtung standen, einen guten Schritt vor den anderen Bäumen, als wollten sie auf die fast runde Wiese hinaustreten. Sie ließ sich, ohne Prinz freizugeben, zu Boden sinken, in den weichen Schnee, ihren toten Hund im Schoß, über sich das Flüstern von Schwingen.

5

Das Wesen, das man nie zu Gesicht bekommt, zumindest nicht von vorne, glitt groß und mächtig einen Hügel hinunter, es ging auf leisen Pfoten durch die Blitze ihrer Träume, Schritt um Schritt kam es näher, schurrend und klopfend.

Ayfer schreckte hoch, fuhr sich über den Kopf und begriff erst durch die Berührung, sie hatte sich die Haare geschnitten. Sie hatte keine Ahnung, wie spät es war, aber sie wusste, wo sie sich befand. In einem Wohnwagen auf einem heruntergewirtschafteten Industrieareal in der Nähe ihrer Eltern. Finster war es schon gewesen, als sie sich hingelegt hatte. Das Fauchen der Laterne hatte aufgehört, bestimmt war die Gaskartusche leer. Ihre Haare waren raspelkurz und borstig, sie stellte erstaunt fest, dass sie ihre Kopfform mochte. Von den Teelichtern brannten nur noch die zwei auf der Ablage neben der Spüle.

Was sie geweckt hatte, begriff sie erst, nachdem sie eine Weile reglos dagelegen und schläfrig und absichtslos in die Nacht gelauscht hatte. Neben dem Scharren und Klopfen auf dem Wohnwagendach war da ein weiteres Geräusch, das nicht aufhörte, ein Klagen und Jammern, das sie für das Weinen eines Kindes hielt, bis sie wusste, es war eine Katze, die mauzte, leise und kläglich. Eine Katze, die Angst hatte. Ayfer schaffte es nicht, aufzustehen. Das Jammern ließ sich auch einfach als bedeutungsloses Geräusch hören, genau wie das Schurren der Äste oder das Rauschen der Büsche am Zaun, nur ein Geräusch und weder Ausdruck von Angst noch von Verzweiflung. Oder hatte das Klopfen der Äste etwa doch eine Bedeutung, war es Ausdruck eines Schmerzes, für den sie taub war? Sie durfte morgen auf keinen Fall zu ihren Eltern zurück, wenn ihr Vater allein zu Hause war; er saß den ganzen Morgen in Pyjamahose, Unterhemd und Schlappen im Wohnzimmer auf den Teppichen am Boden, löste Kreuzworträtsel am *sofra,* am niedrigen Tischchen, an dem sie nur aßen, wenn sie türkische Freunde oder Verwandte zu Besuch hatten, und hörte Musik aus seiner anatolischen Heimat, aus dem »weiten Tal«, der roten Landschaft Kappadokiens, Lieder aus seiner Geburtsstadt Kayseri, in der sie noch nie gewesen war, bestimmt, weil seine Eltern vor ihrer Geburt gestorben waren, traurige Lieder vom Verlust der Liebsten, *gesi baglarinda dolaniyorum.* Ihr Vater war dann so gereizt, dass der kleinste Anlass genügte, damit er explodierte. War es besser, ihren Eltern unter die Augen zu treten, wenn Nadir von der Arbeit zurück war? Er hielt bestimmt zu den Eltern und nicht zu ihr, schließlich hatte sie auch über ihn Schande gebracht, gerade über ihn, ihren *abi,* der doch auf sie aufpassen musste. Weder ihren Onkel noch ihre Tante wollte sie wiedersehen, diese Kraft habe ich nicht, dachte sie und lauschte dem Klopfen und Schurren auf dem Dach und dem Jammern der Katze. Ihre Eltern hatten ihr keine Haustiere erlaubt, auch keine Meerschweinchen oder Hamster, Nadir hatte sich nie für Tiere interessiert. Wie spät es wohl war? Schlief ihre Mutter? Saß sie allein am Küchentisch im Dunkeln, weil sie weder vor ihrem Mann noch vor ihrem Sohn weinen wollte? Und was machten Enttäuschung und Wut über seine Tochter aus ihrem Vater? Das Gerede der Verwandten machte es unmöglich, dass er gewisse Dinge in Frage stellte. Es gelang Ayfer nicht, ihre Eltern vor sich zu sehen, auch ihren Bruder konnte sie sich nicht vorstellen. Als Kind hatte Nadir ihr nach dem Baden die Haare gekämmt, hatte schweigend hinter ihr gesessen und war mit Mutters verziertem Holzkamm aus der Türkei langsam und behutsam in langen Strichen durch ihre Haare gefahren, wieder und immer wieder, weil er die stille Zeit mit seiner kleinen Schwester genauso genoss wie sie die Geborgenheit in seiner

Obhut. Wann hatten sie damit aufgehört? Und wann hatte sie nicht mehr mit ihm über ihre Schwierigkeiten geredet, sondern mit ihren Freundinnen? Früher hatte er ihr sogar erzählt, in wen er verliebt war, und hatte sie vor den Eltern in Schutz genommen. Und jetzt ist er ein junger Mann, der freitags in die Moschee geht, jeden Tag betet und von Tradition und Familie redet, ein Mann mit Augen, die mich so kalt ansehen können, dass ich den Blick niederschlage, als habe er mich bei etwas Unrechtem ertappt. Am schlimmsten fand Ayfer ihren Bruder, wenn er seine Vorschriften mit Witzchen tarnte und sie behandelte, als sei sie ein Kind, das nicht sehen konnte, was er für ein Spiel mit ihr trieb. Gegen seine Wutanfälle hatte sie genauso eine Strategie wie gegen die Wutanfälle des Vaters; gegen die Scherze ihres *abi*, hinter denen sein Ziel zu sehen war, jedoch nicht. Wird eine Zeit kommen, in der ich nicht mehr abhängig bin von ihrer Meinung? Es war leicht, die Eltern nachzuahmen, so kinderleicht. Aber verstehen, verstehen kann ich sie nicht, noch nicht. Will ich das denn überhaupt, sie verstehen, heißt das nicht, dass ich dann genauso geworden bin wie sie? Der Satz »Wir machen uns doch nur Sorgen um dich« war schon lange die Lieblingswaffe ihrer Mutter; warum begriff ihre *ana* nicht, dass sie die Sorge längst als Lüge durchschaut hatte? Mutter machte sich keine Sorgen um sie, sondern um den Ruf der Familie.

Als auch die letzten zwei Teelichter ausgegangen waren, stand Ayfer auf. Das Wehklagen der Katze war leiser geworden, aufgehört hatte es nicht. Die Plastikblume lag vor dem Kühlschrank, sie trat darauf und spürte, wie sich einzelne Blüten vom Stängel lösten. Hinter der Gardine regte sich der

Baumwipfel im Nachtwind. Sie rülpste leise und lachte verlegen. Sie stieß die Tür auf, blieb aber noch im Wohnwagen stehen, bis sich ihre Augen an die Dunkelheit gewöhnt hatten. Wie kalt die Luft war, jetzt, mit den kurzen Haaren! Jetzt spür ich endlich, dass ich einen Hinterkopf habe! Sie kam sich vor wie in einem Labyrinth, so dicht standen die Zirkuswagen. Als Kind war sie mehrmals im Zirkus gewesen, es hatte ihr nicht gefallen. Die Clowns hatten ihr Angst gemacht, die Tiere leidgetan. Keiner ihrer Freundinnen hatte es im Zirkus gefallen. War Zirkus etwa gar nicht für die Kinder, sondern für die Erwachsenen, die sich bestätigt sehen wollten in ihrem Glauben, die Welt lasse sich beherrschen, nur weil sie dabei zusehen durften, wie Pferde, Löwen und Elefanten sich von Männern mit Peitschen herumdirigieren ließen, von Männern mit Schnurrbärten, die alberne Glitzerkostüme trugen?

Zwischen den eng zusammengeschobenen Zirkuswagen war es wärmer als auf dem betonierten Platz vor der Wellblechhalle. Ich warte in einer Herde Elefanten auf den Morgen, schoss es ihr durch den Kopf, wir brauchen nicht einmal Feuer zu machen, um die bösen Geister fernzuhalten. An der Stelle, an der die Frau jeweils rauchte, war der Betonboden eine Spur dunkler, sie drückte die gerauchten Zigaretten wohl in den Rinnen des Wellblechs aus, um den in der Wand festgeschraubten Aschenbecher herum waren die Rillen jedenfalls voller Striemen. Als habe ein Tier verzweifelt versucht, sich mit schwarzen Krallen einen Weg in die Halle hineinzukratzen.

Die Katze saß auf dem First des längsten und höchsten Zirkuswagens und traute sich nicht herunter. Ayfer versuchte, sie vom Dach zu bewegen, indem sie beruhigend auf sie einredete, doch die Katze rührte sich nicht von der Stelle und sah bloß verschüchtert auf sie hinab. Ayfer erinnerte sich, in einem der offenen Schuppen eine Leiter gesehen zu haben.

»Ich bin gleich zurück«, sagte sie zu der Katze.

Dass sie türkisch gesprochen hatte, wurde ihr erst bewusst, als sie ein paar Schritt in die Dunkelheit gegangen und in den Durchgang getreten war, der zu den Schuppen hinüberführte. Den Mann, der auf sie zukam, sah sie erst, als er nur noch wenige Meter von ihr entfernt war. Sie blieb stehen und dachte daran, umzudrehen und wegzulaufen, da erkannte sie ihn.

»Nadir«, sagte sie, »Abi«, und trat lächelnd auf ihn zu.

Hätte sie sich geduckt, wenn sie gesehen hätte, wie seine Faust auf sie zuschoss? Oder wäre sie dennoch mit ausgebreiteten Armen stehengeblieben, weil sie eine Umarmung ihres großen Bruders erwartete und nicht die Schläge, die Prügel, die ihr seiner Meinung nach zustanden?

6

Das Leben, eine fahle Leuchtspur am nächtlichen Firmament, eine Spur, der man staunend mit den Augen folgt, den Kopf im Nacken, von hier nach da, ein weiter Bogen über das ganze Himmelsrund, puff!, schon erloschen, schon zu Ende und vorbei.

Der Gedanke, sterben zu können, *Kopfgewicht,* war schwindelerregend, selbst in ihrem Alter. Gleichzeitig war er tröstlich, ja befreiend. Ein schrecklich schöner Gedanke, *Hohlweg,* ein Gedanke, der sie verschlang. Wir alle sind Todgeweihte, vom ersten Atemzug an. Fürchte dich nicht, du musst bloß sterben, so wie alle. Ist das Leben, *Totgeburten,* nicht die beste Einstimmung in den Tod? Ich bringe mich nicht um, ich höre einfach auf zu leben, das ist alles. Ich lasse zu, dass das Leben mich verlässt, ganz einfach. Ja, dachte sie, es ist Zeit, dass der Tag zu Ende geht, *Landstreicher,* mein Leben. Was ist die Alternative, sagte sie sich, Jahre im Gefängnis oder in einer Anstalt, weggesperrt, verurteilt wegen Totschlags, Jahre voller Krankheit, voller Schmerzen, Siechtum, langsamer erbärmlicher Tod. Prinz war eiskalt, *Floß,* sein Fell fühlte sich an wie Draht. Es ist ein Akt der Selbstbestimmung, in der Kälte sitzen zu bleiben und einzuschlafen. Es war leicht, das Flattern leiser Panik niederzuringen. Ich erhebe keinen Anspruch mehr auf das, was mich erwartet. Ich habe mich auf den Weg gemacht, nun will ich ihn zu Ende gehen. Und ich gehe ihn dann zu Ende, *Hundekadaver,* wann ich es will! Die Freiheit beginnt in der Sekunde, in der du dich loslässt, nicht aufgibst, nein, loslässt, *Armenhausküche,* freigibst. Erfrieren, stellte sie sich vor, war nicht die schlimmste Art, für immer zu gehen. Ich werde klein und kleiner, ziehe mich in mich selbst zurück, schrumpfe und schrumpfe, bis ich winzig bin, winzig klein und hart wie ein Kiesel, unempfindlich gegen die Kälte, *Emailkübel,* ein Stein, ein Steinchen am Grund des letzten Stromes, dessen Wasser mich wenden und wieder wenden, *Unerforschliches,* dessen Wasser mich schleifen und schmirgeln, auf dem langen, wunderbaren Weg ins Meer. Nach Hause, dachte sie, nach Hause gehe ich nicht, nein, *Lodenfetzen,* das ist nicht mein Zuhause, auf das ich mich zubewege, und ich geh ihn doch, den letzten Weg, *Baumstumpf,* wohin er mich auch führt, von einem Zimmer ins andere, Schritt um Schritt, *Menschenschatten,* Atemzug um Atemzug, Prinz im Schoß, am Beginn der größten Reise meines Lebens. Wie klaglos die Natur litt! Eisige Messerstiche gingen ihr durch die Brust, *Gehirngefüge,* stecht zu, stecht zu, ich glühe! Elfenbein, der Schnee hat die Farbe von Elfenbein, von bleichen Knochen, das Leben ist ein Wunder, der Wald, er ist aus Glas und atmet leisen Zimtgeruch, ich schwebe, schwebe durch seegrasverhangene Hallen und Gewölbe, durch flaches blaues Licht in die Helligkeit, tiefer und tiefer hinab in ein Land, in dem der Himmel nicht gefangen ist zwischen Gebirgen, tiefer und tiefer, nicht länger auf der Suche nach dem, was mir schon lange fehlte, tiefer, bis in eine Welt ohne Menschen, *Dahinrudern,* tiefer, ich sinke, ich fliege. Du brauchst nicht zu schreien, sie finden dich sowieso, du bist an der Reihe, ich, obschon ich noch nicht am Ende angelangt bin, eigentlich, *Lichtblicke, Charakterstärke, Milchführer,* egal, ich bin bald da, *Kostbarkeiten,* doch, ich bin angekommen, *Raubtiertatzen,* da.

So ist es, zu erfrieren, dachte Roberta Kienesberger, schloss die Augen und tat den Schritt ins Leere.

Der Autor bedankt sich bei

Beril Busra Sayar, Frank Boyle, Christian Rothacher,
Hans Lechner, Fanny Lechner, Molly McCloskey,
Christian Känzig, Trevor Gamble, Paddy Rast,
Beate Karl, Rolando Colla, Jennifer Lee,
Hans Schertenleib, Margareta Beno,
Angela und Sandra Bovo,
Brigitte Haas

und bei der
Pro Helvetia
für die Unterstützung
seiner Schreibarbeit.